판클라치온 6
최영채 판타지 장편 소설

초판 1쇄 찍은 날 § 2004년 9월 3일
초판 1쇄 펴낸 날 § 2004년 9월 13일

지은이 § 최영채
펴낸이 § 서경석

편집장 § 문혜영
편집 § 장상수 · 김민정 · 최하나
마케팅 § 정필 · 강양원 · 이선구 · 김규진 · 홍현경

펴낸곳 § 도서출판 청어람
등록번호 § 제1081-1-89호
등록일자 § 1999. 5. 31
어람번호 § 제1-0537호

주소 § 경기도 부천시 원미구 심곡1동 350-1 남성B/D 3F (우) 420-011
전화 § 032-656-4452 팩스 § 032-656-4453
http://www.chungeoram.com
E-mail § eoram99@chollian.net

값 8,000원

ISBN 89-5831-235-1 04810
ISBN 89-5505-885-3 (SET)

채 판타지 장편 소설

과격무쌍!! 바람의 파이터!!
바람같이 달려들어 번개처럼 관절을 꺾고 뼈를 뽑는다

6

첫 승리… 위기

도서출판
청람

51장
수료식

"집합!"

쟌의 호통에 그렇지 않아도 불안한 표정을 짓고 있던 기레스트와 드보아, 슈뢰더는 뜨악한 표정을 지으며 재빨리 달려갔다.

연신 곁눈질을 하던 올리비에는 딱딱하게 굳어 있는 쟌의 얼굴을 보고는 가슴이 서늘하게 식는 것을 느꼈다. 일렬로 늘어선 네 사람을 바라보는 쟌의 시선은 무슨 일이 있었는지 싸늘하기 이를 데 없었다.

뒷짐을 진 채 왔다 갔다를 반복하던 쟌은 갑자기 걸음을 멈추고는 느닷없이 입을 열었다.

"내가 시키는 훈련이 그렇게 고통스럽고 힘들었나? 그렇다면 모든 훈련을 그만두어도 좋다."

쟝의 말에 기레스트들은 비록 훈련이 힘들기는 하지만 그렇다고 포기할 정도는 아니라고 말하려 했다. 하지만 쟝의 입이 먼저 열렸다.

"…라고 내가 말할 줄 알았나? 너희가 내 훈련을 받겠다고 스스로 말했을 때부터 내가 시키는 훈련을 포기할 자유 역시 잃어버린 것이다. 다시 말하자면 너희는 건방지게도 자격도 없으면서 감히 내 훈련을 거부하는 만행을 저질렀다는 것만 기억하면 된다. 한 가지 더, 될 수 있으면 헤르난 전하에게 계속 훈련이 힘들어서 더 이상은 받을 수 없다고 하소연하기 바란다. 그래야 내가 더욱 즐거워질 테니까."

말을 마친 쟝은 어느 틈엔가 돌아서서 네 사람을 노려보고 있었다.

그렇지 않아도 눈매가 가늘어 쟝이 누군가를 노려보면 정말 독이 바싹 오른 독사가 먹이를 노려보는 듯한 느낌이 들어 소름이 오싹 끼쳤다.

"산보와 함께 격검을 휘두르면서 연병장 스무 바퀴, 다음은 산보와 함께 예검을 휘두르면서 연병장 스무 바퀴. 그런 후 뭉친 근육을 풀기 위해 성 주위에 파인 해자를 따라 전력으로 열 바퀴를 뛰어라. 실시!"

쟝의 무감정한 말에 네 사람의 표정은 엉망이 되었지만 감히 반항할 생각조차 하지 못했다. 거의 동시에 자신의 무기를 뽑아 든 네 사람은 격검의 기본형을 떠올리며 발로는 산보를 밟으면서 전진하기 시작했다.

잠시 동안 그들의 동작을 유심히 바라보던 쟝은 근처에서 자신을 기다리고 있던 셀에게로 다가갔다.

"오래 기다렸지?"

"아니에요, 쟌."

"그럼 우리도 슬슬 훈련을 시작해 볼까?"

"그래요."

팔짱을 낀 채 헤르난의 개인 훈련장으로 간 쟌은 곧 산보를 수련하는 셀의 동작을 세심하게 돌봐주었다. 물론 셀에게도 판클라치온 시합이 있기 전에 산보를 전수했었다. 하지만 그때는 시간이 없어 산보의 가장 기초적인 것만 가르쳤다.

승계 전쟁이 시작된 지금, 물론 자신이 항상 그녀 곁에 있긴 하겠지만 언제 무슨 일이 생길지 모르기에 이번 기회에 철저하게 가르쳐야겠다고 결심한 것이다.

셀의 동작은 정말 우아함이 어떤 것인지를 충분히 느끼게 만들었다. 그러면서도 너무나 자연스럽게 연결되는 그녀의 동작을 보고 있노라면 이미 오래전부터 산보를 익히고 있었던 것이 아닌가 하는 착각을 일으킬 정도였다.

쟌의 산보가 그림자조차 보이지 않을 정도로 쾌속한 것이라면 셀의 산보는 마치 그녀의 몸이 수십 개로 나누어진 것 같은 착각을 일으키게 만드는 것이었다. 아마도 엘프 특유의 가볍고 빠른 몸놀림이 그런 착각을 일으키게 만드는 것 같았다.

산보의 기본형은 세 가지에 불과하지만 그 기본형을 어떻게 조합하느냐에 따라 사람마다 다른 형태의 산보가 탄생하게 되는 것이다. 그런 점은 예검이나 격검 역시 마찬가지다.

사람의 특성에 따라 미묘한 차이가 발생한다는 점이 바로 비격의 특이한 점이다. 물론 쟌이 익힌 비격과 사부인 반허 대사가 익힌 비격이 달랐다. 또 한 가지 재미난 것은 기력이 왕성한 젊은 시절의 비격과 나이를 먹은 후의 비격 역시 달라진다는 점이다.

　모든 무술은 형(型)의 틀에서 벗어나지를 못한다. 아무리 뛰어난 무술이라도 젊은 시절과 나이를 먹은 후에는 동일한 파괴력을 가질 수는 없는 일이었다. 그래서 내공을 키우는 것이긴 하지만 그 내공이라는 것이 쉽게 아무나 익힐 수 있는 것은 아니었다.

　오랜 시일 동안 내공을 쌓는다 하더라도 상대에게 기습을 허용해 버리면 어이없이 목숨을 잃을 수밖에 없다. 그렇기에 자신의 몸을 보호할 수 있는 무술을 익히는 것이지만 보통 인내심이 강하지 않으면 내공을 쌓기란 좀처럼 힘든 일이었다.

　휘리리릭~

　셸의 몸이 허공을 가를 때마다 그녀의 옷자락이 세차게 펄럭이며 꽤나 날카로운 소리가 났다. 동시에 그녀의 몸이 갑자기 10여 개로 늘어났다.

　짝짝짝~

　"셸, 정말 대단해. 분영(分影)을 보다니……. 스승님께 산보를 배울 때 본 이후로 처음인데?"

　"그럼 쟌의 스승님께서도 저처럼 움직이셨나요?"

　"아니, 비슷하기는 한데 뭔지 모르게 조금은 다른 것 같아. 하긴 예전에 스승님께서는 백 명이 똑같이 산보를 익힌다 하더라도 각자의 성격이나 무술에 대한 재능에 따라 산보의 형태가 모두 다르다고 하셨거든. 그러니 셸의 산보가 나와 다른 형태를 가지고 있다 해도 다른 것은 아니야. 다만 그 자세가 몸에 익을 수 있도록 계속 연습을 해야만 할 거야."

"알았어요. 그런데 이 몸놀림은 정말 신기해요. 이전 같으면 이렇게 격하게 몸을 움직였다면 숨이 차서 움직일 수도 없을 텐데……. 쟌이 알려준 그 호흡법 때문일까요?"

"그래, 그 호흡법을 익혀보니 어때?"

"이전보다 훨씬 몸이 가벼워진 것 같아요. 호흡도 굉장히 길어졌고요. 그리고 왠지 근력도 상당히 늘어난 것 같아요."

그렇게 말하는 셸의 얼굴은 발갛게 상기되어 있었다.

남자에게 있어 근력이 늘었다는 것은 자랑이겠지만 여자가 힘이 늘었다는 것은 그리 자랑이 될 수 없는 일이었다.

"기가 충만해서 그래. 그 상태에서 좀 더 기를 몸에 쌓는다면 더욱 몸이 가벼워지고, 빨라지고, 강해질 거야. 참! 기가 뭔지는 알지?"

"쟌이 살던 곳에서는 마나를 기라 부른다고 했잖아요."

"대략적으로 말하면 그렇게 말할 수 있지만 좀 더 정확하게 말하자면 대자연이 내뿜는 생명 에너지를 내 몸속으로 받아들여 스스로를 자연 상태와 하나로 동화시키는 거야. 그래서 나 자신을 인간을 벗어난 초월적인 존재로 만드는 거지."

"전에도 쟌에게서 그 이야기를 듣긴 했지만 나로서는 잘 이해가 되지 않아요. 우선 초월적인 존재라는 것이 뭐죠? 인간들 가운데에서 가장 강한 존재가 된다는 것인가요?"

셸의 질문에 쟌은 피식 미소를 지었다.

"내가 설명을 좀 애매하게 한 것 같군. 내가 말한 초월적인 존재란…… 뭐라고 이야기하면 좋을까? 그래, 하위신이라고 하는 것이 맞을 것 같군. 그 정도의 능력을 가진 존재가 될 수 있다는 거야."

쟌의 말에 셀은 눈을 휘둥그렇게 떴다. 쟌이 하는 말을 의심하는 것은 아니지만 인간으로서 신이 될 수 있다니……. 그 말만은 도저히 믿기 힘들었다.

"후후후, 내 말이 의심스러운 모양이군."

"아니, 꼭 그렇다는 것이 아니라……."

"괜찮아, 사실 믿지 못하는 것도 이해할 수 있어. 사실 나도 믿기 힘들어. 하지만 지속적으로 수련하면 그런 경지에 도달할 수 있다고 스승님께 들었어. 잔병이 없어지거나, 건강해진다든가, 근력이 강해진다거나 하는 것은 누구든 느낄 수 있는 일이거든. 일전에 황제에게도 이야기한 것이지만, 인간의 한계를 벗어난 경지에 도달하려면 천부적인 재능을 가진 사람들이 수백 년 동안 뼈를 깎는 노력을 해서 도전해도 과연 한 명이나 도달할 수 있을까. 아니, 한 명도 나타나지 않을 가능성이 더 크다고 할 수 있지."

"그렇다면 일단 계속 익혀보는 수밖에 없겠군요."

"그래, 내 몸이 건강해지고 강해지니 익혀도 손해는 아니잖아. 게다가 눈도 밝아지고 귀도 좋아지니까. 또 쉽게 늙지도 않거든."

"그런 사실을 여자들이 안다면 무슨 방법을 써서라도 알아내려고 난리일 거예요."

"늙지 않는 것 때문에?"

"그래요. 우리 엘프들은 젊은 시절이 굉장히 길기 때문에 인간처럼 늙는 것에 대한 걱정이 없거든요. 또 미추에 대한 개념도 인간과는 달라 굳이 치장을 하거나 가꾸지도 않아요. 그저 자연과 얼마나 조화를 이룰 수 있느냐를 더욱 중요하게 여길 뿐이지요."

"하여간 엘프란 종족은 알게 되면 될수록 정말 신기한 종족이야. 왠지 신의 모든 축복이 엘프 족에게만 부여된 것 같다는 생각을 하지 않을 수 없어."

쟌의 말에 셀은 그저 빙그레 미소 지을 뿐이었다.

불과 한 달 정도밖에 되지 않는 가을은 어느새 지나갔는지도 모르게 지나가 버렸고, 벌써 아침저녁으로 찬바람이 불기 시작했다.

아론이 헤르난 진영을 감사하러 온 지도 벌써 3개월이 지났다. 그동안 그가 본 것이라고는 새벽마다 구보를 하는 용병들의 모습과 간간이 장난치듯 술 내기 전투를 하는 모습, 그리고 마치 피크닉이라도 가듯 다른 성으로 이동하는 모습이 전부였다.

어떻게 다른 왕자들의 정보를 수집하는지, 용병들의 운용은 어떻게 하는지 전혀 알 수 없었다. 그나마 용병들의 수는 구보를 하기 위해 연병장에 집합하기 때문에 겨우 알 수 있었다. 그러나 그것으로 끝이 아니었다.

불과 만 명도 안 되는 용병들로 대체 뭘 하겠다는 건지 그 이유를 헤르난에게 물어도 그는 그저 의미를 알 수 없는 미소를 지으며 지켜보란 말뿐이었다.

'언덕 위의 성'이라 명명된 이 성으로 온 것은 지금으로부터 한 달전의 일이었는데, 당시의 일이 아론의 뇌리를 스치고 지나갔다.

*   *   *

피크닉이라도 가듯 가볍게 발걸음을 떼어놓는 용병들과는 달리 로즈 검증단 5인은 한 대의 마차에 동승한 채 어딘가로 향하고 있었다. 물론 그들이 탄 마차는 다섯 명의 근위 기사가 철통같이 호위하고 있었다.

"지금 우리가 가는 곳이 어딘가?"

"확인해 본 바 언덕 위의 성이라 했습니다."

"언덕 위의 성?"

"예, 그렇습니다, 후작 각하. 저희가 있던 숲의 성에서 삼 일 정도 되는 거리에 있는 성이라 알고 있습니다."

"그런데 무슨 이유로 이렇게 성을 자주 옮기는 것인지 그 이유를 알아봤나?"

"용병들에게 물어보기는 했지만 용병마다 대답이 달랐습니다. 저희나름대로 정리해 보니 아마도 다른 두 전하보다 전력이 떨어지기 때문에, 그것을 감추기 위해 자주 본거지를 옮기는 것 같습니다."

"흐음~ 그렇단 말이지."

근위 기사의 대답에 아론은 고개를 크게 끄덕였다.

자신이 생각해 봐도 그 대답이 가장 타당성이 있었다.

상대보다 전력이 약하니 함부로 공격할 수도 없고, 또 그냥 상대에게 당할 수도 없는 일이니 자주 본거지를 옮겨 상대를 혼란스럽게 만들 수밖에 없을 것이란 게 가장 정확한 대답 같았다.

"자네가 보기에 헤르난 전하에게 고용된 용병들의 수준이 대략 어떤 것 같은가?"

"이해가 되지 않는 일이긴 하지만 실력이 있어 보이는 용병들이 상당히 많습니다."

"그래? 아쉬드 전하나 주네티 전하보다 용병 고용이 늦었기 때문에 용병들의 수준이 형편없을 줄 알았는데 상당히 의외로군."

"아직 저희가 만나보지 못한 자들이 많으니 좀 더 알아봐야겠습니다. 게다가 일부 용병들은 렌죠란 사내에게 훈련을 받고 있는 것 같았습니다."

"훈련을 받아? 용병들이 말인가?"

"예, 저희가 분명히 확인했습니다."

"하지만 렌죠란 사내는 판클라치온 시합에서 우승한 너클 마스터 아닌가? 그런 자에게서 용병들이 훈련을 받는단 말인가? 더구나 실력은 쥐뿔도 없으면서 자존심만 내세우는 그 용병들이?"

근위 기사의 대답에 아론은 영문을 모르겠다는 표정을 짓지 않을 수 없었다.

그도 그럴 것이 올리비에는 판클라치온 시합에서 우승한 너클 마스터인데 왜 그런 자에게서 훈련을 받는단 말인가? 게다가 하나같이 건방지고, 무례하고, 할 줄 아는 것은 하나도 없으면서 자존심만 내세우는 용병들이 누군가에게 뭘 배운다는 것을 아론은 도저히 믿을 수 없었다.

가만히 고개를 흔들던 아론을 바라보던 알바도네 교단의 프리스트인 비트로스는 문득 뭔가가 생각난 듯 마차 옆을 따라오고 있던 근위 기사에게 물었다.

"참! 렌죠 경의 마스터란 분은 뭘 하십니까?"

"아! 쟌 가이야 부단장 말씀이십니까?"

"맞아~ 바로 그 이름이었던 것 같군요."

"저희가 알아본 바로는 황제 폐하께서 명을 내리셔서 근위 기사단 의 두 부단장 가운데 한 명인 슈뢰더 발라키 백작과 코렌 드래곤 기사 단의 부단장 드보아 루돌프 백작, 그리고 이번에 레드 와이번 기사단 의 부단장으로 임명된 기레스트 유로웰 백작을 훈련시키고 있었습니 다."

"뭐라고 한낱 용병에 불과한 자가 3대 기사단의 부단장들을 훈련시 킨단 말인가? 그게 말이 되는 소린가?"

근위 기사의 대답에 의문을 나타낸 사람은 40대 후반의 문관 출신인 후크 니바난 백작이었다. 문관이라고는 하지만 사교적인 성격 탓인지 많은 무관들과도 꽤나 폭넓은 인간관계를 유지하고 있었다.

그가 이렇게 질문을 하는 것도 슈뢰더와 오랜 친분 관계를 유지하고 있었기에 그의 성격이 어떤지 누구보다 잘 알고 있었기 때문이다.

좋게 말하자면 책임감이 있어 맡은 바 일을 완벽하게 처리하는 사람 이 바로 슈뢰더였다. 물론 그를 나쁘게 보는 사람은 융통성이라고는 눈을 씻고 찾아봐도 찾아볼 수 없어 답답하기 이를 데 없는 사람이라 고 한다. 게다가 자신의 지위나 작위에 대한 자부심이 너무 강해 그와 친해지려는 사람은 전혀 찾아볼 수 없었다.

그런 그가 이제 겨우 스무 살 남짓한 애송이 청년에게 무술을 배운다니… 이게 말이 되는 소린가? 더구나 황제의 명이라니? 평소 슈뢰더의 꼬장꼬장한 성격을 미루어 짐작해 보면 아무리 황제의 명령이라고 해도 순순히 응했을 리 만무했다.

여기에까지 생각이 미치자 후크는 이 일의 내면에 자신이 모르는 뭔가가 있음을 깨닫고는 갑자기 그 내막에 대해 궁금증이 일었다. 생각 같으면 그를 직접 만나 대체 애송이에 불과한 쟌에게서 무엇을 배우는 것인지 묻고 싶었지만 현실적으로는 전혀 불가능한 일이었다.

처음 물의 성에서 그를 만났을 때는 너무 지친 나머지 근위 기사단의 부단장인 슈뢰더가 무슨 일로 이곳에 있는지 물을 생각도 못했다. 한동안 헤르난과 다른 왕자들의 뒤를 캐느라 그를 만날 생각을 하지 못했던 것인데, 막상 시간이 나니 슈뢰더를 비롯한 나머지 두 사람은 그림자조차 구경할 수 없었다.

수소문을 해보니 쟌과 함께 특별 훈련을 하고 있기 때문에 만날 수 없다는 대답뿐이었다. 왜 만날 수 없냐고 물으니 헤르난은 승계 전쟁과는 상관없다고 퉁명스럽게 대답해 후크는 더 이상 물을 수 없었다.

그렇지 않아도 그의 소식을 궁금해했었는데 근위 기사의 대답에서 그의 이름이 거론된 것이다. 그것도 아주 황당한 소식과 함께 말이다.

후크가 멍해 있는 사이에도 마차와 용병들은 끊임없이 언덕 위의 성을 향해 이동하고 있었다.

눈발이 바람에 가볍게 흩날린다.

바람에 날리던 탐스러운 눈송이들이 성의 지붕과 성벽과 연병장에 쌓이기 시작했다.

10월 중순밖에 되지 않았는데 벌써 눈이 내리기 시작한 것이다. 아무리 커트론 지역이 북쪽에 위치해 있고, 또 겨울이 일찍 시작된다고는 하지만 설마 10월 중순에 눈이 내릴 줄은 몰랐기에 쟌은 내리는 눈을 바라보면서 그저 입맛만 다실 뿐이었다.

눈이 내린다고 훈련을 안 하는 것은 아니지만, 그렇다고 눈을 치우고 있는 용병들을 붙잡아 훈련을 시킬 수는 없는 일이었다. 입맛을 다시고 있는 쟌을 바라보며 셀은 빙그레 미소를 지었다.

이럴 때의 쟌은 꼭 심통난 어린아이 같다는 생각을 버릴 수 없었다. 그러면서도 요즘 들어 쟌에게서 풍기는 이미지가 전과는 많이 달라졌다는 사람들의 말이 생각나 그것에 대해 생각하기 시작했다.

이전의 이미지가 금방이라도 달려들 것 같은 한 마리의 독 오른 독사 같았다면 지금은 잔잔한 수면을 가진 넓은 바다를 보고 있는 느낌이었다. 하지만 결코 잔잔한 느낌만 전해주는 것이 아니라 언제 몰아칠지 모르는 해일의 무자비함도 포함되어 있었다.

물론 이건 순전히 그녀의 생각이었다.

결혼을 한 후 쟌이 이전에 비해 훨씬 부드러워졌다는 것이 대부분 사람들의 의견이었지만, 셀은 오히려 예전보다 쟌의 심리 상태가 더 불안정해진 것 같아 조금은 불안한 생각마저 들었다.

왠지 그의 관심을 다른 곳으로 돌려야겠다는 생각이 들어 입을 열었다.

"요즘 황궁에서 오신 분들의 훈련은 잘되나요?"

"응? 아! 그 녀석들. 요즘 슬슬 마나를 느끼기 시작한 것 같아. 조금만 더 노력하면 곧 마나를 마음먹은 대로 움직일 수 있게 될 거야."

"예?"

"한동안 다그쳤더니 요즘 들어와서 마나를 느끼기 시작한 것 같아. 후후후, 깜찍한(?) 녀석들이 나에겐 비밀로 하고 자기들끼리만 정보를 나누는 것 같은데, 짜식들이 전혀 소용없는 짓을 하고 있다는 것도 모르고 말이야."

비릿한 미소를 지으며 하는 쟌의 말에 셸은 고개를 갸웃거렸다.

"전혀 소용없다니, 그게 무슨 말이에요? 마나를 느끼는 것이 어렵지 일단 마나를 느끼기 시작하고 일정한 시일이 지나면 곧 소드 마스터가 될 수 있는 것 아닌가요?"

"그거야 그렇지만, 체계적인 훈련을 쌓지 않는다면 평생 동안 그저 마나를 느끼기만 할 뿐 그 마나를 몸에 쌓을 수도, 또 쌓인 마나를 활용할 수도 없어. 여기 트레슈나 제국의 체계화되지 않은 훈련 방법으로는 평생 가봐야 소드 마스터가 되긴 하늘의 별 따기지."

쟌의 말이 잘 이해가 되지 않는지 셸은 다시 한 번 고개를 갸웃거렸다.

"쟌이 무슨 뜻으로 그런 말을 한 것인지는 알겠는데 정말 소드 마스터가 되면 몸 안에 축적된 마나를 마음먹은 대로 움직일 수 있나요?"

"물론이지. 내가 한 가지 이해가 되지 않는 것은 이곳 사람들은 몸에 마나를 쌓을 줄은 알면서 왜 그것을 활용하는 법은 모르고 있느냐 하는 거야. 내가 살던 곳은 처음부터 마나를 느끼는 훈련부터 시작해서 검기를 뽑아 쓸 정도가 되면 이미 마나를 자유자재로 움직일 수 있게 되거든. 당연히 마나를 다룰 줄 모르는 사람보다는 훨씬 빨리 소드마스터가 될 수 있지."

"마나를 마음먹은 대로 다룰 줄 안다?"

나직하게 중얼거리던 셀은 문득 마법사인 자신의 입장에서 생각을 해보았다.

마법사는 당연히 마나의 흐름을 느껴야 한다.

마법사는 언제나 마법을 쓸 수 있느냐고 누군가 묻는다면 당연히 아니라고 대답할 것이다.

숲이나 강, 들, 바다에서는 언제든 마법을 사용할 수 있다. 이유는 조금 전에 거론한 지역은 언제나 마나가 충만한 곳이기 때문이다. 하지만 그런 곳이 아닌 사막이나 도시에서는 마법을 잘 사용할 수가 없다.

주위에서 마나를 끌어당기기도 힘들 뿐 아니라 마나의 양에 따라 쓸 수 있는 마법의 스펠이 정해져 있기 때문이다. 물론 상대가 7클래스 이상 되는 대마법사 라벨에 든 마법사라면 어떤 상황에서도 마법을 쓸 수 있을 것이다. 하지만 하위 마법사들에게는 어림도 없는 일이었다.

결론적으로 쟌이나 그에게서 훈련을 받고 있는 기사들에게는 자신이 가지고 있는 마나를 사용할 수 있는 것이 무엇보다 중요했다. 그리고 쟌은 그 방법에 대해 잘 알고 있는 것처럼 느껴졌다.

"그럼 몸속에 쌓인 마나를 임의적으로 움직인다는 것이 가능한 일이란 말인가요?"

"물론이지. 내 몸속에 쌓인 마나조차 제대로 다스리지 못한다면 그게 무슨 소용이 있겠어? 소드 마스터는커녕 평생 소드 유저를 벗어나기도 힘들어. 마나를 얼마만큼 원활하게, 또 자유롭게 마음먹은 대로 쓸 수 있느냐에 따라 훨씬 빠르게, 훨씬 능숙하게, 또 훨씬 간단하게 소드 마스터가 될 수 있어. 그래서 하는 말인데… 앞으로 남은 7간 동안 셀에게 단전호흡을 가르치고 싶어."

"단전호흡?"

"그래. 조금 전 말했던 것처럼 인간을 태어났을 때처럼 아무런 불순물도 묻지 않은 순결한 상태로 만들어주는 것이 바로 단전호흡의 힘이자 효능이지. 인간의 힘을 극한까지 뽑아 쓸 수 있게 해주기도 하고, 두뇌를 극도로 활발하게 만들어 어려운 무술도 쉽게 익히게 만들어주지. 또한 몸속에 많은 양의 마나를 쌓아 병에 걸리게 하지 않을뿐더러, 설사 병에 걸렸다 하더라도 면역력을 강하게 만들어 금세 나을 수 있게 만들어주거든. 그리고 그 마나의 힘으로 노화도 막을 수 있을뿐더러 역으로 젊어질 수도 있어."

쟌의 설명에 셀은 이해가 잘 안 간다는 표정을 지었다.

물론 마나란 것이 검을 익힌 검사들에게, 또 마법사에게도 그들이 가진 능력을 발휘할 수 있게 만드는 상당히 중요한 문제라는 것을 셀도 잘 알고 있다. 하지만 마나를 몸속에 축적한다는 것은 오랜 시간 동안 훈련을 통해야만 쌓을 수 있다는 것이 통상적인 상식이었다. 하지만 쟌의 말대로라면 검술 훈련 같은 것은 할 필요도 없다는 말이 아닌가?

그런 셀의 생각을 짐작이라도 한 듯 쟌은 고개를 끄덕였다.

"물론 셸이 지금 생각하는 대로 단전호흡을 해 몸속에 마나를 축적할 수만 있다면 힘들게 검술 훈련을 하지 않아도 놀라운 힘을 발휘할 수 있어. 그럼에도 불구하고 왜 검술 훈련을 병행해야 하느냐? 쉽게 말하자면 내공과 외공은 지붕을 받치고 있는 두 개의 기둥처럼 우리의 몸을 지지해 주는 축이기 때문이야. 마나를 담는 그릇인 몸이 강인하다면 당연히 그 몸에 담길 수 있는 마나의 양도 늘어나거든. 또 마나의 힘을 이용하면 근육에서 낼 수 있는 힘이 몇 배로 늘어나게 되지. 간단하게 예를 들어볼까?"

잠시 말을 마친 쟌은 훈련장 이곳저곳에 세워져 있는 강철 인형 앞으로 다가갔다. 그리고는 셸에게 질문을 했다.

"셸, 이 강철 인형의 팔을 자를 수 있겠어?"

쟌의 말에 셸은 고개를 갸웃거리면서도 허리에 차고 있던 레이피어를 뽑아 들었다. 각성한 이후 주로 마법에만 신경 썼기 때문에 자신은 없었지만 일단 정신을 차린 후 양손으로 레이피어를 잡았다. 그리고는 호흡을 가다듬었다.

"얍!"

채앵!

날카로운 금속음과 함께 레이피어는 맥없이 튕겨지고 말았다.

놓칠 뻔했던 레이피어를 가까스로 잡은 셸은 손목이 시큰거리는 것을 느껴야만 했다.

"다치지 않았어?"

"괜찮아요. 그런데 제 능력으로는 부족한 것 같아요."

"아니야, 그렇지 않아. 아직은 마나의 양이 부족해서 그래. 내가 하는 것을 봐."

목검 속에서 진검을 뽑아 든 쟌은 천천히 몸속의 마나를 진검으로 몰아넣기 시작했다. 그렇지 않아도 새파란 빛을 뿌리던 검은 더욱 살벌한 빛을 뿌렸는데, 검끝에서 아지랑이처럼 뭔가가 뿜어져 나오고 있었다.

"셀, 검끝에서 뭔가가 뿜어져 나오는 것이 보여?"

"예. 그게 소드 마스터의 단계라는 검기인가요?"

"글쎄. 이곳에서는 이 정도를 소드 마스터라고 부르는 모양이지만 이건 마나를 다룰 줄 아는 사람이라면 누구든 할 수 있는 기술적인 단계에 불과해. 몸속의 마나를 검에 집어넣기만 하면 검기가 생기거든. 하지만 이것에도 단계가 있어. 단순히 마나만 집어넣는 단계, 집어넣은 마나로 검을 보호하는 단계, 눈에 보이지 않는 검기를 유형화시키는 단계, 유형화된 검기를 더욱 길게 내뿜는 단계, 그 상태에서 검을 날리고 회수하는 단계 등등 검술의 단계는 끝이 없어. 잘 봐."

가볍게 숨을 멈춘 쟌은 강철 인형의 팔을 향해 가볍게 검을 내려쳤다.

챙!

쨍그랑~

짧은 금속음과 함께 강철 인형의 팔은 마치 바싹 구운 비스킷처럼 너무나 간단히 잘려 나갔다. 그 모습에 셀은 눈이 휘둥그레졌다.

물론 쟌이 성공할 것이라고 예상은 했지만 이렇게 간단히 성공할 줄은 몰랐기에 셀의 놀라움은 상당한 것이었다.

"이게 바로 마나의 힘이야. 그리고 육체의 힘과 마나의 힘을 합치면 이런 것도 가능하지."

진검을 회수한 쟌은 떨어져 있던 강철 인형의 잘린 팔을 집어 들고는 양쪽 끝을 잡고 힘을 주기 시작했다.

기기기깅~

쟌의 손에서 푸른색의 빛이 어린다고 느끼는 순간, 요란한 소리와 함께 60센티미터쯤으로 보이던 강철 팔이 반으로 구부러지기 시작했다. 너무나 경이적인 모습에 셀은 아무 말도 할 수 없었다.

잠시 후 강철 팔은 완전히 접혀 버렸고, 쟌은 그 팔을 가리키며 말했다.

"방금 셀도 봤겠지만 마나를 이용한다면 어떤 일이든 가능해. 방금 내가 보인 이런 놀라운 힘도, 눈에 보이지 않을 정도로 쾌속하게 움직이는 것도, 또 검기를 사용하는 것도 가능하지. 쉽게 말해 육체적인 한계를 벗어날 수 있지만 문제는 그게 아니야. 무슨 방법으로 마나를 어떻게 몸 안에 축적시킬 것인가? 그리고 그렇게 해서 쌓은 마나를 어떻게 사용할 것인가 하는 문제가 가장 큰 관건이지. 셀도 마나를 받아들여 체내에 쌓아보면 내가 말한 것을 느낄 수 있을 거야."

바람에 날리며 내리던 눈송이는 어느 틈엔가 주먹만한 크기의 눈송이로 변해 훈련장 바닥에 소복이 쌓이기 시작했다.

"예전에 스승님께 들었던 것 가운데 가장 믿기 힘들었던 이야기는 쏟아지던 폭우를 모조리 검으로 쳐내 비를 한 방울도 맞지 않았다는 이야기였어."

"그게 정말 가능한 이야기예요?"

"모르겠어. 나도 한 번 해보기는 했는데 어림도 없었거든. 하지만 불가능할 것 같지는 않아. 지금보다 좀 더 마나를 축적하고, 근육과 눈을 단련해 반응하는 속도를 줄인다면 가능할 것 같다는 생각도 들어."

"그게 정말이에요?"

휘둥그렇게 눈을 뜬 셀의 모습에 피식 웃던 쟌은 고개를 끄덕였다. 셀의 얼굴에는 도저히 믿지 못하겠다는 표정이 역력했다.

"어차피 오늘은 눈이 내려 훈련을 못할 것 같으니 산책이나 하는 게 어때?"

"그래요."

두 사람은 소복이 쌓이는 눈을 밟으며 걸음을 옮겼다.

* * *

따스한 햇살이 내리쬐는 낮.

길고도 길었던 겨울이 끝나고 드디어 만물이 소생하는 봄이 온 것이다. 커트론 지역은 대륙의 북부에 위치하고 있기에 꽤나 추울 것이라 예상은 했지만 설마 이토록 길고 지독한 추위를 겪게 될 것이라고는 상상도 못했다.

커트론 지역에 위치한 모든 호수가 꽁꽁 얼어붙어 지면과 다름없는 강도를 지닐 정도였다. 만약 성내에 식수로 쓸 수 있는 우물이 없었다면 아마도 용병들은 겨우내 모두 동원되어 식수로 쓸 수 있는 물을 찾아다니느라 고생깨나 했을 것이다. 다행히도 성내에 우물이 다섯 개나 있어 식수로 쓰기에는 충분했다.

원래는 우물이 하나밖에 없던 이 성에 헤르난과 용병들이 주둔하게 되었을 때 셀이 강력하게 주장해 네 개의 우물을 더 파두었던 것이다.

처음에는 쓸데없는 짓이라 생각하던 왕자들도 엄청난 추위 때문에 기존에 사용하던 우물과 새로 판 우물 두 개가 꽁꽁 얼어붙어 사용하지 못하게 되자 꿀 먹은 벙어리처럼 입을 다물어야 했다.

6개월 가까웠던 겨울이 끝났을 때 왕자들이나 용병들은 햇살의 귀함과 봄의 소중함을 새삼 느끼게 되었다.

그들이 햇살 가득한 연병장에서 봄이 전해주는 따스함을 즐기고 있을 때 비지땀을 흘리며 훈련에 열중하고 있는 사람들이 있었다. 바로 올리비에와 세 명의 부단장이었다.

풀 플레이트 메일을 걸친 채 발로는 산보를, 손으로는 격검과 예검의 기본형을 끊임없이 휘두르며 연병장을 돌고 있었다. 그들 네 사람은 겨우내 이 복장으로 훈련을 하느라 삭풍의 매서움을 느낄 사이도 없었다.

조금 자세히 보면 그들의 동작이 조금씩 다르다는 것을 깨달을 수 있다.

체격이 좋은 올리비에와 기레스트의 동작은 크고 호쾌했고, 상대적으로 체격이 작은 드보아와 슈뢰더는 빠르고 간결했다. 그렇다고 올리비에와 기레스트의 동작이 똑같다는 것은 아니었다.

올리비에의 동작은 쟌의 영향을 받은 듯 끊임없이 둥글게 원을 그리고 있었고, 기레스트는 원보다는 직선에 가까운 궤적을 그리면서도 좌우보다는 전후로 빠른 움직임을 보이고 있었다. 또 드보아가 전후좌우로 빠르게 움직이면서 검을 휘두르는 반면 슈뢰더는 몸의 움직임은 최대한 자제한 채 검 자체의 변화에 치중하는 듯 보였다.

이들의 모습을 보면 지난겨울 전과 아무것도 달라진 것이 없는 듯 보이지만 내적으로는 엄청난 변화가 있었다.

그들 가운데에서도 가장 큰 변화를 느끼고 있는 사람은 바로 올리비에였다.

지금까지 단 한 번도 느끼지 못했던 마나를 드디어 느끼고 통제하게 된 것이다. 물론 아직까지 완벽하게 마나를 통제하지는 못하지만, 그렇다고 뭔가를 이루려 조급해하지도 않았다. 욕심이 없기 때문이라서가 아니라 자신이 아무리 원한다고 해도 그렇게 쉽게 마나의 통제가 이뤄지는 것이 아님을 잘 알고 있었기 때문이다.

세 부단장도 역시 마찬가지였다.

이제까지와는 달리 막연하기만 했던 마나의 통제가 이전과는 달리 어느 정도 마음먹은 대로 움직였던 것이다. 실력은 슈뢰더가 가장 뛰어났고, 마나의 통제력은 기레스트가 가장 뛰어났지만 지금은 거의 차이를 찾아볼 수 없을 정도로 백중세였다. 체력 역시 이전과는 비교할 수 없을 정도로 강해진 상태였다.

아무리 뛰어난 실력을 가진 소드 마스터라 할지라도 풀 플레이트 메일을 걸친 채 움직일 수 있는 시간은 한 시간이 고작이었다. 이전에 세 사람의 체력으로는 겨우 3, 40분 정도를 버틸 수 있을 뿐이었다. 그런데 지금은 쉴 새 없이 움직여 연병장을 돌아도 두 시간은 충분히 버틸 수 있었다. 그리고 반사 신경이나 몸놀림 역시 이전과는 비교도 안 될 정도로 빨라졌다.

겨울이 되기 전, 스스로 알아서 훈련을 하라는 쟌의 지시가 있은 후 그들은 훈련 시간표를 스스로 작성해 그 시간표대로 훈련을 했다. 처음 쟌의 말을 들었을 때는 그가 너무 무성의한 것이 아닌가 하는 생각도 들었지만 막상 훈련을 해보니 그런 생각은 금세 자취를 감출 수밖에 없었다.

동료들보다 조금이라도 더 높은 성취를 얻기 위해 그야말로 자는 시간까지 줄이는 상황이다 보니 지금은 누가 어떤 훈련을 하든 말든 그저 묵묵하게 자신의 할 일만 할 뿐 동료들에게는 신경도 쓰지 않았다. 게다가 그동안 파악한 쟌의 성격으로 봐서 자신의 몸놀림에 큰 문제만 없으면 아무 말 하지 않을 사람임을 알았기에 그저 자신의 훈련에만 집중할 뿐이었다. 게다가 황제에게 돌아가 훈련의 성과를 보일 날도 한 달 하고 며칠밖에 남지 않은 상황이라 그들은 잠시도 쉴 시간이 없었다. 그런 그들의 모습을 바라보던 부케인이 고개를 저었다.

"정말 어지간한 사람들이군. 왜 저렇게 자신을 괴롭히는 것이지?"

"후후후, 저들은 자신의 힘만으로 원하는 것을 쟁취하려고 노력하지 않느냐? 솔직히 진심으로 강해지기 위해 노력하는 저들을 비웃을 자격이 나에게 있는지 모르겠구나."

자조적인 헤르난의 말에 형제들은 일제히 그의 얼굴을 쳐다보며 고개를 갸웃거렸다.

승계 전쟁이 시작된 다음부터 헤르난은 변하기 시작해 지금은 예전과는 비교할 수도 없을 정도로 변했다.

멍하니 하늘을 보는 모습도 자주 눈에 띄었고, 될 수 있으면 말도 많이 자제하는 모습이었다. 또 훈련에 열심인 용병들의 모습을 말없이 바라보는 모습도 흔히 볼 수 있었다.

"왜 그런 말을 하는 거지? 지금 황제가 되기 위해 전쟁 중이라는 것을 형은 설마 잊은 거야?"

"후후후, 내가 왜 잊었겠니. 내가 할 줄 아는 유일한 것인데 말이다. 하지만 그것은 태어난 내 위치가 왕자이기 때문이지 내가 노력해 차지한 자리가 아니지 않느냐?"

"맥 빠지는 소리 그만 해. 원한다고 원하는 대로 태어날 수 있는 게 아니잖아. 빌어먹을 운명이라는 게 원래 그런 것 아니야? 내가 승계 전쟁의 주체가 아닌 열여섯 번째 왕자로 태어난 것도 그 빌어먹을 운명이잖아. 귀족으로 태어나는 것도, 노예로 태어나는 것드 빌어먹을 운명이고 신의 섭리란 말이야. 어차피 나나 사람들은 헤르난이라는 배에 이미 탔으니까. 그리고 이제 와서는 바꿀 수도 없는 일이니까, 제발 듣는 사람 맥 빠지게 만드는 소리 그만 하고 어떻게 하면 현재의 상황을 우리에게 유리하게 만들 수 있을지, 그거나 신경 쓰란 말이야."

그렇게 말하는 루이스의 얼굴은 분노 때문인지 아니면 열기 때문인지 벌겋게 상기되어 있었다.

"후후후, 살다 보니 귀하의 입에서도 옳은 말이 나올 때도 있는 모양이군."

루이스가 고개를 돌리고 보니 아니나 다를까, 역시 쟌이었다.

셀과 팔짱을 낀 채 나타난 쟌은 흘깃 연병장을 돌고 있는 네 사람을 보고는 다시 헤르난에게 고개를 돌렸다.

"대체 언제까지 그렇게 축 쳐져 있을 거요?"

"나 말인가?"

"아까 저 사람이 좋은 말을 하더구려. 당신이 이들을 이끄는 위치에 선 것도 다 운명 아니겠소? 적어도 당신이 황제 자리를 노리겠다면 당신을 따르는 자들을 위해 그 권리에 따르는 책임과 의무를 다하시오. 그것이 당신이 당장 해야 할 일이오."

냉랭하기조차 한 쟌의 말에 헤르난은 충격을 받았는지 조금은 멍한 표정을 짓고 있었다.

"권리에 따르는 책임과 의무를 다하라고?"

"그럼 당신은 황제란 자리가 놀고먹는 자리라고 생각했단 말이오? 내가 살던 곳에서는 하다못해 흉년이 들거나 홍수가 나도 황제는 자신이 죄를 지었기 때문에 나라에 그런 일이 생겼다고 스스로 하늘에 자신의 죄를 빈단 말이오. 당신이 황제가 되었을 때 그렇게 할 수 있겠소? 황제로서 권리를 누리는 것만이 아니라 국민들을 보살펴야 할 책임과 그들의 아픔을 같이해야 할 의무도 있다는 것을 잊지 않는다면 당신은 틀림없이 성군(聖君)이라 불리며 국민들에게 사랑과 존경을 받는 황제가 될 수 있을 거요."

"성군이라……. 자네는 내가 성군이 될 수 있을 것이라 생각하는가?"

"난 누구든 성군이 될 수 있는 자질은 타고난다고 생각하오. 내가 싫어하는 것을 남에게 강요하지 않는다면 충분히 성군이 될 수 있지 않겠소?"

"그런데 무슨 일로 온 것인가?"

"다른 것이 아니라 지금 나에게 훈련을 받고 있는 세 녀석들 때문이오."

"왜, 문제가 있나?"

"그런 것이 아니라 앞으로 한 달 동안 그 녀석들을 집중적으로 가르쳐야 할 것 같아서 미리 양해를 구하는 것이오."

"어차피 그들은 자네에게 훈련받으라는 황제 폐하의 명이 겨시지 않았던가?"

"그거야 내 알 바 아니고, 난 그저 내가 해야 할 일을 책임지고 마치고 싶을 뿐이오."

"요즘 들어 내가 보니 자넨 그들 세 사람에게 그렇게 크게 신경 쓰지 않는 것 같던데 갑자기 새삼스럽게 그들에게 훈련을 시켜야 한다니…… 조금은 의외로군."

"어차피 그들은 내 소관이니 신경 꺼주셨으면 고맙겠소."

쟌의 퉁명스러운 말투에 헤르난은 쓴웃음을 지었다.

"사실 나도 새로운 병력들을 충원시키는 일 때문에 자네에게 신경 쓸 여력이 없는 상황이라네. 방금 보고를 받았으니 나머지 일은 자네가 알아서 하도록 하게."

"알겠소."

대답한 쟌은 할 말이 남은 듯 잠시 머뭇거렸지만 곧 몸을 돌려 셀과 함께 그 자리를 떠났다.

"집합!"

연병장을 돌던 네 사람은 쟌의 돌연한 부름에 즉시 동작을 멈추고 쟌에게로 달려갔다. 쟌 앞에 부동 자세로 선 네 사람의 얼굴은 온통 땀

투성이였지만 숨소리만은 평상시같이 평온했다.

그런 그들의 모습을 잠시 살피던 쟌은 뒷짐을 진 채 천천히 입을 열었다.

"너희가 나에게 온 지도 벌써 1년이 다 되어간다. 내가 황제 폐하의 명령으로 너희를 훈련시키기로 약속한 기간은 1년. 해서 난 오늘부터 너희에게 특별 훈련을 시키려고 한다."

1년이 다 되어간다는 쟌의 말에 세 사람의 얼굴에는 진한 감회가 어렸다가 특별 훈련을 시키겠다는 말을 듣는 순간, 누가 먼저라고 할 것도 없이 동시에 얼굴에서 핏기가 사라졌다.

지금만 하더라도 정말 이를 악물고 참아야 할 정도로 극악한 시간이었다. 하다못해 검술을 처음 배웠던 시절 고생했던 것은 그야말로 코웃음이 나올 정도밖에 안 되었다.

그들이 그동안 받아온 훈련은 수십 년 동안 훈련을 통해 손바닥에 새겨졌던 굳은살이 불과 1년 사이에 서너 번이나 벗겨져야 할 정도로 지독했다. 또 저녁에 자다 갑자기 뭉친 근육 때문에 고통스러워 잠을 깬 것이 한두 번이 아니었다.

지금까지의 훈련만 해도 지긋지긋할 정도인데 또다시 특별 훈련을 받아야 한다니……. 그러니 그들의 얼굴에서 핏기가 사라지는 것도 어찌 생각하면 당연한 일이었다.

쟌이 왜 그런 그들의 속마음을 짐작하지 못하겠는가?

"흥! 멍청한 녀석들이 또 헛다리를 짚고 있군. 즉시 플레이트 메일을 벗고 다시 집합한다! 해산!"

쟌의 지시에 네 사람은 서둘러 무장을 해제하고 다시 집합했다.

"따라와."

그 말만을 남기고 쟌은 셸과 함께 성 밖으로 향했고, 유난히도 돌이 많은 이곳에서도 가장 넓적한 바위가 있는 곳에서 걸음을 멈추었다.

"여기에 가부좌를 틀고 앉아."

쟌의 지시에 따라 바위 위로 오른 네 사람은 익숙하지 않은 자세로 다리를 꼬며 앉았는데, 다들 편치 않은 표정이었다.

"오늘부터 너희는 나에게 단전호흡을 배우게 된다. 단전호흡을 배우는 가장 큰 목적은 너희 몸속에 쌓여 있는 마나를 자유자재로 통제해 사용할 수 있게 하려는 것이고, 두 번째는 단전호흡을 통해 단전에 쌓이는 마나의 양을 비약적으로 늘리려는 것이다. 효과는 너희가 직접 느낄 수 있을 테니 다른 말은 하지 않겠다."

잠시 말을 끊은 쟌은 그들 네 사람을 향해 손을 뻗었다.

갑작스러운 쟌의 행동을 이해하지 못하던 네 사람은 곧 눈에 보이지 않는 뭔가가 자신들의 몸을 휘감는 것을 느꼈다. 그리고는 쟌이 손을 내뻗고, 잡아당길 때마다 몸 전체가 뒤로 밀렸다가 앞으로 당겨지는 느낌이 들었다.

"이것이 바로 마나다. 너희 역시 단전호흡을 통해 체내에 마나를 쌓는다면 방금 내가 한 것과 같은 것을 할 수 있게 될 것이다. 일차적으로 너희가 할 것은 체내의 마나를 확실하게 느낄 수 있느냐, 또 그 마나를 확실하게 자신의 통제 아래 움직일 수 있느냐 하는 것이다. 지금부터 호흡법에 대해 설명할 테니 잘 들어라. 먼저, 지금부터는 코로 호흡한다는 사실을 잊도록 해라. 머리 위의 가상의 구멍을 통해 공기와 마나가 단전으로 들어와 머문다고 생각해라. 그리고는 단전에 머물던 호흡과 몸 안의 불순물을 단전의 반대쪽에 위치한 가상의 구멍을 통해 내보낸다고 생각해라. 실제 호흡은 코로 하는 것이지만 가상의 숨구멍을 통해 마나를 흡입한다고 생각하면서 최대한 몸은 꼿꼿하게 세워 그 자세를 유지하도록 해라. 호흡 방법은 최대한 잔잔하게 숨을 들이마시고 멈추었다가 다시 최대한 잔잔하게 숨을 뱉도록 해라. 역시 숨을 잠시 멈추었다가 다시 숨을 들이마시기를 반복해라. 숨을 쉬는 데만 모든 신경을 집중해서 조금씩 숨을 들이키는 시간과 내쉬는 시간을 순차적으로 늘리는 것이 단전호흡의 요체라는 것을 잊지 마라. 질문있나?"

"마스터, 질문있습니다!"

"뭐냐?"

"마스터께서 말씀하신 그 특별 훈련이라는 것이 이게 전부입니까? 특별하게 검을 쓰는 법이나 특이한 몸놀림 같은 것은 없습니까?"

"흐흐흐, 겨우 앉아서 호흡하는 방법이나 가르치면서 특별 훈련이라고 하니 왜 허전한가? 일단 호흡이나 제대로 한 후 건방진 소리를 하는 것이 좋을 거다. 황제께서 정하신 기한의 일주일 전까지다. 소기의 성과라도 거두려면 호흡에만 신경 쓰는 것이 좋을 것이다."

"몇 시간 동안이나 해야 됩니까?"

"10분을 해도 좋고 하루 종일 해도 좋다. 이제 내가 너희에게 가르쳐야 할 것은 모두 가르쳤다. 기간이 종료되면 나에게 올 필요 없이 황제를 뵙도록 해라. 이것으로 비격 전수가 모두 끝났음을 알리며 동시에 제1기 수료식을 마치겠다."

말을 마친 쟌은 셀과 함께 성으로 돌아가 버렸고, 남은 네 사람은 멍한 표정으로 쟌의 뒷모습을 바라보지 않을 수 없었다. 하지만 쟌이 어떤 사람인지는 지난 1년 동안 겪을 만큼 겪었기에 곧 자세를 잡고 숨 쉬는 것에 모든 신경을 집중하기 시작했다.

52장
증원

　"젠장, 올해는 작년보다 더 퍼붓는 것 같군."

　비록 불만을 토해내긴 했지만 잭슨은 쏟아지는 비를 고스란히 맞으면서도 주위를 경계하던 눈초리를 거두지 않았다. 그뿐만이 아니었다. 불과 10여 미터 안에 20여 명의 용병이 매복한 채 곧 이어 근처를 통과할 적들을 기다리고 있었다.

　자신이 헤르난 진영에 투신한 지도 벌써 1년이 지났다.

　불과 1년 전 헤르난에게 고용된 용병들 가운데 중하위권에 불과했던 자신이 마스터 가이야가 가르쳐 준 몇 가지 검술과 발놀림을 배운 후 지금은 과거와는 비교도 할 수 없을 정도로 실력이 늘었다.

　지금 자신이 데리고 있는 팀원들 가운데에는 자신도 이름만 들어본 적이 있는 유명한 용병들도 몇이나 속해 있었다. 과거 같았으면, 아니,

1년 전만 하더라도 자신은 언제 그들만큼 뛰어난 실력을 가질 수 있을까 부러워만 하고 있었을 것이다. 그러나 지금은 당당히 그들을 팀원으로 거느리고 있는 팀장의 신분이 되었다.

물론 이름을 날리던 용병들이 처음부터 나이도 어린 잭슨의 지휘를 순순히 받으려 할 리 만무했다. 당연히 잭슨은 그들의 불만을 해결하기 위해서 그들 전원과 대결을 해야만 했고, 잭슨의 우려와는 달리 이해가 가지 않을 정도로 너무도 쉽게 승리를 거둘 수 있었다.

눈부시게 늘어난 잭슨의 실력을 보고 용병들은 하나둘 올리비에의 훈련 시간에 참가하기 시작했다. 훈련에 참가한 용병들과 그렇지 않은 용병들 사이의 실력 차이가 시간이 지날수록 커지자 용병들은 훈련에 참가하지 않을 수가 없었다. 게다가 올리비에가 판클라치온 대회에서 우승한 사람이라는 사실이 용병들의 마음을 움직인 것이다.

지금 잭슨이 소나기를 고스란히 맞으면서 이렇게 매복하고 있는 이유는 주네티 측 정찰조가 이곳으로 향하고 있다는 정보 때문이었다. 중대급 규모의 정찰조가 파견되었기 때문에 헤르난은 즉시 마복조에게 적의 정찰조를 본진 깊숙이 끌어들여 게릴라전을 벌여 적을 막도록 명령을 내렸다.

들어온 정보에 의하면 주네티 측 정찰조는 이미 몇 차례 매복조의 기습에 당해 이미 절반이 훨씬 넘는 용병들이 중상을 입거나 목숨을 잃었다는 것이다. 대략적인 이동 방향을 볼 때 자신들이 있는 곳으로 지나칠 확률이 높았다.

물론 매복조로 배치가 된 용병들은 그 실력을 인정받은 용병들이 대부분이었다. 그리고 자신이 할 일은 간단했다.

자신들이 매복해 있는 곳으로 적이 지날 때 그들 가운데 부상을 입지 않은 자들만 공격해 어느 정도 타격을 준 후 정해진 위치로 신속하게 후퇴를 하면 그만이었다. 욕심을 낸다고 해서 될 일도 아니지만 무엇보다 매복조로서 해야 할 일만 충실히 하면 되는 것이다.

지난 1년 동안 수도 없이 공격조와 매복조로 임무를 바꿔가며 게릴라전, 정규전, 백병전 등등 갖가지 상황에 대비한 훈련을 이가 갈릴 정도로 지겹게 했다. 게릴라전은 아군의 병력 손실 없이 적에게 타격을, 가능한 정도의 결정적인 타격을 입히는 것이 목적이었다. 비록 단 한 명에게 부상을 입히는 것에 불과하더라도 소기의 목적을 달성했다면 신속하게 후퇴를 해야만 한다.

잭슨이 이런 저런 생각을 하고 있을 때 빗소리 사이로 철벅거리는 소리가 들려왔다. 재빨리 정신을 차린 잭슨은 즉시 정해진 수신호로 정숙(靜肅)을 유지하도록 지시 내렸다.

소리가 점점 가까워지자 용병들은 자신의 무기를 움켜잡은 채 잭슨의 공격 명령을 기다렸다.

두근거리는 가슴을 억지로 진정시키며 적이 나타나기를 기다리고 있던 잭슨은 뭔가 자신의 예상과는 다르다는 것을 깨닫고는 자신도 모르게 침을 삼켰다.

우선 빗속을 뚫고 모습을 드러낸 자들의 수가 너무나 많았을 뿐 아니라 그들의 전신에서 풍기는 기운도 왠지 심상치 않아 보였다. 그들의 선두가 막 자신들이 매복해 있는 지역을 통과할 때 잭슨의 눈에 낯익은 몇 사람의 모습이 보였다.

매복조의 운영을 책임지고 있는 부단장 피욘느 게르트의 모습도 보였고, 용병 고용을 책임지고 있는 부단장 제론 샤겔스의 모습도 보였다. 게다가 얼마 전 황궁으로 돌아간 슈뢰더, 드보아, 기레스트의 모습까지 보였다.

잭슨이 막 모습을 드러내려고 슬쩍 움직였을 때였다.

"누구냐?"

챙!

슈뢰더가 롱 소드를 뽑아 들며 근처의 나무 위를 향해 싸늘하게 외쳤다.

잭슨은 소란스럽기 이를 데 없는 빗소리 속에서 자신의 기척을 정확하게 알아낸 슈뢰더의 이목에 감탄하지 않을 수 없었다. 동시에 괜한 오해를 부를 수 있다는 생각에 신속하게 나무에서 뛰어내렸다.

소리도 없이 가볍게 뛰어내린 잭슨은 재빨리 피욘느를 향해 고개를 숙였다.

"게르트 부단장님을 뵙습니다."

"잭슨, 자네의 매복지가 여기였나?"

"그렇습니다, 부단장님."

"아직까지 상황이 전달되지 않은 것 같군. 우리 지역에 잠입했던 주네티 전하 측 정찰조는 모두 제거되었네."

"알겠습니다, 부단장님."

"계속 수고하게."

"맡겨주십시오."

대답을 한 잭슨은 한 마리 원숭이처럼 재빨리 나무 위로 올라갔고, 얼마 지나지 않아 그의 모습은 주위의 모습과 동화되어 순식간에 모습을 감추었다. 그 모습에 드보아는 감탄을 터뜨리지 않을 수 없었다.

"대단한 매복 솜씨군. 그렇지 않습니까, 발라키 백작?"

"마스터께서 훈련을 시켰을 텐데 그분이 어설픈 것을 어디 용납할 분이신가?"

"그건 그렇고…… 마스터께서 우릴 보고 뭐라고 하실지 신경 쓰이지 않습니까?"

드보아가 조금은 켕기는 표정으로 입을 열자 슈뢰더와 기레스트의 얼굴에도 꺼림칙한 표정이 저절로 지어졌다.

"실은 나도 그게 걱정이야. 아무리 생각을 하고 또 해봐도 순순히 그냥 받아주시지는 않을 것 같거든. 드보아, 자네 생각은 어떤가?"

"나라고 별수있나. 솔직히 기레스트 자네만큼 걱정도 되고 신경도 쓰이네. 하지만 마스터께서 뭐라고 해도 조금만 더 그분께 배운다면 진정한 소드 마스터가 될 수 있을 것도 같은데 말이야. 휴우~ 죽이 되든 밥이 되든 일단 마스터를 만나뵙고 사정해 봐야지. 그렇지 않습니까, 발라키 백작?"

"내가 왜 여기까지 왔겠는가? 나 역시 자네들의 생각과 조금도 다르지 않다네. 특히 이번에 황제 폐하 앞에서 그동안 익힌 무술을 시범 보일 때 가장 놀란 사람이 누군지 아는가?"

잠시 슈뢰더가 말을 끊자 기레스트와 드보아의 얼굴에도 당시를 떠올리는지 흡족해하는 표정이 떠올랐다.

자신들 역시 황제의 명령으로 각자가 소속된 기사단의 기사들과 겨루었다. 비록 직책이 부단장이라고는 하지만 쟌에게 가르침을 받기 전엔 기사 두 명을 상대하기도 쉽지 않았다. 그랬던 것이 지금은 다섯 명의 기사와 겨루면서도 여유를 가질 수 있을 정도로 변한 것이다.

더욱 이들을 놀라게 한 것은 소드 마스터라 알려진 각 기사단의 단장과 겨룰 때였다. 검기를 능숙하게 사용할 줄 아는 단장들을 맞이해 한 치의 물러섬 없이 세 사람 모두 팽팽한 접전을 벌였다는 것이다.

짧게는 십수 년에서, 길게는 20여 년 넘게 소드 마스터로 지내온 기사단의 단장들과 겨우 1년 만에 겨룰 실력이 되었다는 사실만으로도 놀라운 일인데 팽팽한 접전을 벌일 실력이 되다니… 놀라지 않을 수가 없었다.

"가장 놀란 사람은 바로 나라네. 근위 기사단장이신 켈리거님이 소드 마스터가 되신 것이 지금으로부터 25년 전이시라네. 세상에! 내가 그런 분과 접전을 벌일 수 있다니……. 지금 생각해도 소름이 오싹 끼치는군. 솔직히 난 지금도 믿어지지 않는다네. 게다가 내 몸에 쌓인 마나로 검기를 일으켰을 때 그 놀라움이란……. 나 역시 마스터께서 허락만 하신다면 좀 더 그분께 배워 마스터께서 말씀하신 소드 마스터 이상의 경지를 경험해 보고 싶네."

"그건 저 역시 마찬가집니다."

"저도 꼭 경험해 보고 싶습니다."

곁에서 조용히 그들의 대화를 듣고 있던 피욘느와 제론은 지금 그들이 무슨 말을 하는 것인지 도무지 이해를 할 수 없었다.

소드 마스터란 검술을 익힌 수많은 사람들 가운데에서도 특별한 재능을 소유한 몇 사람만이 도달할 수 있는 그야말로 꿈의 경지였다. 그럼에도 불구하고 이들은 소드 마스터를 넘어선 그 이상의 경지에 대해 이야기하고 있는 것이 아닌가?

서로의 얼굴을 바라보던 피욘느와 제론은 피식 웃음을 터뜨렸다. 그런 경지가 있다는 말을 들어본 적도 없었고, 또 그런 경지가 있을 거라 생각을 해본 적이 단 한 번도 없었다.

그런 생각을 하느니 지긋지긋하게 내리는 이 소나기나 피했으면 좋겠다는 생각뿐이었다. 손을 들어 이마를 타고 내리는 빗물을 닦아낸 제론은 고개를 돌려 자신들의 뒤를 따라오고 있는 용병들을 바라봤다.

그들은 이번에 새로 고용한 용병들로 2만 5천 명이나 되었다. 전력을 감추기 위해 커트론 지역으로 들어오는 길목에 잠복하고 있던 아쉬드나 주네티 측 용병들을 모두 제거한 후 이렇게 이동하고 있지만, 과연 언제까지 비밀을 유지할 수 있을지는 두고 봐야 할 일이었다.

그보다 제론이 신경는 것은 용병들의 선두에서 자신을 따라오고 있는 동생 케니였다.

원래대로라면 살인 미수 사건의 배후 조종자인 까닭에 쉽게 풀려날 수 없는 일이지만 승계 전쟁을 치르고 있는 헤르난의 진영에 참가한다는 조건으로 풀려난 것이다. 물론 상당한 금액의 황금을 갖다 바치고서야 겨우 풀려날 수 있었다. 하지만 헤르난이 승리를 거두게 되면 그가 지은 죄를 사면받을 수 있지만 헤르난이 질 경우에, 또 승계 전쟁이 끝났을 때 케니가 살아 있다면 잔여 형기를 채워야 한다는 조건부 석방이었다.

그것도 제론이 헤르난 진영의 수뇌부에 소속되어 있고, 또 만약 케니가 도주했을 때 제론이 그 잔여 형기를 대신 채우겠다는 보증을 섰기에 케니가 석방될 수 있었던 것이다.

잔뜩 풀이 죽은 모습도 보기 안쓰러웠지만 비에 쫄딱 젖어 후줄근한 모습은 더 더욱 보기 안 좋았다.

곁에 다가가 위로의 말이라도 한마디 해주고 싶었지만 그렇지 않아도 불편한 심기를 건드릴 것 같아 애써 참고 있었다. 평소 동생을 대할 때 조금 엄하게 대하기는 했지만, 그렇다고 그에게 애정이 없어서 그런 것은 아니었다.

세상을 너무 편하게만 살려는 동생이 때때로 마음에 들지 않기는 했지만 부모가 일찍 세상을 떠나는 바람에 부모에 대한 정을 모른 채 자란 동생이 늘 불쌍하다 생각하고 있었다.

다시 한 번 동생의 얼굴을 본 제론은 고개를 돌렸고, 곁에 있던 피욘느가 그런 그의 심정을 이해한다는 듯 어깨를 두드려 주었다.

마치 구멍이라도 뚫린 듯 하늘에서는 끝없이 비가 쏟아지고 있었다.

*   *   *

쾅!

"지금 그걸 보고라고 하는 거냐?"

아쉬드의 얼굴은 흡사 엄청난 양의 술이라도 마신 사람처럼 시뻘겋게 물들어 있었다. 그의 눈길이 향하고 있는 곳에는 아쉬드 진영의 모든 정보와 작전을 책임지고 있는 라일리가 조금은 불편한 얼굴로 앉아 있었다.

그도 그럴 것이, 며칠 전 있었던 주네티 측 용병들과의 전투에서 아쉬드 측 용병들은 괴멸에 가까운 타격을 입고 겨우 몇 명만이 살아 성으로 복귀를 한 것이다. 생존자의 말에 의하면 주네티 측 용병들 중에는 다수의 정령술사들이 포함되어 있어 속수무책으로 당했다는 것이다. 게다가 뜻하지 않은 습격까지 받아 퇴각하던 용병들은 별다른 반항도 못해보고 목숨을 잃어야만 했다.

아쉬드 측은 하나의 조가 300명 규모로 4, 50개 조의 유격조를 운영하고 있었다. 그런데 지금 들은 보고에 의하면 적은 수천 명 규모의 대부대를 운영하고 있었다. 그나마도 적의 기습을 받아 여섯 개 조 이상의 유격조가 몰살당하고서야 겨우 알아낸 사실이었다.

"제이슨 단장, 주네티 녀석이 정령술사들을 고용했다는 사실을 누구보다 당신이 잘 알고 있지 않았나? 어째서 정령술사에 대한 대비를 하지 않은 것이지? 어디 변명이라도 해보란 말이오!"

아쉬드의 질책에 여전히 무표정한 얼굴로 서 있던 카멜은 언뜻 보면 상대의 말을 듣는 듯 보였지만 속으로는 심각하게 이번 사태에 대해 고심하고 있었다.

"할 말이 한마디도 없소?"

"타마룬 녀석이 정령술사들을 이용해 우리에게 타격을 입힐 것은 이미 짐작하고 있었지만, 설마 자신의 비밀 세력 모두를 동원할 줄은 몰랐습니다."

"비밀 세력? 타마룬 뮤겔에게 그런 세력이 있었단 말이오?"

카멜의 무덤덤한 말에 아쉬드의 눈썹이 당장 하늘 높은 줄 모르고 올라갔다.

"돌아온 용병들의 보고 중에 정령술을 쓰는 자들이 무기도 함께 사용했다는 보고가 있었습니다. 정령검사를 말하는 것인데, 제국에서 정령술과 무기 양쪽 모두를 사용할 수 있는 자들은 타마룬 녀석의 부하 뿐입니다."

"우리 제국에 진정 정령검사가 있었단 말이오?"

"그렇습니다, 아쉬드 전하."

"그에 대한 대비책은 있는 거요?"

"물론입니다. 약속을 먼저 깬 사람이 타마룬이니 제가 마검사들을 출동시킨다 하더라도 할 말이 없을 겁니다."

"마검사? 제국에 마법과 검을 동시에 익힌 검사가 그대 말고도 또 있단 말이오?"

"그렇습니다. 마법에 재능이 있는 아이들을 찾아 어렸을 때부터 그들에게 마법과 검을 가르쳤습니다. 또 재능이 떨어지는 사람들에게는 대신 마법 도구를 주어 공격 능력을 배가시켜 놓았습니다. 전력에 큰 도움이 될 겁니다."

"그대에게 그런 전력이 있었다니, 정말 다행이구려. 그래, 인원은 얼마나 되오?"

"인원은 비록 30명뿐이지만 그들에게는 마법 무기 외에 또 다른 강력한 무기가 있습니다."

"또 다른 강력한 무기? 그게 무엇이오?"

아쉬드의 반문에 카멜의 입매가 미미하게 비틀어지는 것이 아마도 웃고 있는 듯 보였다. 하지만 그 표정은 나타나기 무섭게 사라졌고, 카멜은 여전히 무덤덤한 음성으로 대답했다.

"골렘이 열 대 정도 있습니다."

"골렘? 지금 전설상에서나 등장한다는 그 청동 거인을 거론한 거요?

골렘이라는 것이 정말 존재하는 것이오?"

처음 눈만 끔뻑이던 아쉬드는 사실을 확인하려는 듯 카멜에게 질문을 퍼부었고, 다른 왕자들 역시 놀란 얼굴로 카멜의 얼굴을 쳐다보았다.

"브론즈 골렘이 아니라 스톤 골렘입니다."

"스톤 골렘이면 브론즈 골렘보다 훨씬 약한 것 아니오?"

"물론 약합니다. 하지만 나름대로 장점도 있습니다. 몸이 파괴되었을 때 복구가 빠를 뿐 아니라 브론즈 골렘보다 무게가 가볍기 때문에 공격 속도 역시 굉장히 빠릅니다. 또 브론즈 골렘보다 스톤 골렘을 움직이는 데 상대적으로 들어가는 마나가 적기 때문에 마검사들과 힘을 합쳐 공격하면 아무리 정령검사들이 강하다 해도 스톤 골렘들을 막아낼 수는 없을 겁니다."

"그렇다면 다행이군. 현재 주네티 녀석이 고용한 용병들의 수는 얼마나 되지?"

아쉬드의 질문에 정보와 작전을 담당하고 있던 라일리는 자신의 메모지를 살피고는 곧 대답했다.

"현재까지 들어온 정보에 의하면 5만 3천이야."

"5만 3천? 자식, 꽤나 긁어모았군."

"그런데 한 가지 문제가 있어."

"문제라니?"

"얼마 전 커트론 입구에서 출입하는 사람들을 감시하던 정찰조 전원이 누군가의 습격을 받고 모두 목숨을 잃었어. 그것도 사방에 분산해 매복을 하고 있었는데 반항 한 번 해보지 못하고 깨끗하게 당했더군.

하루에 한 번씩 연락하라는 명령이 없었으면 까맣게 모를 뻔했어. 이틀 동안이나 연락이 없어 확인을 해보니까 다섯 곳의 매복조가 모두 당했더라고. 만약 그 이틀 동안 병력을 이동시켰다면 우리가 모르는 상당수의 병력이 이 커트론 지역에 있다는 말이 되겠지. 그 병력이 헤르난 형의 병력인지 주네티 녀석의 병력인지 알 수 없지만 말이야. 하여간 신경이 쓰이는 일이야."

"그러니까 네 말은 누군가가 정찰조를 해치우고 그 사이 병력을 이동시켰다는 말이냐?"

"경험이 많은 용병들에게 살펴보라고 시켰더니 상당히 많은 인원이 통과한 흔적이 있다는 거야. 하지만 얼마 가지 않아 뿔뿔이 흩어져 버려서 정확한 인원은 파악하기 힘들다는 거야. 하지만 대략 1만 5천 명에서 2만 명 정도일 거라는 게 흔적을 본 용병들의 결론이야."

라일리의 대답에 아쉬드나 다른 형제들은 일제히 골치 아프다는 표정을 지었다.

어느 정도 균형을 이루고 있는 지금 상황에서 인원수를 알 수 없는 용병들이 어느 진영에 가담을 하게 된다면 균형은 깨질 것이고, 그렇게 된다면 결국 피 튀기는 전쟁만이 기다릴 것이다.

압도적인 전력으로 싸우지 않고도 쉽게 이길 수 있는 전쟁을 굳이 싸워야만 할 필요가 있겠는가?

7만 명이라는 엄청난 용병을 거느리고 있는 아쉬드 입장에서는 아주 골치 아픈 사건이 아닐 수 없었다. 그렇지 않아도 주네티 측 용병들이 자주 도발해 와 신경이 잔뜩 곤두서 있는 지금 상황에서 새로운 용병들의 출현은 전혀 반가운 일이 아니었다. 자신들이 고용한 용병이 아니라는 것만은 무엇보다 확실하니까.

"그 병력이 헤르난 녀석의 병력이라면 별문제가 아니지만 만약 주네티 녀석의 병력이라면 보통 골치 아픈 일이 아니야. 지금만 해도 5만인데 2만을 더 추가로 모집했다면 우리와 비슷한 전력이 아니냐."

"형, 하지만 내가 가진 정보로는 그린후드 후작에겐 2만 명이나 되는 용병들을 더 고용할 만한 재산이 없거든."

"그럼 헤르난 녀석이란 말이냐?"

"조세프 후작의 재산 규모는 그린후드 후작에 비해 오분의 일도 안 돼. 일전에 헤르난 형의 병력이 만 명도 안 된다고 했을 때 웃긴 했지만 조세프 후작이나 헤르난 형에게 충성을 맹세한 귀족들의 재산 상태를 대략 추정해 보면 그 정도 규모의 용병들을 고용했다면 아마 유지하기도 어려울 거야."

"그렇다면 그 많은 용병을 고용한 사람이 대체 누구란 말이냐? 헤르난 녀석도 아니고 주네티 녀석도 아니라면……."

아쉬드의 음성에는 짜증스러움이 잔뜩 배어 있었다.

대체 누가 고용한 용병들이란 말인가?

헤르난인가 싶으면 주네티가 의심스러웠고, 주네티라 생각을 하면 헤르난이 의심스러웠다. 다만 상대적으로 병력이 적은 헤르난이 고용한 병력이라면 예전에 고용한 용병들과 합친다 하더라도 자신이 고용한 병력의 절반에도 미치지 못하기 때문에 걱정할 필요가 없지만 만약 주네티가 고용한 용병들이라면 문제가 아주 골치 아파지는 것이었다.

"리코."

"응, 왜?"

열 번째 왕자인 리코는 아쉬드가 갑자기 자신을 부르자 조금은 놀란 표정으로 그를 바라봤다.

"할아버지를 찾아가라."

"알렉산더 공작을?"

"우리에게 일어난 일을 설명해 주고 이번 일의 배후에 누가 있는지 살펴보라고 이야기를 전해. 왠지 이번 일의 배후에 누가 있는지 꼭 알아야만 할 것 같다."

"형, 너무 심각하게 생각하는 것 아니야? 별일 아닐 수도 있잖아. 게다가 제이슨 단장에게는 골렘까지 있다는데 뭐가 걱정이야."

리코의 대답에 근처에 있던 그의 형제들은 동의하는 듯 고개를 끄덕였다. 하지만 한 번 굳어진 아쉬드의 얼굴은 펴질 줄을 몰랐다.

"아니다. 이제 승계 전쟁이 끝나기까지 1년도 채 남지 않았다. 이런 상황에서 변수가 될 만한 것은 그것이 뭐든 제거해야만 한다. 너희도 절대 방심하지 마라. 그리고 헤르난이나 주네티 녀석들을 너무 경시하지도 마라."

너무나도 단호한 아쉬드의 말에 형제들은 그저 고개만 끄덕일 뿐 아무 말도 못했다.

*   *   *

성안으로 줄지어 들어오고 있는 용병들을 바라보던 베론 후작은 고개를 갸웃거리고는 근처에 있던 검증단의 다른 사람들에게 물었다.

"조인 백작, 저들이 이번에 헤르난 전하께서 고용한 용병들이 틀림없는가?"

"그렇습니다, 후작 각하."

"전하의 말씀으로는 몇 명 되지 않는다고 하셨지만 이건 본격적인 고용이 아닌가? 저 정도 인원을 한꺼번에 고용하려면 적어도 몇 천만 코렌에 해당되는 금액이 들어갔을 텐데……. 헤르난 전하께 그만한 군자금이 아직까지 남아 있었단 말인가?"

"저도 그게 의문입니다. 조세프 후작이나 헤르난 전하를 지지하는 귀족들에게도 그만한 재산은 없습니다."

"일단은 체크를 해놓도록 하게. 그런데 왜 요즘은 예전에 고용한 용병들의 모습을 볼 수 없는 거지?"

"대부분 경계를 서기 위해 성 주변에 흩어져 있는 것으로 알고 있습니다."

"그래? 대략 2만 명 이상으로 보이지만 기존의 용병들과 합친다 하더라도 3만 정도밖에 안 되잖나. 다른 두 전하께서 보유한 병력에 비하면 절반에도 못 미치는 수준인데 헤르난 전하는 어떻게 이 상황에서 벗어나시려는 거지?"

베론 후작의 말에 조인 백작 역시 이해가 잘 되지 않는지 고개를 갸웃거렸다.

"그래도 새로 용병들을 이렇게 고용한 것을 보면 헤르난 전하께선 승계 전쟁을 포기하신 것은 아닌가 봅니다. 진즉에 포기를 하셨다면 용병들을 이렇게 새로 고용할 필요도 없지 않습니까?"

"그것도 그거지만 헤르난 전하께서는 언제 저렇게 많은 마법사들을 고용하신 거지?"

"예? 마법사가 저들 가운데 있었습니까?"

"문관인 자네는 잘 모르겠지만 지금 헤르난 전하께서 머물고 계신 성엔 약 100여 명의 마법사들이 있네. 마법사들을 경시하는 우리 제국에 그렇게 많은 마법사가 있단 소린 들은 적이 없으니 필시 외부에서 끌어들인 것이 분명한데, 대체 어디서 마법사들을 끌어들인 것인지 의문이 아닐 수 없군."

"케이시나 연방의 포웰 왕국은 마도 왕국이라고 불릴 정도로 마법사가 많지 않습니까?"

"케이시나 연방 사람들의 제국에 대한 적개심을 몰라서 하는 말인가?"

"그러나 정규군이라면 모르지만 저들은 돈이라면 무슨 짓이든 하는 용병들이 아닙니까?"

조인 백작의 말에 베론 후작은 고개를 저었다.

"물론 용병의 대부분이 돈을 목적으로 용병이 되었지만 포웰 왕국의 마법사들은 조금 입장이 다르네. 마법에 재능이 있는 아이들을 왕국에서 직접 선발해 어렸을 때부터 체계적으로 마법을 가르치지. 때문에 자신들 왕국에 대한 그들의 애국심은 말로 설명하기 힘든 부분이 있다네. 그런 마법사들이 자신들과는 적대 관계에 있는 우리 제국에, 그것도 단지 돈 때문에 왔다는 것은 쉽게 납득할 수 있는 것이 아니야. 더구나 그들을 고용할 만한 어마어마한 황금이 헤르난 전하께 있다는 것도 믿을 수 없고 말이야."

베론 후작의 말에 조인 백작은 오히려 그의 말이 더 이해가 가지 않는다는 듯 고개를 갸웃거렸다.

돈 때문에 용병이 된 쓰레기 같은 자들인데 검사나 마법사가 다를 것이 뭐가 있단 말인가? 조인 백작으로서는 그렇게 복잡하게 생각하는 베론 후작이 더 이해되지 않았다.

끊임없이 성안으로 들어서는 용병들을 지켜보던 베론 후작은 뭔가 이해가 가지 않는다는 표정을 짓고 있었다.

"이상한 점이라도 있으십니까, 후작 각하."

"황궁이나 각 기사단에 있어야 할 부단장들이 왜 이곳에 있는 거지?"

"황제 폐하의 명령 때문이라고 하지 않았습니까?"

"그럼 자넨 각 기사단의 부단장들이 일개 용병에게 뭔가를 배우기 위해 왔다는 말을 믿을 수 있단 말인가? 그것도 이제 겨우 스물을 갓 넘겼을 것 같은 청년에게?"

베론 후작은 '애송이'란 말이 목구멍까지 치밀었지만 애써 청년이란 점잖은 표현을 사용했다. 이건 그가 잔을 인정했기 때문이 아니라 귀족으로서 스스로의 품위를 지키기 위해서일 뿐이었다.

"그럼 다른 내막이 있단 말씀이십니까?"

"그래, 내가 생각하기에 분명 무슨 내막이 있어. 혹시 황제 폐하께서 속으로 헤르난 전하를 낙점하고 계시는 것은 아닌지 모르겠군."

"예?"

자신도 모르게 눈을 크게 뜬 조인 백작은 잠시 눈을 끔뻑거리다가 소스라치게 놀란 표정을 지었다.

방금 베론 후작이 한 말은 제국 전체를 뒤흔들 만한 발언이 아닐 수 없었다. 만약 그의 말대로 헤르난이 제국의 황제가 된다면 정계는 물론 귀족 사회 전체가 뒤집어질 엄청난 사태가 벌어질 것은 말하지 않아도 뻔한 일이었다.

물론 황제가 자신이 한 말을 지키지 않을 사람은 아니라지만 그의 속마음을 아는 사람은 아무도 없었다. 만약 그가 비밀리에 헤르난을 후계자로 생각하고 있다면……. 조인 백작은 생각이 거기까지 미치자 자신도 모르게 몸을 부르르 떨었다.

그런 조인 백작의 태도를 본 베론 후작은 단단히 주의를 주었다.

"이 이야기는 승계 전쟁이 끝날 때까지 절대 비밀로 해야만 하네. 만약 이 이야기가 소문난다면, 그리고 그 이야기를 꺼낸 자가 자네나 나라는 것이 밝혀진다면 자네나 나는 물론 가문의 사내들 모두 교수형을 당할 것이고, 여자나 어린아이들은 노예로 팔려 갈 것이 분명하네. 명심하게."

"며, 명심하겠습니다. 후작 각하."

조인 백작은 자신도 모르게 말을 더듬고 말았다.

"이만 가세. 저 용병들에 대해 좀 더 알아봐야겠네."

"알겠습니다. 제가 모시겠습니다."

두 사람이 내려간 성루로 안개가 스멀스멀 성벽을 타고 오르고 있었다.

"모두 조용히 해라!"

묵직하지만 멀리까지 울려 퍼지는 로고스의 음성에 연병장을 가득 메우고 있던 용병들은 일순간에 조용해졌다.

"너희는 오늘부터 헤르난 전하의 휘하에서 전쟁을 치르게 된다. 승계 전쟁의 중요성에 대해서는 새삼 말하지 않겠지만, 몇 가지 주의 사항에 대해서 말할 테니 명심하는 것이 좋을 것이다. 첫째, 너희가 충성을 바쳐야 할 사람은 헤르난 전하지만 너희에게 직접적인 명령을 내릴 사람은 나와 세 명의 부단장, 그리고 200여 명의 조장들이다. 명령엔 절대 복종해라. 전시에 불복종은 즉결 처분이다. 둘째, 이제 너희는 약 200여 개 팀으로 나뉘어 편성될 것이다. 조장의 명령에 절대 복종해야 하지만 만약 불만이 있는 자가 있다면 조장과의 결투를 통해 해결하도록. 이유없이 명령에 불복종하는 자가 있다면 역시 즉결 처분으로 처리하겠다. 셋째, 이적 행위를 하는 자는 지위 고하를 막론하고 즉결 처분하겠다. 이는 전하들이라 해도 예외가 될 수 없다. 이 세 가지를 철저히 지킨다면 너희를 간섭할 일은 거의 없을 거다. 먼 길을 오느라 수고 많았다. 일단은 휴식을 취해라. 이상, 해산!"

로고스의 말에 모여 있던 용병들은 그의 얼굴을 쳐다보거나 혹은 각자 의견을 나누느라 금세 그 자리를 떠나지 못하고 있었다.

시간이 지날수록 차츰 흩어지는 사람들을 바라보며 2층 창가에 있던 왕자들 가운데 유리가 한숨을 쉬었다.

"휴우~ 저들 가운데 이번 전쟁이 끝난 후 살아남은 사람들은 얼마나 될까?"

"절반 이상은 살아남지 않겠어? 그래도 우리가 고용한 용병들은 비교적 훈련도 잘되어 있고, 기후나 현재의 지형에도 잘 적응되어 있잖아."

루이스의 대답에 왕자들 대부분은 고개를 끄덕이면서도 표정은 그리 밝지 않았다.

새로운 용병들이 고용된 것을 보는 순간 그전까지는 표면적으로만 느껴졌던 최후의 결전이 그리 멀지 않았음을 직감적으로 느낄 수 있었다.

"언제쯤일까?"

"뭐가?"

"최후의 승부가 가려지는 순간 말이야."

부케인의 물음에 왕자들의 입이 한순간에 닫혔다.

머리 속으로는 알고 있었지만 만약 그것을 입 밖으로 내어 대답하면 그 순간부터 그것이 하나의 생명체로 자라나 현실로 모습을 드러낼 것 같은 생각이 들었기 때문이다.

"아마도 길고 긴 겨울이 될 것 같아요."

필립의 대답에 형제들은 자신도 모르게 고개를 끄덕였다.

자신들도 전쟁의 승패가 결정지어지는 시기가 아마도 겨울이 되지 않을까 생각하고 있었다.

"네가 우리 조의 조장이라고?"

"왜, 내가 조장이라 불만이냐?"

"당연하지. 너 같은 놈이 어떻게 조장이 될 수 있었지? 혹시 뇌물이라도 받친 것이냐?"

대머리 가득 문신을 새긴 용병 하나가 잔뜩 못마땅한 얼굴로 불만을 터뜨렸다. 그 용병과 대치해 있는 사람은 예전 흑장미성에서 쟌에게 반항하다 제일 먼저, 그것도 지독하게 얻어터졌던 토니 맥도웰이었다.

"발렉, 분명하게 말해라. 내가 조장이라는 것을 인정하지 못하겠나?"

"물론이지."

"다른 사람들은 어떤가? 내가 조장을 맡는 데 불만이 있는 사람은 모두 나서라!"

토니의 말에 그의 조에 배치된 용병들은 그저 토니의 눈치만 볼 뿐 나서는 사람은 한 명도 없었다. 그런 용병들의 모습에 냉소를 짓던 토니는 곧 무표정한 얼굴로 발렉에게 입을 열었다.

"내가 조장을 맡는 것에 불만있는 사람은 발렉, 너 한 사람뿐이다. 생각이 바뀌지 않았다면 날 따라와라."

말을 마친 토니는 연병장의 한쪽 구석을 향해 걸음을 옮겼고, 발렉과 다른 용병들은 그 뒤를 따랐다. 이미 그곳에는 수백 명의 용병이 모여 웅성거리고 있었다.

대부분의 용병들은 로고스가 정해준 조장을 인정했지만 일부의 용병들은 조장에게 대결을 신청했다. 물론 조장이 되면 일반 용병들보다야 조금 더 돈을 받을 수 있는 것은 사실이지만, 그보다는 조장으로 임명된 용병을 인정할 수 없어 결투를 신청한 용병들이 대부분이었다.

근처에 모여 있던 용병들에게 양해를 구한 토니는 대결 장소의 원 안으로 들어가서는 발렉에게 손가락을 까닥거렸다. 그런 토니의 태도에 발렉은 너무나 어이가 없어 코웃음밖에 나오지 않았다.

용병 생활을 시작할 때부터 쌓인 악연이 10년이 지난 지금까지 이어지는 것도 짜증나는 일이지만, 더 짜증나는 것은 두 사람의 검술 실력이 거의 차이가 나지 않아 몇 번이나 겨루어도 그때마다 무승부를 기록할 뿐이었다.

1년 반 전에도 사소한 말다툼이 칼부림까지 갔지만 그때도 역시 승부를 가리지 못했다. 그럼에도 불구하고 손가락만 까닥거리고 있는 토니의 건방진 태도는 도저히 그냥 두고 볼 수가 없었다.

"흐흐흐, 그동안 꼼수라도 만들어놓은 모양이지? 하지만 나도 그동안 놀고만 있던 것이 아님을 똑똑히 가르쳐 주마."

"놀고 있네. 어서 목검이나 잡아라."

"무슨 소리? 당연히 진검이지. 흐흐흐, 왜 겁이라도 나는 거냐? 그렇다면 목검으로 대결을 하고."

"헤르난 전하께서 진검 대결은 피하라고 말씀하셨으니 어서 목검을 잡아라. 비록 목검이지만 너에게 따끔한 맛을 보여주기는 충분할 거다, 발렉."

말과 함께 토니는 자신의 롱 소드를 근처에 있던 어떤 용병에게 전하고는 목검 하나를 건네받았다. 가볍게 목검을 몇 번 휘두른 토니는 태연한 표정으로 발렉을 쳐다보았다.

느긋하기 이를 데 없는 토니의 태도를 바라보던 발렉은 불쾌한 생각과 함께 갑자기 불안한 느낌이 들었다. 너무나 태연한 토니의 태도가 마음에 걸렸기 때문이다.

발렉 역시 자신의 검을 근처에 있던 용병에게 맡기고는 그가 전해준 한 자루의 목검을 움켜잡고 몇 번인가 허공에 휘둘러보았다. 곧 토니와 대치하고 섰다.

불과 1년 반 전과는 뭔가 분위기가 달라진 것 같은데 그것이 뭔지

도무지 짐작이 되지 않았다. 불안감을 애써 감추며 신경질적으로 목검을 휘두르던 발렉은 토니를 향해 짜증스럽게 외쳤다.

"뭐 해, 임마! 당장 덤벼봐!"

성난 맹수처럼 으르렁거리는 발렉의 모습을 지켜보던 토니는 그런 발렉의 모습이 너무나 가소롭게만 여겨졌다.

'불과 1년 반 만에 만나는 것인데 왜 이렇게 발렉 녀석이 유치하고 가소롭게만 느껴지는 것이지? 나도 전에는 저렇게 유치하게 행동했을까?'

동시에 쟌을 만난 후 자신이 많이도 변했다는 생각이 들었다. 단순히 검술 실력이나 체력이 늘어난 것도 있지만, 무엇보다 예전에는 전혀 느낄 수 없었던 여유를 느낄 수 있었던 것이다. 이전까지는 누군가 무기를 들고 자신 앞에 서기만 하면 심장이 두근거리며 잔뜩 긴장해서 근육이 굳어졌었다. 하지만 지금은 평소와 전혀 다를 바가 없었다. 그런 탓에 상대의 자세를 살필 여유마저 가질 수 있었다.

"후후후, 오늘 내가 따끔한 맛을 보여주마. 와라."

토니는 왼손을 허리 뒤로 보낸 채 한 손으로 목검을 잡고는 비릿한 냉소를 지었다. 그런 토니의 건방진 태도에 화가 치민 발렉은 고함과 함께 목검을 휘두르며 달려들었다.

휘익! 휙!

제법 날카로운 소리를 내며 목검이 머리를 향해 날아들었지만 토니는 간단히 막아냈다. 연이어 매서운 파공성을 울리며 목검이 날아들었지만 토니는 꼼짝도 하지 않은 채 그저 손목만을 움직여 역시 간단히 발렉의 공격을 막아냈다.

발렉의 일방적인 공격이 한동안 계속되었지만 토니의 목검에 가로막혀 모두 무위로 돌아갔다. 주위에서 구경하고 있던 용병들 가운데에는 토니와 발렉 모두를 알고 있는 용병들도 적지 않았다.

　둘이 얼마나 앙숙이고, 두 사람의 실력이 얼마나 차이가 없는지 잘 알고 있던 용병들에게는 발렉의 발악적인 공격을 차분하게 막아내는 토니의 모습이 너무나도 이질적으로 보였다. 대체 토니에게 무슨 일이 있었기에 이렇게나 실력 차이가 난단 말인가? 하지만 가장 놀란 사람은 누구보다 발렉이었다.

　항상 팽팽한 접전을 벌여왔던 상대가 어떻게 불과 1년 반 만에 이렇게까지 변할 수 있단 말인가? 쉬지 않고 목검을 휘두르면서도 점점 불안해지는 마음을 감출 수 없었다. 그런 반면 토니는 자신과 그다지 실력 차이가 없던 발렉을 이렇게 간단히 상대할 수 있게 된 자신의 모습에 스스로도 깜짝 놀라고 있었다.

　쟌에게서 발놀림과 손놀림 몇 가지를 배웠다고 이렇게까지 발렉과 크게 차이가 날 줄은 토니 자신도 미처 예상하지 못했기에 놀라움은 클 수밖에 없었다.

　상대보다 자신의 실력이 뛰어난 것을 확인하면 기쁜 일일 것이다. 게다가 그 상대가 자신과 앙숙으로 지내던 발렉이라면 더 이상 말할 필요도 없는 일이다.

　자연 토니의 입가에는 흡족해하는 미소가 걸려 있었고, 그런 반면 발렉의 얼굴은 점점 더 초조하게 변했다.

　따따따딱!

　두 개의 목검은 쉴 새 없이 부딪치며 둔탁한 소리를 냈다.

주위에서 두 사람이 싸우는 모습을 지켜보던 용병들은 땀을 뻘뻘 흘리며 목검을 휘두르고 있는 발렉의 모습을 안타까운 시선으로 바라보고 있었다. 그때 가볍게 몸을 움직이며 오로지 방어만 하고 있던 토니의 몸놀림이 급격하게 변했다.

휘익!

"헉!"

동시에 발렉의 입에서 경악성이 터져 나왔다.

믿을 수 없게도 토니가 시야에서 감쪽같이 사라진 것이다. 불안감에 싸인 발렉의 시선이 주위를 두리번거리는 순간 손목에서 끔찍한 고통이 느껴졌다.

퍽! 우두둑!

"크악!"

발렉이 꺾여진 손목을 움켜잡으며 그 자리에 주저앉았고, 얼마 후 허공으로 튕겨져 올라갔던 발렉의 목검이 지면으로 떨어졌다.

잠시 신음을 토하고 있는 발렉의 모습을 바라보던 토니는 자신의 검을 받아 허리에 차고는 근처의 용병에게 지시를 내렸다.

"저 녀석을 프리스트께 데려다 줘라."

"알겠습니다, 캡틴."

부러진 손목을 움켜잡고 있던 발렉은 천천히 멀어져 가는 토니의 모습을 쳐다보며 이를 갈았다. 하지만 그의 마지막 공격만큼은 도무지 어떻게 움직인 것인지 전혀 알 수 없었다.

토니가 빙글 회전한다고 느끼는 순간 그의 몸이 순식간에 시야에서 사라졌고, 다음 순간 손목에서 느껴지는 지독한 통증뿐이었다.

다시 한 번 토니를 노려보던 발렉은 근처에 있던 용병의 안내를 받아 프리스트에게 치료를 받기 위해 걸음을 옮겼고, 근처에 모여 있던 용병들도 뿔뿔이 흩어졌다.

구경을 하던 용병들 가운데에는 케니 샤겔스도 있었다.

오트라르크의 사설 용병단 단장 시절 제국에도 자주 오갔었고, 두 사람과 함께 운송을 해본 적도 있기에 두 사람의 검술 실력을 누구보다 잘 알고 있었다. 당연히 박빙의 승부가 될 것이라고 생각했는데 결과는 전혀 뜻밖이었다.

자신에 비하면 반수 정도 아래였던 토니가 대체 언제 저렇게 실력이 늘었는지 정말 깜짝 놀라지 않을 수 없었다. 더구나 단순히 실력만 는 것이 아니라 상대를 대하는 태도마저 여유가 느껴지는 것이, 변해도 너무 변했다.

물론 이곳으로 오기 전 형에게서 쟌이 용병들에게 훈련을 시킨다는 말을 듣긴 했었다. 하지만 그렇다고 어떻게 이렇게까지 변했는지, 이 사실을 도저히 믿을 수 없었다.

어금니를 깨물고 있던 케니는 인상을 굳힌 채 사방으로 흩어지는 용병들의 모습을 바라보며 뭔가를 곰곰이 생각하기 시작했다. 하지만 쉽게 생각이 정리되지 않는지 아랫입술을 자근자근 씹고 있었다.

고개를 흔들던 케니의 눈에 다정하게 팔짱을 낀 채 걸음을 옮기고 있는 한 쌍의 남녀가 들어왔다.

마치 세상에 존재하는 모든 행복을 느끼는 듯 얼굴 가득 환한 웃음을 짓고 있는 연인의 모습은 보는 사람으로 하여금 절로 미소 짓게 만들 만큼 행복해 보였다. 다만 보는 사람을 조금 어리둥절하게 만드는 점은 여자에 비해 남자의 생김새가 조금—아주 많이—떨어진다는 것이었다. 그러나 여자는 아무렇지도 않은지 환한 웃음을 지으며 사내의 팔에 매달린 채 걸음을 옮기고 있었다.

"뿌드득, 쟌 가이야. 드디어 만났구나."

케니의 눈에서 불길이 치솟았다.

어떻게 잊을 수가 있단 말인가?

만약 쟌만 아니었다면 지금쯤 자신은 호화로운 저택에서 미녀 서너 명의 봉사를 받으며 흥청거리고 있었을 것이다. 그래야 했을 자신이 호강은 고사하고 범죄자들과 함께 지저분하기 이를 데 없는 감옥에 갇혀 교수형 날짜만 기다리고 있었던 것은 모두 쟌 때문이다.

자신이 지저분한 감옥 속에서 원한을 곱씹고 있을 때 아름다운 여인과 함께 행복하게 지낸 쟌을 도저히 용서할 수 없었다. 하지만 어쩌겠는가? 원한은 하늘을 찌르지만 쟌과 자신 사이에는 극복할 수 없는 벽들이 너무나 많았다.

먼저 쟌과의 실력 차도 너무나 클 뿐 아니라 직책마저 형인 제론과 마찬가지로 부단장인 반면 자신은 겨우 일개 용병이 아닌가? 물론 형이 자신을 부관으로 삼았기 때문에 다른 용병들에게 얕잡혀 보일 일은 없겠지만, 헤르난의 전폭적인 지지를 받고 있는 쟌과는 비교도 될 수 없는 일이었다. 하지만 너무나 행복해하는 쟌의 모습을 보니 가슴속 깊은 곳에서 뭔가가 부글부글 끓어오르는 것을 느낌과 동시에 도저히 쟌을 그냥 두고 볼 수 없다는 생각이 들었다.

자신이 겪는 불행이 대체 누구 때문인데 정작 자신을 불행하게 만든 자는 저렇게 행복하게 지낼 수 있단 말인가. 할 수만 있다면 철저히 쟌을 파괴, 아니, 그 영혼마저 파괴하고 싶었다.

"두고 보자, 쟌 가이야."

케니는 천천히 형, 제론의 사무실 쪽으로 걸음을 옮겼다.

53장

공성전 1

스스슥~

2미터 이상 자란 갈대 숲을 헤치며 수십 명의 용병이 최대한 소음을 줄인 채 갈대 숲들을 베어 길을 만들며 거의 동시에 전진하고 있었다. 그리고 그 뒤를 갖가지 무기로 중무장한 용병들이 끝도 없이 뒤따르고 있었다.

약간 떨어진 곳의 말 위에서 아쉬드는 조금은 굳은 얼굴로 그 모습을 바라보고 있었다. 그리고 그 곁에는 말을 탄 10여 명의 용병이 자신의 무기 위에 손을 올려놓은 상태로 삼엄하게 주위를 감시하고 있었다.

"전하, 지금이라도 늦지 않았습니다. 공격은 제가 맡아 책임지고 최대한의 피해를 입힐 테니 전하께서는 이만 성으로 돌아가십시오."

카멜의 말에 아쉬드는 듣은 척도 하지 않은 채 이동 중인 용병들의 모습만 바라보고 있었다.

　"전방에 대한 수색은 철저히 하고 있소?"

　"그렇습니다, 아쉬드 전하. 제럴드 전하께서 세운 작전에 따라 본진 1킬로미터 전방을 샅샅이 수색하고 있으니 심려하지 않으셔도 될 것입니다."

　"이번 우기가 끝나면 곧 겨울이 닥칠 테니 이번 기회에 확실하게 타격을 입혀야만 한다는 것을 잊지 마시오."

　"물론입니다, 전하. 그보다…… 그린후드 후작으로부터 주네티 전하께 전해지던 군자금이 끊길 상황에 놓였다는 정보가 확실한 겁니까?"

　"후후후, 할아버지께서 직접 알아보셨다니 확실할 거요. 제이슨 단장도 생각을 해보시오. 현재 주네티 녀석이 고용한 용병들이 자그마치 5만 명이오. 지난 1년 몇 개월 동안 그들이 한 것이라고는 하는 일도 없이 월급 받고 고작 몇 번의 전투를 치른 것이 전부요. 게다가 전투 중에 발생한 사상자들에게 주어야 하는 보상금도 작은 금액이 아니오. 더구나 5만이라는 병력을 먹이고 유지하는 데만도 엄청난 금액이 소모된단 말이오. 그나마 상인들이 주네티 녀석에게 투자를 했기 때문에 지금까지 올 수 있었다는 것을 제이슨 단장도 잘 알고 있지 않소. 후후후, 하지만 들어온 정보에 의하면 그 녀석에게 투자한 상인들이 하나둘 떨어져 나가는 실정이라니 앞으로 더 이상의 용병은 고용하기 힘들 거요. 물론 조금 더 시간이 흐른다면 더욱 힘든 상황이 될 것이 분명하오. 무엇보다 본격적인 겨울이 시작되기 전인 지금이 그 녀석의 전력을 줄일 수 있는 최상의 적기란 말이오."

아쉬드의 얼굴에는 확신이 어려 있었다.

정보가 모두 사실이라면 공격의 적기라는 아쉬드의 말이 맞겠지만 만약 이것이 적이 흘린 거짓 정보라면 아마 아쉬드는 상당한 타격을 받게 될 것이다. 그런 위험을 알고나 있는 것인지 모르겠지만 확신에 가득 차 과감하게 용단을 내리는 아쉬드의 모습은 그리 보기 나쁘지는 않았다.

게다가 주도면밀하게 수색조를 운영하면서 본진을 셋으로 나누어 이동시키는 모습은 그가 전술에도 전혀 문외한이 아니라는 것을 증명하는 것 아니겠는가. 역시나 자신의 판단대로 황제의 자리에 도전한 세 왕자 가운데 아쉬드가 가장 가능성이 높아 보였다.

"주네티 녀석의 성까지 얼마나 남았소?"

"지금 이동 속도대로라면 삼 일 후에는 주네티 전하께서 계신 성 근처에 도착할 수 있을 것 같습니다."

"삼 일이라……. 수색조에 지시를 내려 빠뜨리는 곳이 없도록 샅샅이 수색하도록 하시오."

"알겠습니다, 전하."

카멜은 즉시 근처에 있던 몇몇 용병 조장을 불러 본진의 경계를 더욱 철저히 하도록 지시했다.

성을 지키기 위해 남은 2만을 제외한 나머지 용병들을 모조리 끌고 왔다. 5만의 병력이라면 주네티 왕자에게 고용된 용병들을 전멸시킬 수는 없다 하더라도 상당한 피해를 입힐 수 있을 것이다. 게다가 아쉬드가 조금 전 말한 정보가 사실이라면 주네티가 모자라는 병력을 보충

하기도 그리 간단한 일은 아닐 것이다.

문제는 얼마만큼 아군의 피해를 줄이고 적에게 큰 타격을 입히느냐는 것이다. 하지만 5만의 용병이라면 절대적으로 자신있는 카멜이었다. 더구나 용병들 사이에는 자신의 제자라고 할 수 있는 마검사들이 다수 포진하고 있지 않은가.

세 무리로 나눠진 용병들의 행렬은 주위를 경계하며 마치 기다란 뱀처럼 끝도 없이 이어지고 있었다.

갖가지 공성병기를 수십 마리 말에 연결해 이동하는 용병들의 행렬은 거의 몇 시간이 지나고 나서야 서서히 끝을 보이고 있었다. 그리고 그런 용병들의 이동 모습을 어둠 속에 모습을 감춘 채 처음부터 지켜보고 있는 사람들이 있었다.

"후후후, 가장 몸이 달았던 사람은 아쉬드였나 보군."

"휴우~ 큰 싸움이 벌어지겠군요."

나직하게 조소를 짓는 잔과는 달리 셀은 한숨을 쉬며 우울한 얼굴을 하고 있었다. 물론 자신도 이 전쟁에 참가하고는 있지만 꼭 이런 방법으로 황제의 재목을 가려야만 하는 것일까 하는 생각을 버릴 수 없었다.

"또 많은 사람들이 목숨을 잃겠군요."

"셀은 어떻게 생각을 하는지 모르겠지만 죽는 것이 두려웠다면 용병이 되지 말았어야 했고, 목숨이 아깝다면 이 전쟁에 뛰어들 생각을 하지 않았어야 옳은 일 아니야? 흥! 어차피 이 전쟁에 뛰어든 용병들은 자신의 목숨을 황금과 바꾼 자들이니 스스로 알아서 자신의 목숨을 챙기겠지."

쟌의 음성에는 용병들의 그런 행동을 비웃는 듯 조소가 진하게 배어 있었다. 그런 쟌의 태도에 셀은 뭐라 말하고 싶었지만 한마디도 할 수 없었다.

비록 쟌이 황금에 자신의 목숨을 판 용병들을 못마땅한 듯 말하기는 했지만 그것이 그의 진심이 아니라는 것은 누구보다 셀이 잘 알고 있었다. 스스로의 힘으로 막을 수 있는 일이 아니기에 안타까운 자신의 심정을 저런 식으로 표현할 뿐인 것이다.

아쉬드와 용병들의 모습은 이미 시야에서 사라진 지 오래였지만 쟌은 그 자리에서 꼼짝도 하지 않고 있었다.

"마스터, 보고를 끝냈습니다."

뒤에서 들린 소리에 쟌은 그제야 돌아섰다. 그런 쟌의 눈에 식사 준비를 하고 있는 몇 사람의 용병과 올리비에, 그리고 세 기사의 모습이 보였다.

용병들이 식사 준비를 하는 가운데 세 기사는 약간은 어색한 자세로 가부좌를 튼 채 숨 쉬기에 모든 신경을 집중하고 있었다.

단전호흡이라 불리는 이 괴상한 숨 쉬기는 자신들이 황제를 만나기 한 달 전부터 시작한 것인데, 처음에는 다리가 저려 10분도 제대로 앉아 있을 수 없을 정도로 힘들었다.

물론 지금도 두 시간 이상은 무리지만 이 호흡을 통해 세 기사는 자신들이 지금까지는 몰랐던 놀라운 마나의 축적과 정신 집중, 그리고 이미지 트레이닝을 하는 방법을 깨닫게 되었다.

쟌이 가르쳐 준 이미지 트레이닝은 단순히 가상의 적을 떠올리며 공격하거나 방어하는 것이 아니었다. 막연하게 대상을 떠올리는 것이 아니라, 집중하면 할수록 가상의 적은 더욱 또렷하게 모습을 드러내고는 그들의 앞을 가로막는 것이었다.

그들이 떠올린 가상의 적은 자신들과는 극성인 상대로, 그러니까 힘을 위주로 하는 검술을 익힌 사람은 기교와 스피드가 뛰어난 상대를, 또 기술이 뛰어난 사람은 엄청난 힘과 스피드가 뛰어난 상대를 떠올리면서 가상의 접전을 벌이는 것이었다.

아무리 상상으로 적과 싸우는 것이지만 지려고 싸우는 사람은 한 사람도 없을 것이다. 하지만 어찌 된 일인지 세 기사는 자신들이 떠올린 상대와 겨루어 단 1승도 거둘 수 없었다.

물론 그들의 상대는 쟌이 정해준(?) 것이지만 계속된 파배는 세 기사의 자존심을 건드렸고, 무술인 특유의 오기가 발동하게 만들었다. 해서 요즘은 숨 쉬기 시간을 제외한 모든 시간을 이미지 트레이닝에 할애하고 있었다. 그리고 그들을 더욱 이미지 트레이닝에 빠지게 만든 것은 상상 속의 대결을 통해 자신의 실력이 조금씩, 하지만 꾸준히 늘고 있다는 것을 스스로도 확실하게 깨닫고 있었기 때문이다.

원래대로라면 쟌을 따라 이곳까지 오지 않았어도 상관이 없지만 혹시 뭐 하나라도 새로운 것을 배울 기회가 될지 모른다는 생각에 스스로들 따라나선 것이었다.

간단히 요기를 마친 쟌은 나무에 기대어 앞으로의 일에 대해 가만히 생각해 보았다.

누가 황제가 되든 내년 5월 말이면 결정이 될 것이고, 다음엔 셀과 함께 제로의 지도를 찾아야만 한다. 단순히 셀의 일을 돕는 것뿐만이 아니라 자신이 원래 살던 곳으로 되돌아갈 수 있는 방법을 알아내야만 하기 때문이다.

지금까지는 이곳 세계로 오는 길이 있으니 가는 길도 있을 것이란 막연한 생각을 하고 있었는데 마법에 대해 알면 알수록 그렇게 간단한 문제가 아니라는 것을 깨달았기 때문이다. 대자연 속에 있는 마나를 임의대로 배열하여 초자연적인 능력을 발휘하는 것이 마법이지만, 그렇다고 원하는 모든 것을 얻을 수는 없지 않은가.

지금으로서는 셸이 찾고 있는 제로의 유물에 모든 희망을 걸 수밖에 없는 상황인 셈이다.

쟌이 이렇게 자신이 살던 곳으로 되돌아가려는 것도 뭔가 자신이 반드시 해야 될 일이 있다는 강렬한 느낌 때문이었다.

아무리 생각해 봐도 그 일이 무슨 일인지 알 수 없었다. 자신만이 그 일을 알고, 또 자신이 반드시 처리해야 될 일이 있다는 느낌뿐이기에 쟌으로서는 그저 답답할 뿐이었다.

그러는 사이 이미지 트레이닝을 마친 세 기사가 간단히 식사를 마치고는 조금 떨어진 곳에서 그들끼리 대화를 나누고 있었다.

"드디어 본격적인 전쟁이 시작될 모양이군."

"그러게 말이오. 발라키 백작, 백작이 생각하기엔 이번 승계 전쟁이 어떻게 진행될 것 같소?"

"현재의 상황을 보면…… 양적인 면에서는 아쉬드 전하가, 질적인 면에서는 헤르난 전하가 조금 앞서지만, 그렇다고 주네티 전하를 무시할 수는 없는 일 아닌가."

하나마나한 대답에 드보아나 기레스트의 얼굴이 일그러졌지만 슈뢰더는 태연하기만 했다. 그 표정만 보면 정작 하고 싶은 말은 한마디도 하지 않은 것 같았다.

두 사람이 계속해서 자신의 얼굴만 쳐다보자 슈뢰더는 어쩔 수 없다는 듯 입을 열었다.

"물론 간단하게 대답할 수 있는 문제가 아니라는 것을 모르는 것은 아니지만 최대 변수는 역시 마스터가 되실 거라고 난 생각하네."

"우리 역시 막연하게 그런 생각을 안 해본 것은 아니지만 그래도 마스터 한 사람만의 힘으로 불리한 전세를 뒤집기는 거의 불가능한 일이란 생각은 안 든단 말이오?"

"그건 나 역시 유로웰 백작의 의견에 동감이오. 지금까지 수집된 정보로 아쉬드 전하는 7만, 주네티 전하는 5만 명의 용병을 휘하에 거느리고 있소. 물론 헤르난 전하도 얼마 전 2만 5천을 새로 고용하셔서 이제 3만 3천이 되셨지만, 객관적으로 열세인 것만은 누가 봐도 뻔히 알 수 있는 일 아니오? 과연 그런 전력적인 열세를 마스터 한 사람 때문에 극복할 수 있다고 믿는 것은 조금은 억지 아니오?"

"후후후, 이미 그렇게 결론을 내려놓고 나에게 묻는 것은 무슨 심보인가?"

태연하게 미소 짓는 슈뢰더의 모습에 기레스트와 드보아는 할 말이 없었다.

물론 객관적으로 봤을 때 헤르난이 열세라는 것을 모르는 바는 아니었다. 또 슈뢰더의 말처럼 쟌이 변수로 작용할 것이라는 느낌이 드는 것 역시 사실이었다. 다만 쟌이 무슨 방법으로 열세인 전황을 뒤집을 것인가 하는 것이 두 사람이 바로 궁금하게 생각하는 점이었다.

"자네들도 지난 1년 동안 용병들이 무슨 훈련을 받는지 잘 보지 않았는가? 아마도 기습과 도주를 반복하는 게릴라전 위주의 전투가 반복되지 않을까 싶네. 물론 단순한 게릴라전 양상으로 상황이 전개되지는 않을 것이네. 바로 마스터와 성안에서 머물고 있는 마법사들 때문이지. 마스터께서 생각하신 전술은 아마도 기습, 도주, 포위, 섬멸, 이 네 가지 전술이 반복되지 않을까 생각되네."

"소수 정예로 기습하고 도주한 후 쫓아오는 적을 포위 섬멸한다? 두 전하께서는 이쪽의 정확한 전력을 모르는 상황인데다 지형마저 익숙한 곳이 아니니 알면서도 꼼짝없이 당할 수밖에 없겠군."

"다시 말하지만, 이건 내 생각이네. 마스터께서 무슨 생각을 하고 계시는지는 모르지만 아마도 큰 변화는 없지 않을까 생각하네."

슈뢰더의 대답에 기레스트나 드보아는 고개를 끄덕였다.

아무리 곰곰이 생각해 봐도 그 방법보다 더 좋은 방법은 생각나지 않았다. 동시에 쟌이 과연 언제 행동을 취할 것인가 하는 것도 궁금해졌다.

세 사람이 고민에 싸여 있는 동안 자는 줄 알았던 쟌이 갑자기 자리에서 일어나더니 셀에게 뭔가를 이야기했고, 잠시 후 셀은 통신용 수정 구슬을 꺼내 곧 통신 스펠을 캐스팅했다.

들리지도 않는 말로 뭔가를 열심히 쑥덕이던 쟌이 갑자기 벌떡 일어섰다.

"이동한다."

주섬주섬 자신들의 짐을 챙기던 용병들이 이동 준비를 마치자마자 쟌은 어딘가를 향해 걸음을 옮기기 시작했다. 하지만 쟌이 향하는 곳은 아쉬드와 용병들이 사라진 방향이 아니었다.

용병들과 세 기사가 어리둥절한 표정을 지으며 움직이려 하지 않자 쟌의 얼굴이 당연히 찌푸려졌다.

"뭐 하고 있어?"

"부단장님, 아쉬드 전하와 부하들은 이쪽으로 갔는데요?"

"난 눈도 없는 줄 알아. 그리고 이 자식들이… 내가 가자면 가는 거지 감히 건방지게 어디서 토를 달아? 죽고 싶어?"

쟌의 신경질적인 반응에 용병들과 세 기사는 그제야 쟌이 어떤 인물이라는 것을 기억해 내고는 움찔하지 않을 수 없었다.

왕자들도 감히 어쩌지 못하는 존재, 뛰어난 솜씨만큼이나 개차반 같은 성질을 가진 존재가 바로 쟌이 아닌가. 곧 이어 자신들에게 닥칠 쟌의 불호령을 생각하며 숙인 고개를 들지 못하고 있을 때 짜증스런 쟌의 음성이 들렸다.

"이것들이 단체로 반항하는 거야 뭐야? 빨리 안 따라와!"

쟌의 호통 소리에 깜짝 놀라 고개를 들고 보니 조금 떨어진 곳에서 잔뜩 인상을 쓰고 있는 그의 모습이 보였다.

어디로 가는지도 모른 채 쟌을 따라나선 지도 벌써 몇 시간이나 지났지만 도통 입을 열 생각을 하지 않는 쟌 탓에 일행은 궁금함을 참지 못했다.

"일단 이곳에서 야영을 하고, 세 시간 후에 간단히 요기를 한 다음 다시 이동한다. 목표는 아쉬드의 성이다."

"정찰입니까?"

용병 중 하나가 질문했지만 그에게 돌아온 것은 살벌하기 이를 데 없는 매서운 쟌의 눈초리뿐이었다.

"도착하면 자연히 알게 되니까 닥치고 잠이나 자. 그리고 불침번은 내가 설 테니까 모두 자도록 해."

"아닙니다, 마스터. 불침번은 저희가 서도록……."

"이것들이, 요즘 한동안 매를 아꼈더니……. 지금 나한테 반항하는 거냐!"

"아, 아닙니다. 자겠습니다."

창백한 얼굴로 대답한 용병은 서둘러 자신의 잠자리로 파고들었다. 다른 사람들도 황급히 잠자리에 들었다.

그 모습을 보고서야 표정을 푼 쟌은 셸에게 입을 열었다.

"셸도 짧은 시간이지만 눈을 좀 붙이도록 해. 불침번은 내가 설 테니까 말이야."

"야영지 근처에 알람 마법을 걸어두면 되니까 쟌도 같이 자는 것이 어떤가요?"

"아니야. 단전호흡을 하면 전혀 피로하지 않거든. 단전호흡의 효능 중에 하나가 바로 체력을 회복할 수 있다는 것이야. 그러니까 나에게는 신경 쓰지 말고 어서 자도록 해."

쟌의 말에 잠시 그의 얼굴을 바라보던 셸은 곧 고개를 끄덕였다.

"알았어요. 하지만 만약 피곤하면 언제든 날 깨워야 해요. 약속해 줄 수 있나요?"

"알았어. 피곤하면 깨울 테니까 어서 자도록 해."

자리에 누운 셸은 잠시 쟌의 얼굴을 바라보다가 곧 눈을 감았다.

잠을 청하는 셸의 얼굴을 미소 띤 채 바라보던 쟌은 곧 가부좌를 틀고 앉아 지그시 눈을 감았다.

단전호흡에는 두 가지 형태가 있는데, 하나는 단전호흡을 통해 단전에 내력을 키우면서 동시에 명상을 통해 좀 더 나은 경지를 깨닫는 것이고, 또 하나는 내상을 치료하거나 소진된 내력을 복구하려 할 때, 그리고 지금처럼 특정 감각을 극대화시키려 할 때다.

길게 숨을 내쉰 쟌은 곧 내력을 귀로 움직여 청각 능력을 수십 배로 끌어올렸다.

처음에는 풀벌레 소리밖에 들리지 않던 것이 곧 새소리, 동물들의 발자국 소리, 물소리, 바람 소리 등등 마치 온갖 소음의 전시장 가운데에 있는 듯 소란스럽기 그지없었다.

쟌은 소음 속에서 인간의 발자국 소리나 말소리가 들리지 않는 것을 확인하고는 곧 안심했다. 그리고는 다시 호흡에 집중해 지친 근육에 내력을 주입하면서 피로를 풀기 시작했다.

주위를 확인하고 지친 근육을 풀기를 몇 차례 반복한 쟌은 시간이 이미 세 시간이 흘렀음을 짐작하고는 천천히 호흡을 정리하며 눈을 떴다. 그리고 곁에 있던 셸을 바라봤다.

진청색의 머릿결에 조금은 창백하게 여겨지는 얼굴, 커다란 눈, 오뚝한 콧날, 작지만 강렬하게 느껴지는 입술, 갸름한 턱 선, 슬림하지만 볼륨감이 있는 몸매……

그리 크지 않은 체형이었지만 그녀의 몸 어디에서도 아름답지 않은 부분은 없었다.

헤르난의 말처럼 그녀와 결혼한 자신은 대단한 행운아가 아닐 수 없었다. 하지만 쟌이 스스로를 행운아라 생각한 것은 단지 아름다운 그녀의 용모 때문이 아니라 자신에게 쏟는 지극한 그녀의 마음을 잘 알기 때문이었다.

그녀에겐 그저 미안하고 고마운 마음뿐이었다.

자신도 모르게 조심스러운 손길로 셀의 뺨을 쓰다듬었는데 순간 셀이 눈을 떴다.

"쟌?"

"이런! 내가 셀의 잠을 깨워 버렸네. 미안해."

"아니에요."

자리에서 일어난 셀은 먼저 자신의 머리를 정리하고는 빙그레 미소를 지었다.

"쟌에게 부끄러운 모습을 보이면서 잔 것은 아닌지 모르겠네요."

"아냐. 셀은 어떻게 자는 모습까지 그렇게 아름답지?"

"어머? 쟌도 참……."

쟌의 칭찬에 셀은 부끄러워하면서 슬쩍 쟌의 품으로 파고들었고, 그런 부부의 닭살 돋는 애정 행각을 발견한 일행은 눈을 뜨자마자 소름이 오싹 돋는 기이한 경험을 해야만 했다.

일행이 멍청하게 자신들만 바라보고 있자 쟌의 입에서는 당장 호통이 터져 나왔다.

"멍청한 놈들! 일어났으면 식사 준비나 하지 뭘 그렇게 보고 있는 거냐!"

"자, 잠시만 기다려 주십시오. 곧 식사 준비를 하겠습니다, 마스터."

그래도 쟌과 지낸 시간이 제일 길었다고 가장 먼저 정신을 차린 올리비에가 일행에게 서둘러 눈짓을 하고는 식사 준비를 시작했다.

식사 준비라고 해봐야 수프나 끓이고 가지고 온 육포 쪼가리를 씹는 것이 전부였지만.

간단하게 요기를 마친 쟌과 일행은 다시 아쉬드의 성을 향해 빠른 속도로 이동하기 시작했다.

＊　　　　＊　　　　＊

"저긴가?"

"그렇습니다, 아쉬드 전하."

아쉬드는 2킬로미터 전방에 우뚝 서 있는 성을 바라보며 천천히 술잔을 치켜들었다.

"우리가 이곳에 온 것을 이미 알고 있겠군."

"정찰조를 제거한 지도 벌써 삼 일이 지났으니 뭔가 이상이 있다는 것은 알겠지만, 설마 저희가 이렇게 대군을 이끌고 왔는지는 모를 겁니다."

"대규모 병력 이동은 없었다니 후방을 걱정할 필요는 없을 것 같고… 공성병기들의 배치는?"

"모든 준비를 마쳤습니다. 내일 새벽 성을 공략하는 데 아무런 문제도 없습니다. 석탄(石彈)도 충분히 준비했습니다."

"제이슨 단장이 생각하기에 어떤 식으로 공격하는 것이 좋을 것 같은가?"

"제 생각엔 제럴드 전하의 작전 계획대로 공격하는 것도 좋을 것 같습니다, 아쉬드 전하."

"너무 단순하지 않겠소?"

"대신 아군의 피해를 최소한으로 할 수 있지 않습니까? 어차피 주네티 전하에게 항복을 받아내실 것이 아니면 제럴드 전하의 작전 계획대로 공격하는 편이 좋을 것 같습니다."

"공성병기로 공격해 성벽을 파괴하면서 동시에 다른 한쪽을 공격한다……. 으음~ 제이슨 단장, 별문제없겠소?"

"물론 공성전을 치러본 용병들이 없어 고생은 좀 하겠지만 저와 제 부하들이 후방에서 지원한다면 피해를 최소한으로 줄이면서 저들에게 커다란 타격을 입힐 수 있을 겁니다."

"간단히 말해서 나는 공성병기를 최대한 이용해서 성벽을 파괴한 후 대기하고 있던 용병들에게 공격 명령을 내리기만 하면 된다는 말이오?"

"이번 출동의 목적이 저들에게 최대한 피해를 입히고자 하는 것이니 아마도 본격적인 충돌은 없을 겁니다. 원래대로라면 전하께서 이곳까지 오지 않으셔도 될 일이었습니다."

"난 내 일을 남에게 맡긴 채 뒷전에서 구경만 하고 있을 생각은 전혀 없소, 자존심 상하는 일이기도 하고. 무엇보다 경계를 철저히 세우고 모두 휴식을 취하라 하시오. 공격은 내일 일출과 동시에 시작될 것이오."

"알겠습니다, 전하. 전하께서도 편히 쉬시길."

카멜이 물러난 뒤에도 아쉬드는 머리를 채우고 있는 여러 가지 생각 때문에 금세 잠을 잘 수 없었다.

지금까지의 드러난 정황이나 입수된 정보로 볼 때 일전에 발견한 만 명 이상 되는 용병은 주네티가 고용한 용병이 아닌 게 확실했다. 그렇단 얘기는 헤르난이 고용한 용병들이란 말이 되는데… 대체 그는 어디에서 그렇게 많은 용병들을 고용할 자금이 갑자기 생겼단 말인가?

물론 황제의 자리에 욕심이 있기 때문에 승계 전쟁에 참가한 것이지만 지금까지 조용히 지냈던 헤르난이 갑자기 용병을 고용했다는 것은 전황에 심각한 영향을 끼칠 수도 있는 문제였다.

그런 생각과 동시에 뜻도, 의미도 알 수 없는 미소를 항상 짓고 있는 헤르난의 얼굴이 갑자기 떠올랐다.

자신과는 불과 한 살밖에 차이가 나지 않는 동생이지만 어렸을 때부터 대체 무슨 생각을 하고 있는지 도무지 짐작이 되지 않아 불쾌감을 주던 녀석이었다. 그랬던 것이 승계 전쟁을 시작하고는 더 더욱 그 속을 알 수 없게 되어버린 것이다.

물론 자신이 헤르난에게 패할 것이라고는 절대 생각하지 않지만 무슨 수작을 꾸미고 있는지 모른다는 생각 때문에 속이 편치 않은 것만은 분명한 사실이었다.

자신의 본거지에는 자신의 공격 명령을 기다리는 2만의 용병들이 더 있다. 또 얼마간의 용병들로 하여금 주위를 철저히 경계하도록 했으니 헤르난의 기습은 신경 쓰지 않아도 될 것이다. 하지만 마치 화장실 가서 볼일을 보고 뒤를 닦지 않은 것처럼 찜찜한 마음이 드는 것은 어쩔 수 없었다.

여러 가지 생각에 골몰하던 아쉬드는 새벽이 되어서야 겨우 잠을 이룰 수 있었다.

"전하, 전하. 일어나실 시간이옵니다, 전하."

누군가의 부름에 아쉬드는 떨어지지 않는 눈을 억지로 떠야만 했다. 몇 번이나 고개를 흔들어 억지로 정신을 차리고 보니 용병 하나가 물이 담긴 그릇을 들고 서 있는 것이 보였다.

"지금 몇 신가?"

"공격 개시 한 시간 전입니다."

"다른 사람들은?"

"아침 식사 중입니다."

가볍게 세면을 마친 아쉬드는 미리 준비되어 있던 식사를 마치고는 플레이트 메일을 걸치기 시작했다.

실제 전투에 참가하지 않기 때문에 가벼운 복장도 상관없었지만 나름대로 전투에 참전하는 용병들의 사기를 높이기 위해 일부러 플레이트 메일을 걸치고 있는 것이었다. 그가 플레이트 메일을 막 착용했을 때 하프 플레이트 메일을 걸친 카멜이 막사 안으로 들어왔다.

"전하, 공격할 준비를 모두 마쳤습니다."

"우읍, 휴~"

깊게 심호흡을 한 아쉬드는 곧 표정을 굳혔다.

"드디어 시작이군. 그런데 이번 전투에 골렘을 투입시키는 것이 어떻겠소?"

"골렘을 투입하는 시기는 최후의 결전을 벌일 때뿐입니다. 단 한 번의 투입으로 모든 것을 끝낼 수 있을 때, 바로 그때가 골렘을 투입할 최상의 적깁니다."

카멜의 대답에 아쉬드는 잠시 아쉬워했지만 곧 고개를 끄덕였다.

자신이 생각하기에도 그렇게 하는 것이 좋을 것 같다는 판단이 들었다. 섣불리 골렘을 보였다가 주네티나 그의 측근이 골렘에 대한 대비책이라도 세운다면 자신들에게 유리할 것이 하나도 없기 때문이다.

재빨리 생각을 정리한 아쉬드는 카멜에게 지시를 내렸다.

"준비를 마쳤으면 즉시 이동하도록 하시오. 공성병기로 공격할 수 있는 거리까지 이동해 도착하는 대로 즉시 공격하도록 하시오."

"알겠습니다, 전하."

대답을 하는 카멜의 얼굴에도 희미하지만 긴장감이 흘렀다.

사실 카멜도 꽤나 많은 전투를 치러봤지만 이렇게 대규모 병력을 운용해 보기는 난생처음이었기에 긴장하는 것도 어찌 보면 당연한 일이었다. 게다가 이번 전투는 아군의 피해를 최소한으로 해야 한다는 점이 카멜을 더욱 긴장하게 만들었다.

카멜이 나간 후 검을 허리에 찬 아쉬드는 깊게 숨을 들이마시고는 막사 밖으로 걸음을 옮겼다. 아쉬드가 나서자 막사 근처에서 경계를 서고 있던 20여 명의 용병이 일제히 주위로 몰려들어 경호를 하기 시작했다.

"말을 가져와라."

용병 가운데 한 명이 말을 가지러 간 사이 아쉬드는 표정을 굳힌 채 이동하고 있는 용병들의 모습을 바라봤다.

느긋한 표정으로 걸음을 옮기는 용병들도 간혹 보였지만 용병들의 대부분은 밀려드는 긴장감을 견디지 못해 딱딱하게 굳은 표정으로 걸음을 옮기고 있었다.

용병들은 두 무리로 나누어져 이동하고 있었는데, 경무장한 용병들은 공성무기와 함께 이동하고 있었고, 중무장한 용병들은 선두에 선 카멜이 무리를 인솔했다.

중무장한 용병들은 경무장한 용병들이 공성병기로 성의 서쪽 성문을 공격할 때 반대편인 동쪽 성문을 공격하는 임무를 맡고 있었다. 일정한 거리 밖에서 공성병기로 공격하는 것과는 달리 직접적인 교전을 벌여야 하기에 카멜이 그의 부하들과 함께 마법으로 직접 성문을 날려 버리기로 한 것이다.

비교적 실력이 뛰어난 용병들로 공격조를 편성했기에 카멜과 용병들은 빠른 시간 내에 동쪽 성문 앞으로 이동할 수 있었다.

성 주위에 있던 정찰조를 모두 제거하기는 했지만 아마도 주네티 쪽에서는 이미 자신들의 출현을 눈치 채고 있을 것이다. 문제는 단 한 번의 공격으로 성문을 완벽하게 파괴해야 하는데, 사실 그게 그렇게 간단한 문제가 아니었다.

일반적으로 성문은 다른 수십 그루 나무를 겹쳐 만든 것이기 때문에 단 한 번의 공격으로 성문을 파괴하기란 그리 용이한 일이 아니었다. 최악의 경우 두세 번의 공격을 한다 생각하고 작전을 짜야만 했다.

부하들을 부른 카멜은 우선 성벽의 상공으로 직접 이동할 수 있는 마법진을 설치하기 시작했다. 기습의 묘를 살리려면 이동 마법진만큼 상대에게 공포를 주는 것이 없다는 것이 카멜의 판단이었다.

성벽 주위에는 7미터가 넘는 해자가 있었지만 성문만 파괴한다면 크게 문제될 것이 없었다. 이유는 10미터가 넘는 20여 그루의 커다란 나무를 이미 준비했기 때문이다.

성문이 파괴되는 순간 용병들이 준비한 나무를 해자 위에 걸고 돌격하면 카멜은 수하 마검사들과 함께 일부 용병들을 성벽 위로 순간 이동시킴과 동시에 마법 공격으로 지원해 주어야 피해를 최소화할 수 있을 것이다.

그렇기에 카멜은 아쉬드의 공격으로 동쪽 성벽의 경계가 허술해지기만 기다렸다.

"저, 전하, 큰일났습니다!"

다급하게 뛰어들어 온 용병의 외침에 회의실 안에 있던 왕자들은 눈을 동그랗게 뜨며 일제히 그 용병을 노려보듯 쳐다봤다.

"무슨 일이냐?"

"정체 불명의 적들이 서쪽 성문에 쳐들어왔습니다."

"뭐? 정체 불명의 적이라니?"

직감적으로 아쉬드가 쳐들어왔다고 깨달은 주네티는 자리에서 벌떡 일어났다.

"뮤겔 단장은? 그리고 적은 얼마나 되나?"

"단장님께서는 지금 적들을 살피고 계십니다. 그리고 단장님의 말씀으로는 대략 4만 명 정도 되는 것 같다고 말씀하셨습니다."

"4만 명? 왜 그것밖에 안 되는 거지?"

"예?"

주네티의 반문에 보고하던 용병은 눈을 동그랗게 뜬 채 얼떨떨한 표정을 감추지 못했다. 그것은 다른 왕자들 역시 마찬가지였다.

정체 불명의 적이라는 말에 다들 아쉬드의 침공을 떠올렸지만 병력이 4만 명밖에 되지 않는다는 말에 모두 의아한 표정을 짓지 않을 수 없었다.

자신들이 지금까지 파악한 정보로는 아쉬드가 고용한 용병의 수는 무려 7만에 가까웠다. 그런데 공격하러 온 용병이 4만 명밖에 안 된다면 후방에 3만 명의 병력을 남겼다는 말인데, 무슨 이유로 3만 명이나 되는 병력을 남겨놓은 것인지 도무지 이해가 되지 않았다. 하지만 그런 생각은 길게 이어질 수 없었다.

쿵! 쾅!

쿵! 쿵! 쾅!

불규칙적으로 들려오기 시작한 굉음을 들은 주네티의 얼굴이 당장 굳어졌다. 성벽에서 상당히 떨어져 있는 이곳까지 성벽을 공략하는 소리가 들릴 정도라면 아마도 서쪽 성벽에 적의 공격이 집중된 모양이었다.

"성 밖에 포진한 정찰조에서는 아무런 보고도 없었느냐?"

"저어, 그것이……."

"어서 대답하지 못하겠느냐!"

"서쪽은 연락이 두절된 지 2, 3일 정도 되었고, 다른 곳은 어제저녁부터 연락이 두절된 상탭니다."

용병의 대답에 주네티는 황당하다는 표정을 감추지 못했다.

"어째서 그런 사실을 나에게 알리지 않은 것이냐?"

"전에도 기습을 받아 연락이 두절된 적이 자주 있었기 때문에 조사를 하던 중이었습니다. 전하, 그것보다 병력 배치에 대한 지시를 내려주십시오."

"현 상황은?"

"단장님께서 3만의 병력으로 서쪽을 막고 계시고 남은 병력들은 나뉘어 세 성문을 지키고 있습니다."

용병의 대답에 심각하게 고심하던 주네티는 곧 지시를 내렸다.

"병력의 이동은 없다. 경계를 더욱 철저히 하라고 지시하라."

"알겠습니다."

용병이 회의실을 빠져나가자 주네티도 곧 하드 레더에 롱 소드를 찼다. 그 모습을 보고 있던 헬라인이 눈을 동그랗게 떴다.

"어딜 가려고?"

"서쪽 성문. 아쉬드 형이 왔는지 직접 내 눈으로 확인을 해야겠다."

그 말만 남긴 채 주네티는 회의실을 빠져나갔고, 잠시 서로의 얼굴을 쳐다보던 왕자들은 곧 무장을 갖추고 주네티의 뒤를 따라갔다.

자신의 거처에서 나오는 순간 주네티는 너무나도 어수선한 주위 모습에 눈살을 찌푸리지 않을 수 없었다. 그래도 나이를 좀 먹은 용병들은 당황하면서도 자신이 할 일을 하는 편이었지만 젊은 용병들은 잔뜩 겁에 질린 표정으로 어쩔 줄 몰라 하며 다른 용병들의 뒤만 좇아다니고 있었다.

서쪽 성문에 가까워질수록 용병들의 혼란은 극에 달해 있었다. 절반 정도는 공포에 질려 주위를 연신 두리번거리고 있었고, 나머지는 머리 위로 떨어지는 돌덩이를 피하기 위한 엄폐물을 찾기에 여념이 없었다.

재빨리 성문 위에 설치된 망루에 오른 주네티는 팔짱을 낀 채 전면을 노려보고 있는 타마룬의 모습을 금세 발견할 수 있었다.

타마룬 근처에는 경무장한 서너 명의 용병이 서서 각자 맹약을 맺은 정령들을 소환해 주위에 방어막을 유지하는 데 모든 신경을 집중하고 있었다.

그러는 동안에도 거의 어린아이 몸뚱이만한 석탄이 수도 없이 성벽을 때리면서 조금씩 성벽을 허물어뜨리고 있었다. 고개를 돌려 성문의 정면을 바라보니 50여 대의 트레뷰세가 줄지어 늘어선 채 무지막지하게 커다란 돌덩이들을 소나기처럼 쏟아대고 있었다.

그런 광경을 처음 보는 주네티는 순간적으로 치미는 공포심 때문에 온몸이 굳어져 꼼짝도 할 수 없었다. 그런 주네티의 눈에 커다란 돌덩이가 자신을 향해 떨어지는 모습이 들어왔다.

"엘레스트라, 아쿠아 스크린."

나직한 음성이 들린 순간 갑자기 허공에 길고 반투명한 몸체를 지닌 바다뱀 형체를 가진 뭔가가 나타나 순식간에 주네티 전면에 투명한 방어막을 만들었다.

쾅!

투명한 방어막에 부딪친 돌덩이는 요란한 소리와 함께 허공에서 박살이 났다.

너무나 놀라운 광경에 주네티는 그저 눈만 끔뻑거리고 있을 뿐이었다.

"전하, 어디 다치신 곳은 없으신지요?"

"괘, 괜찮소."

얼떨결에 대답한 주네티는 마치 바다 속을 유영하듯 허공에서 쉴 새 없이 움직이고 있는 괴물체를 바라보고 있었다.

"저것이 뮤겔 단장과 계약을 맺은 물의 정령왕이오?"

주네티의 질문에 타마룬은 고개를 흔들었다.

"그렇지 않습니다. 비록 제가 물의 용병왕이라 불리기는 하지만 물의 정령왕인 엘라임과 계약을 맺지는 못했습니다. 대신 제가 계약을 맺은 것은 물의 최상급 정령인 엘레스트라입니다."

타마룬의 대답에 주네티는 잠시 동안이나마 적의 공격에 대한 공포를 잊을 수 있었다.

"그보다…… 저쪽에서 공격하는 무리 가운데 혹시 아쉬드 형이 있소?"

"예, 저기 가장 앞쪽에서 말을 탄 채 지휘하고 있는 사람이 아무래도 아쉬드 전하 같군요."

타마룬이 손으로 가리킨 곳을 보니 약 300미터 전방에 백마를 탄 기사의 모습이 보였다.

멀리 떨어진 탓에 상대의 얼굴을 정확하게 확인할 수는 없었지만 체격이나 어슴푸레하게 보이는 모습을 보면 아쉬드가 분명해 보였다. 그리고 그와 공성병기 뒤쪽으로 끝도 없이 늘어서 있는 용병들의 모습을 발견하는 순간 가슴 한구석이 싸늘하게 식는 것을 느꼈다.

애써 마음을 진정시킨 주네티는 여전히 전면만을 바라보고 있는 타마룬에게 질문을 했다.

"뮤겔 단장, 언제쯤 저들의 주공(主攻)이 언제 쳐들어올 것 같소?"

"글쎄요?"

생각지도 않은 타마룬의 대답에 주네티는 그저 눈만 끔뻑거릴 뿐이었다.

"그게 무슨 말이오?"

"저들이 이곳까지 온 것을 보면 전면전까지는 아니더라도 저희에게 타격을 입히기 위해 온 것은 확실해 보입니다만……. 왠지 이상하다는 느낌을 지울 수가 없군요."

"뭐가 이상하다는 거요?"

"방금 말씀드린 것처럼 만약 저희에게 피해를 입히기 위해서 온 것이라면 왜 카멜 녀석이 오지 않은 것인지, 또 왜 저 정도 인원밖에 동원하지 않은 것인지 영문을 모르겠군요."

"방금 뮤겔 단장이 말한 대로 전면전이 아닌 단순한 타격을 입히기 위해서 온 것이라면 충분히 이해할 수 있는 일 아니겠소? 게다가 헤르난 형의 공격에 대비해 성도 지켜야 할 테니 말이오."

주네티의 대답에도 타마룬의 표정은 조금의 변화도 없었다.

"전하께서 알고 계시는 아쉬드 전하가 그렇게 단순한 분이셨습니까? 무모하다 할 정도로 저돌적인 분이시지만 아는 사람은 다 알고 있지 않습니까? 그분이 얼마나 치밀하고 계획적인 분이신지. 더구나 아쉬드 전하 곁에 있는 카멜이 얼마나 음흉한 녀석인지 전하께서도 잘 알고 계시지 않습니까? 그런 두 사람이 단순히 저희 전력에 타격을 입히기

위해 헤르난 전하에게 본성을 기습당할 위험을 무릅쓰고 왔다는 것이
전 쉽게 이해되지 않습니다."

"뮤겔 단장의 말대로 카멜 제이슨은 성을 지키기 위해서 후방에 남
았을지도 모르는 일 아니오?"

"글쎄요? 과연 그럴지……. 일단은 지켜보는 것이 좋을 것 같습니
다."

"하지만 성벽이 계속 파괴되고 있는데 이렇게 지켜보기만 해서 어떻
게……."

"공성병기만으로 성벽을 완전히 파괴할 수는 없습니다. 게다가 공
격하고 있는 트레뷔세의 형태나 크기를 살펴보면 사정거리가 250미터
를 넘지는 않을 것 같습니다. 만약 욕심을 내서 조금이라도 더 다가온
다면 아쉬드 전하는 그 순간을 두고두고 뼈저리게 후회하게 될 겁니
다."

차분하게 대꾸하는 타마룬의 안색이나 음성은 담담했다. 하지만 주
네티는 그 말속에 스며 있는 살기를 느끼는 순간 온몸에서 소름이 오
싹 돋는 것을 느껴야만 했다.

쾅! 쾅! 쾅!

영원히 계속될 것 같던 트레뷔세의 공격이 어느 순간 갑자기 멈춰졌
다. 갑자기 찾아든 정적에 성안에 있던 사람들이 어리둥절함을 감추지
못하고 있을 때 아쉬드가 손을 번쩍 치켜들었다.

"와~!"

우렁찬 함성 소리와 함께 아쉬드 뒤편에 도열해 있던 용병들이 일
제히 앞으로 나섰다. 마치 지평선 전체가 움직이는 듯 보이는, 난생

처음 보는 광경에 주네티로서는 순간적으로 움찔하지 않을 수 없었다.

담담하기만 하던 타마룬의 태도가 시간이 지날수록 조금씩 굳어져 갔다. 주네티가 막 입을 열려는 순간 타마룬의 입이 먼저 열렸다.

"순순히 물러날 것 같아 보이진 않군요. 모두 즉시 적의 공격에 대비해라!"

타마룬의 뒷말은 커다란 외침이 되어 울려 퍼졌고, 근처에서 대기하고 있던 용병들은 각자 자신의 무기를 움켜쥔 채 성의 외벽을 향해 달려갔다.

계속된 트레뷔세의 공격에 성벽의 상당 부분이 무너지기는 했지만 그래도 성문은 건재했고, 해자나 무너진 성벽의 잔해들도 방어를 하기에 충분해 보였다.

백병전을 맡은 용병들이 무너진 성벽 주위로 집결하자 궁수 부대는 즉시 성벽 위로 올라가 활시위를 겨누었다. 비록 일사불란한 움직임은 아니었지만 그런대로 신속한 대응이었기에 주네티는 나름대로 흡족한 마음이 들었다.

곧 이어 벌어질 전투에 두근거리는 가슴을 진정시키지 못하고 있던 주네티는 뭔가 자신의 예상과는 다른 전개에 의아함을 감추지 못했다.

금방이라도 진격할 것 같았던 아쉬드의 용병 부대가 성벽으로부터 150미터 지점에 멈춰 서서 함성만 지르고 있었기 때문이다. 치미는 궁금증을 더 이상 참지 못한 주네티가 입을 열었다.

"뮤겔 단장, 저들이 왜 공격을 멈춘 것이오?"

"글쎄요. 모습을 보니 뭔가를 기다리는 것 같은데······."

바로 그때였다, 귓전을 찢을 듯한 폭음이 들린 것은.

쾅! 콰르르르~

54장
공성전 2

"이게 무슨 소리요? 대체 어디에서 난 소리란 말이오?"

당황한 주네티의 질문에 타마룬의 표정은 눈에 띌 정도로 굳어졌다.

"당한 것 같습니다, 전하. 역시 카멜 녀석도 같이 온 모양입니다. 공성병기로 이쪽을 공격해 저희의 신경을 모두 그쪽으로 쏠리게 한 다음 마법을 쓸 줄 아는 놈들을 모아 성의 반대편을 공격한 모양입니다."

너무나 태연한 타마룬의 대꾸에 주네티는 기가 막혔다.

"뮤, 뮤겔 단장. 지, 지금이 어떤 상황인지 몰라서 그렇게 태연한 것이오?"

"당황한다고 상황이 나아지는 것은 아닙니다, 전하."

비록 표정은 굳어 있었지만 그의 음성만큼은 조금의 변화도 없었다.

곁에 있던 용병에게 귓속말로 몇 마디하자 중년 용병은 황급히 어딘가로 달려갔다.

"일단 나머지 병력이 카멜 녀석의 공격을 막을 겁니다. 역시 주력 병력은 저들입니다. 우선은 저들의 공격을 막는 것이 중요합니다."

"무슨 소리요? 저들은 고함만 지를 뿐……."

"와~"

고개를 돌린 주네티의 눈에 함성을 지르며 달려드는 용병들의 모습이 들어왔다.

"공격 준비!"

타마룬의 명령에 성벽 위에 있던 궁수들은 일제히 활시위에 화살을 걸었고, 정령술사 역시 성벽에서 각자 자신과 맹약을 맺은 정령들을 소환해 놓고 공격 명령을 기다렸다. 또 무너진 성벽 근처에서 대기하고 있던 용병들도 잔뜩 긴장한 채 자신의 무기를 움켜쥐곤 타마룬의 입만을 바라보고 있었다.

달려오는 용병들과의 거리를 차분하게 계산하던 타마룬은 용병들이 성의 약 100미터 앞까지 접근하자 공격 명령을 내렸다.

"공격 개시!"

우렁찬 타마룬의 공격 신호에 가장 먼저 공격을 시작한 것은 궁수들이었다. 대략의 거리를 측정한 궁수들은 일제히 활을 쏘기 시작했다. 3천여 명이 동시에 쏘아댄 화살들은 까맣게 하늘을 뒤덮으며 돌격하던 용병들에게로 날아갔다.

그 모습을 발견한 용병 지휘관 가운데 하나가 큰 소리로 외쳤다.

"방패 부대!"

달려들던 용병들은 걸음을 멈추고 등에 메고 있던 사각 방패를 들어 일제히 머리 위를 가렸다.

타타타~탁~

"크악!"

"큭!"

마치 소나기가 지붕에 쏟아지며 내는 소리처럼 대부분의 화살은 방패에 부딪쳐 주위로 튕겨 나갔지만 몇 발의 화살은 소기의 목적을 달성해 용병들의 몸을 파고들었다.

몇 명의 용병이 고통스러운 표정으로 지면에 나뒹굴었지만 다른 용병들은 전쟁의 광기에 휩싸인 채 함성을 지르며 계속 성의 무너진 곳을 향해 달려갈 뿐이었다.

"죽어라!"

성의 무너진 잔해가 어느 정도 해자를 메우자 들고 왔던 흙 포대들을 그 위로 던졌고, 다시 사다리를 급조해 만든 발판 수십 개를 그 포대 위에 걸쳤다.

아쉬드 측 용병들이 막 성안으로 진입하려는 순간 정령들을 소환해 대기하고 있던 정령술사들은 타마룬의 공격 지시에 일제히 고함을 지르며 공격을 퍼부었다.

"아쿠아 스피어!"

"에어로 밤!"

"대지의 창!"

"플레임 웨이브!"

갖가지 형태의 공격이 성안으로 진입하던 용병들의 머리 위로 쏟아졌다.

물론 반격이 있을 것이라 예상은 했지만 정령술사들의 공격은 예상을 훨씬 뛰어넘는 것이었다.

펑! 쾅! 콰르르르~

갖가지 폭음과 함께 성안으로 진입하던 용병들은 엄청난 충격을 받아 갈가리 찢긴 채 허공으로 날아갔다. 동료의 잔해가 자신들의 머리 위로 떨어지건만 마치 버서커 마법에라도 걸린 광전사(狂戰士)인 양 신경도 쓰지 않은 채 성을 향해 달려들었다.

"와!"

"쏴라!"

"백병 부대 공격!"

타마룬의 연속된 공격 명령에 커다란 통에 수십 개의 스피어가 든 10여 개의 발리스타가 일제히 허공으로 스피어를 쏘아 올렸다. 동시에 공격 명령만을 기다리고 있던 백병전 담당 용병들은 일제히 제자리를 박차고 앞으로 달려나갔다.

"죽어라!"

"감히 우리를 얕보다니……."

"모두 죽여라!"

"와~"

엄청난 함성과 함께 마치 막아놓은 둑을 터뜨린 것처럼 성안에서부터 용병들이 일시에 쏟아져 나왔다.

아쉬드 측 용병들의 거센 진격에 잠시 밀리던 주네티 측 용병들은 성 위에서 연신 활을 쏘아대는 궁사들의 지원에 힘입어 팽팽하게 맞서고 있었다.

"저기 아쉬드 왕자가 있다! 백병 부대는 즉시 아쉬드 왕자를 체포해라!"

엄청나게 큰 타마룬의 목소리에 치열하게 백병전을 치르고 있던 용병들 가운데 일부가 용병들의 뒤편에서 작전 지시를 내리고 있던 아쉬드를 향해 이동하기 시작했다.

뒤편에서 연신 용병들을 독려하고 있던 아쉬드는 자신을 향해 저돌적으로 전진해 오고 있는 일단의 적들을 발견하고는 단번에 그들의 속셈을 짐작할 수 있었다.

"후후후. 나를 사로잡아 단번에 전쟁을 끝내시겠다? 하지만 뜻대로는 되지 않을 것이다. 아론, 케산, 즉시 방어 대형을 갖춰라!"

"예, 전하!"

아쉬드의 지시에 아론과 케산은 즉시 주위의 용병들을 두텁게 배치를 했고, 진격하는 주네티 측 용병들의 양편에 위치한 용병들에게 공격을 명령했다.

그때였다.

"엘레스트라, 워터 블레이드!"

순간 성벽 위에서 유영하듯 떠 있던 엘레스트라로부터 번쩍이는 뭔가가 날아왔다. 그 모습을 발견한 아론이 즉시 주위에 있던 용병 가운데 누군가에게 다급하게 말을 건넸다.

"위험하오! 즉시 실드를……!"

"피지컬 실드!"

"피지컬 실드!"

아쉬드 주위에 있던 용병 가운데 네 명이 동시에 스펠을 캐스팅했고, 순간 반원형의 투명한 방어막이 생겨났다.

콰! 콰! 콰!

몇 차례 요란스런 소리와 함께 방어막 전체가 심하게 흔들렸지만 불행 중 다행으로 방어막은 건재했다.

아쉬드가 아무런 타격도 받지 않은 것을 확인한 아론이 롱 소드를 쳐들며 큰 소리로 외쳤다.

"전하는 무사하시다! 즉시 적을 물리쳐라!"

"와~"

폭음 소리에 잠시 흠칫했던 아쉬드 측 용병들은 아론의 말에 즉시 공격을 재개했다.

"죽어라!"

"훙! 어딜! 너나 뒈져라!"

챙~ 챙~ 챙~

갖가지 병장기들이 부딪치며 토해내는 소리와 상대를 죽이고야 말겠다는 광기에 찬 용병들의 고함 소리로 주위는 순식간에 아수라장으로 변하고 말았다.

콰! 콰르르르~

요란한 소음과 함께 동쪽 성문에서 섬광이 터져 나왔다.

잠시 후 연기가 걷히고 드러난 성문은 비록 곳곳이 패이고, 불에 타 그슬린 흔적이 있기는 하지만 여전히 건재한 자신의 모습을 드러내고 있었다.

"으드득, 역시 한 번에 파괴하는 것은 불가능한 모양이군."

이를 갈던 카멜은 다시 한 번 6클래스의 마법 공격 스펠을 캐스팅하기 시작했다. 그 모습에 근처에 있던 그의 제자들도 일제히 자신이 알고 있는 공격 스펠 중에서 가장 위력이 강한 스펠을 캐스팅하기 시작했다.

잠시 후 모두 공격 준비가 끝난 것을 확인한 카멜은 성문을 향해 힘껏 손을 뿌렸다.

"파이어 스트라이크!"

"라이트닝 볼트!"

"아이스 스피어!"

"플레임 토네이도!"

"파이어 스피어!"

수십 줄기의 불꽃과 번개가 다시 한 번 성문에 작렬했다.

쾅! 콰르르르~

조금 전과는 비교도 할 수 없을 만큼 강력한 섬광과 함께 성문은 완전히 박살나 사방으로 나뭇조각과 먼지를 흩뿌렸다.

"성문이 파괴되었다!"

"위험하다! 성문을 어서 막아라!"

수십 겹의 나무를 덧붙여 만든 성문이 파괴되는 모습에 성안에서 조마조마한 심정으로 바라보던 용병들은 하나같이 비명 같은 고함을 지르며 성문으로 달려갔다.

"뚫렸다! 모두 작전대로 행동해라!"

카멜의 명령에 마검사들은 일제히 이동 마법진으로 달려가 이동 마법의 스펠을 캐스팅했다.

"워프!"

순간 성벽 위 3미터쯤 상공에서 70여 명의 중무장한 용병이 나타났고, 모습을 드러낸 용병들은 지면으로 떨어져 내리며 그대로 자신의 무기를 휘둘렀다.

"죽어라!"

"크악!"

"저, 적이다!"

"성벽에 적이 나타났다! 막아라!"

갑자기 나타난 중무장 용병들의 모습에 타마룬의 지시를 받고 달려온 루겔은 서둘러 명령을 내렸다. 하지만 카멜 쪽의 공격이 조금 더 빨랐다.

"총공격!"

"와~"

부서진 성문을 통해 아쉬드 측 용병들이 성안으로 쏟아져 들어왔다.

"운다인, 아쿠아 스피어!"

루겔의 외침과 동시에 그의 머리 위에서 물로 만들어진 세 개의 창이 적들을 향해 날아갔지만 성문을 통해 쏟아져 들어온 용병들은 많아도 너무 많았다. 게다가 전원이 중무장을 한 탓에 어지간한 공격은 그대로 튕겨졌다.

챙~ 챙~ 챙~

"파이어 볼!"

펑! 채채채~챙~

순간적으로 파이어 볼이 눈앞에서 폭발을 일으키자 본능적으로 고개를 돌렸던 용병은 상대가 휘두른 롱 소드에 그대로 목이 날아갔다. 손에 느껴지는 묵직한 느낌에 만족스런 미소를 짓던 상대편 용병은 어디선가 날아온 스피어에 온몸이 관통당해 목숨을 잃어야만 했다.

쓰러진 용병 위로 다시 수십 명의 용병이 온몸이 난자된 채 쓰러졌다.

대지는 그들이 흘린 선혈로 붉게 변한 지 이미 오래였다.

가장 앞쪽에서 공격하는 용병들을 진두지휘하던 카멜은 물의 중급 정령과 함께 살수를 펼치고 있는 루겔을 발견하고는 즉시 몸을 날렸다.

"레비테이션!"

지면을 박찬 카멜의 몸은 하늘로 날아올랐고, 루겔의 머리 위로 떨어져 내리며 휘두른 카멜의 롱 소드는 새파란색의 검기에 휩싸여 있었다. 그 모습에 놀라 재빨리 쳐든 루겔의 롱 소드에도 파란색의 검기가 어려 있었다.

쾅!

폭음과 함께 상당한 충격파가 주위로 퍼지며 근처에서 혈전을 벌이고 있던 10여 명의 용병이 일제히 뒤로 밀려났다. 하지만 두 사람의 싸움은 끝난 것이 아니었다.

"찻! 받아라!"

휘익! 챙~ 채채채~챙~

매서운 카멜의 공격을 루겔은 뒤로 물러서며 겨우겨우 막아내고 있었다. 루겔이 비록 타마룬에게 많은 것을 배웠다고는 하지만 마검사라고 불리는 카멜에 비하면 몇 수나 아래인 것을 감출 수 없었다.

카멜은 이미 알려진 대로 소드 마스터에 이른 검술 실력에 6클래스 유저였다. 그런 그를 소드 유저 단계를 겨우 벗어난 루겔이 막아낸다는 것은 불가능한 일이 아닐 수 없었다.

카멜이 롱 소드를 한 번 휘두를 때마다 루겔의 몸에는 작은 상처가 하나둘씩 늘어났다. 당연히 루겔로서는 필사적으로 방어에 치중하고 있었지만 워낙 큰 실력 차이가 나니 번번이 방어막을 뚫고 카멜의 공격이 성공을 거두었다.

찌르기와 베기가 교묘하게 결합된 카멜의 공격은 어느 것이든 한 번만 적중되면 그대로 목숨을 잃을 정도로 살벌한 공격이었다.

루겔을 궁지까지 몰아대던 카멜은 회심의 미소를 짓고는 검기에 싸인 롱 소드를 그대로 휘둘렀다. 자신의 머리를 향해 날아오는 검을 바라보던 루겔은 상대의 기세가 너무나 무시무시해 막을 생각도 못한 채 그대로 눈을 질끈 감았다.

챙~

"루겔, 뒤로 피해!"

누군가의 고함 소리에 황급히 뒤로 피한 루겔은 그제야 눈을 뜨고 등을 보이고 있는 사람을 쳐다보았다.

"다, 단장님."

"여기는 내가 맡을 테니 넌 즉시 용병들을 지휘해 적을 물리쳐라!"

"알겠습니다, 단장님."

재빨리 대답한 루겔이 뒤로 물러서며 용병들을 지휘해 적들과 싸워 나갔다. 그 모습을 본 후 타마룬이 그제야 입을 열었다.

"카멜, 쥐새끼처럼 겨우 기습이라니⋯⋯. 실망이구나."

"후후후, 두더지처럼 성안에만 처박혀 있더니 그동안 말솜씨만 키운 모양이군, 타룬."

카멜의 마지막 말에 평소 담담하기만 했던 타마룬의 얼굴에 표정이라는 것이 생겼다.

'타룬'이라는 것은 두 사람의 고향 사투리로 당나귀처럼 멍청한 사람을 가리키는 단어였다. 어렸을 때부터 앙숙이었던 두 사람은 곧잘 상대방이 듣기 싫어하는 별명을 지어 부르곤 했다.

"으드득! 제법 입이 날카로워졌구나, 레이디 카멜라."

비릿한 조소를 짓고 있던 카멜의 얼굴 역시 단숨에 굳어져 버렸다. 그렇지 않아도 남들보다 얼굴 선이 고운 카멜로서는 죽어도 듣고 싶지 않았던 별명이었다.

"죽고 싶어 환장했구나, 타룬."

"후후후, 내가 데이트 신청을 하지 않아서 앙탈을 부리는 것인가, 레이디 카멜라?"

"죽어!"

쾅! 쾅! 쾅!

요란한 폭음과 함께 엄청난 충격파가 몰아쳤다.

근처에서 혈전을 벌이던 용병들은 어떻게 된 영문인지도 모른 채 갑자기 몰아닥친 충격파 때문에 수십 미터를 날아가야만 했다.

서로의 롱 소드를 맞대고 대치 상태에 들어간 두 사람은 있는 힘을 다해 상대를 밀어내기 위해 최선을 다했지만 한 치의 차이도 없이 두 사람의 힘은 완벽한 호각지세를 이루었다.

두 사람의 대치 상황이 길어지자 용병들은 두 사람을 피해 계속 혈전을 벌이고 있었다.

"후후후. 제법이구나, 타룬."

"천만에. 하지만 지금부터는 상황이 조금 달라질 것이다. 엘레스트라, 아쿠아 스피어!"

타마룬의 외침이 끝나자마자 기다란 바다뱀 모양의 엘레스트라가 나타나 타마룬을 향해 크게 입을 벌렸다. 금방이라도 하늘이 무너져 내릴 것 같은 굉음이 들릴 듯했지만 정작 그들이 발견한 것은 10여 개의 물로 이루어진 창이 카멜을 향해 날아가는 모습이었다.

갑작스런 공격에 깜짝 놀란 카멜은 황급히 뒤로 물러서며 시동어를 외쳤다.

"실드!"

파파파~팡!

요란한 소음과 함께 실드가 깨졌지만 카멜은 이미 안전한 곳으로 피한 후였다. 카멜은 이를 악물었지만 시동어만 외치면 공격이 가능한 타마룬의 정령 마법과는 달리 위력이 강한 공격을 퍼부으려면 스펠을 캐스팅해야만 했기 때문에 시동어만으로 공격할 수 있는 마법은 3클래스 이하의 마법 공격밖에 없었다.

"매직 미사일!"

서너 개의 매직 미사일이 타마룬을 향해 날아갔지만 엘레스트라가 만들어놓은 방어막에 막혀 맥없이 사라졌다.

그 모습에 카멜은 이를 갈았지만 현재로서는 방법이 없었다. 아침에 메모라이즈했던 마법은 조금 전 성문을 파괴하느라 대부분 사용한 후

였기에 간단한 시동어만으로 사용할 수 있는 마법은 한계가 있을 수밖에 없었다.

"매직 미사일! 파이어 볼!"

연속해서 마법 공격을 하던 카멜은 근처에서 사정없이 검을 휘두르고 있던 루미넨을 불렀다.

"루미넨!"

루미넨은 카멜의 외침을 듣는 즉시 사전에 계획한 대로 용병들에게 명령을 내렸다.

"모두 퇴각하라! 신속하게 퇴각하라!"

루미넨의 외침에 혈전을 벌이던 용병들은 마치 그 명령을 기다리기라도 한 듯 재빨리 대열을 갖춰 신속하게 뒤로 물러서기 시작했다. 갑작스러운 사태에 주네티 측 용병들은 너무나 당황해 얼어붙은 듯 그 자리에서 꼼짝도 하지 못하고 있었다.

용병들을 지휘하고 있던 루겔도 설마 상대가 이렇게 빨리 후퇴할 줄은 몰랐기에 당황스럽기는 마찬가지였다. 하지만 역시 노련한 용병답게 재빨리 정신을 차리고는 멍청하게 서 있는 용병들에게 고함을 쳤다.

"뭣들 하고 있는 것이냐! 어서 적을 쫓아라!"

"와~!"

루겔의 고함 소리에 그제야 정신을 차린 용병들은 함성을 지르며 추격을 시작했고, 그런 상황을 계속 곁눈질로 살피고 있던 카멜은 재빨리 지면을 박차고는 그대로 후방을 향해 몸을 날렸다.

"파이어 월!"

순간 높이 3미터, 길이 15미터에 이르는 긴 화염 벽이 치솟아 추격하는 용병들의 발길을 가로막았다.

"하하하! 타룬, 다음에 다시 보자."

"엘레스트라, 아쿠아 스트라이크!"

촤악! 치치치~

화염 벽으로 거센 물줄기가 쏟아지긴 했지만 파이어 월이 5클래스의 마법인 탓에 금세 불길을 꺼뜨릴 수 없었다. 불길이 완전히 사라진 것은 얼마 걸리지 않았지만 이미 카멜과 용병들은 사라진 후였다.

이를 갈고 있는 타마룬에게 루겔이 조심스럽게 물었다.

"단장님, 어떻게 할까요?"

"어떻게 하다니, 뭘?"

"적들이 후퇴를 했는데 추격을 해야 하지 않겠습니까?"

루겔의 대답에 타마룬의 인상은 당장 찌푸려졌다.

"왜 추격을 해야 하나?"

"예?"

"추격대에 대한 반격 준비를 이미 해두었을 텐데 그래도 추격을 해야 한단 말인가?"

그제야 타마룬이 뭘 말하고 싶은 것인지 깨달은 루겔은 얼굴을 붉혔다.

"현장을 정리하고 서둘러 성문을 보수하도록 하게. 그리고 멍청한 녀석들이 공명심에 미쳐 엉뚱한 짓을 하지 못하도록 단속 잘하고. 알겠나?"

"명심하겠습니다, 단장님."

지시를 내린 후 타마룬은 숨 돌릴 사이도 없이 서둘러 다시 서쪽 성문으로 달려갔다.

무너진 성벽을 사이에 두고 계속된 치열한 공방은 헤아릴 수 없이 많은 사상자를 냈지만 어느 쪽도 물러설 기색이 없었다. 전쟁의 광기에 싸인 용병들은 자신의 몸이 선혈로 젖는 것도 아랑곳하지 않은 채 상대를 향해 무기를 휘두르기에 여념이 없었다.

격전이 벌어지고 있는 무너진 성벽을 바라보던 아쉬드는 자신의 예상과는 달리 주네티에게 큰 피해를 입히지 못한 것 같아 아쉬운 마음을 감출 수가 없었다. 이미 팽팽한 접전을 벌이고 있는 상황이라 시간이 지날수록 피해는 누적될 수밖에 없었다.

이런 상황이 지속돼 봐야 좋아할 사람은 헤르난밖에 없다는 생각에 슬슬 후퇴를 해야겠다는 판단을 내리고 있을 때였다.

펑!

대낮이었지만 허공을 수놓는 다섯 줄기의 불꽃은 분명하게 알아볼 수 있는 불꽃 신호탄이었다.

"케산, 지금 즉시 용병들을 50미터 후방으로 후퇴시켜라."

"알겠습니다, 전하."

케산은 등에 메고 있던 깃발 가운데 녹색 깃발을 뽑아 들더니 힘껏 휘두르며 큰 소리로 외쳤다.

"후퇴! 후퇴하라!"

음성 증폭 마법에 의해 울려 퍼진 케산의 외침에 용병들은 소리가 들린 곳으로 고개를 돌렸고, 힘껏 녹색 깃발을 휘두르고 있는 케산의 모습을 발견하고는 대오를 갖춘 후 신속하게 후퇴하기 시작했다.

그 모습을 발견한 주네티는 지금이야말로 반격할 기회라고 느끼고는 즉시 공격 명령을 내렸다.

"즉시 반격하라!"

"저, 전하!"

근처에서 주네티를 호위하고 있던 베냐의 눈이 휘둥그레지며 자신도 모르게 말을 더듬었다.

"뭘 하고 있는 건가? 지금 즉시 반격하란 말이다!"

"하지만 단장님께서는 절대 저들을 추격하지 말라고……."

"무슨 소릴 하는 건가? 그럼 이대로 저들을 보내야 한단 말인가? 어서 추격대를 구성해 퇴각하는 저놈들을 공격하란 말이다! 이건 명령이다!"

너무나 단호한 주네티의 태도에 베냐는 어쩔 수 없이 급하게 추격대를 구성했다. 그리고는 무너진 성벽을 통해 성 밖으로 향했고, 천여 명의 용병들은 말을 탄 채 베냐의 뒤를 따랐다. 또한 무너진 성벽을 통해 수천 명의 용병이 각자의 무기를 든 채 쏟아져 나갔다.

계속해서 후퇴를 하던 아쉬드는 성안에서 몰려나온 용병들의 수가 5, 6천 정도 되자 즉각 케산에게 지시를 내렸다.

"적색 깃발을 올려라."

"알겠습니다, 전하."

케산은 즉시 붉은 깃발을 흔들며 고함을 질렀다.

"반격하라!"

케산의 명령이 떨어지자마자 후퇴하던 용병들이 다시 한 번 함성을 지르면서 성에서 빠져나오고 있던 용병들을 공격하기 시작했다.

성에서 빠져나오던 용병들은 너무나 절묘한 시기에 시작된 기습 공격에 당황해 어쩔 줄 몰라 했다. 게다가 어디에서 나타난 것인지 중무장을 한 적들이 갑자기 나타나 측면에서 공격을 하는데, 그야말로 속수무책이었다.

성벽 위에 늘어선 수많은 궁수들이 화살을 쏘며 아군을 보호하려 했지만 사방에서 공격하는 아쉬드 측 용병들의 기세가 너무나 거세 쏠 수가 없었고, 성에서 빠져나온 용병들은 뒤이어 나오려는 용병들 때문에 피할 곳도 없이 일방적으로 공격당해야만 했다.

불과 30분간의 공방이었지만 주네티 측 용병들이 입은 피해는 믿을 수 없을 정도였다.

"뭘 하고 있는 거냐! 당장 후퇴를 하란 말이다, 후퇴!"

그때 어디선가 들려온 커다란 고함 소리에 성에서 빠져나오려던 용병들이 신속하게 후퇴를 했고, 성에서 빠져나온 용병들 가운데 살아남은 용병들은 방어에 치중한 채 뒤로 물러섰다.

무너진 성벽을 사이에 두고 양편은 한동안 치열한 접전을 계속했지만 사상자만 늘어날 뿐 어느 한쪽도 유리한 위치를 차지할 수 없었다.

눈살을 찌푸린 채 상황을 주시하던 아쉬드는 약간의 우세를 얻었을 뿐 자신이 생각했던 것만큼의 피해를 입히지 못했다는 생각에 어금니를 깨물었다. 하지만 이대로 계속 싸운다면 아군의 피해도 만만치 않을 것이란 생각에 다시 후퇴 명령을 내려야만 했다.

"후퇴! 후퇴하라!"

아쉬드의 명령에 어느새 다가왔는지 카멜이 케산을 향해 고개를 끄덕이자 카멜은 지체없이 검은색 깃발을 움켜쥐고는 힘껏 휘둘렀다.

깃발 신호에 신속하게 반응하던 이전까지와는 달리 상대를 죽이는 데 미친 듯이 집중한 탓인지 후퇴는 금방 이루어지지 않았다. 그런 광경을 지켜보던 카멜은 음성 증폭 마법을 사용해 큰 소리로 외쳤다.

"후퇴! 전원 후퇴하라!"

그 말을 들은 일부 용병들이 산발적으로 후퇴를 하자 근처에 있던 용병들도 그들을 따라 후퇴하기 시작했다. 아쉬드 측 용병들이 후퇴하자 주네티 측 용병들은 당장 그들을 추격하려고 했지만 타마룬의 제지로 그 자리에서 멈춰야만 했다.

시간이 지날수록 양측의 거리는 멀어져 갔고, 어느 정도 이상의 거리가 떨어지자 아쉬드와 용병들은 그대로 후퇴해 버렸다.

성벽 위에서 그 모습을 지켜보던 주네티는 이를 갈았지만 조금 전 자신의 성급한 판단으로 인해 상당한 피해를 입었기에 또다시 추격하란 명령을 내릴 수 없었다.

"뭘 그렇게 멍청하게 쳐다보고만 있는 거냐! 경계 병력을 제외한 일부는 부상자들이 신속하게 치료를 받을 수 있도록 옮기고 나머지는 즉시 시신을 한곳에 모으도록 해라."

타마룬의 지시에 호른과 베냐, 루겔은 용병들을 나누어 경계와 부상자 이송, 그리고 시신을 한곳에 모으기 시작했다.

짧은 시간의 교전에서 발생했다고는 믿을 수 없을 정도로 엄청나게 많은 사상자가 발생했다.

분한 마음을 감추지 못하고 있던 주네티가 묵묵히 아쉬드와 용병들이 사라져 간 방향을 지켜보고 있던 타마룬에게 물었다.

"사상자가 얼마나 발생한 것 같소?"

"대략 1만 5천에서 2만 정도는 될 것 같습니다, 전하."

고개조차 돌리지 않는 타마룬의 무례한 태도에 주네티는 순간적으로 분노가 치솟았지만 자신의 잘못도 있었기 때문에 눌러 참을 수밖에 없었다.

"루겔!"

"부르셨습니까, 단장님."

"이번 전투에서 네가 맡은 임무가 무엇이냐?"

표정은 평소와 다를 것이 없었지만 루겔은 그가 극도로 분노하고 있다는 것을 직감적으로 깨달을 수 있었다.

"주네티 전하를 호위하면서 전하를 보좌하는 겁니다."

"네가 생각할 때 전하를 충실하게 보좌했다고 자신할 수 있느냐?"

"아닙니다."

"비록 우리가 용병이기는 하지만 지금은 전하의 명령에 죽고 사는 전하의 사설 군대라 할 수 있다. 고로 너는 전하를 제대로 보좌하지 못한 근무 태만의 죄를 저질렀다고 볼 수 있다. 내 말에 이의 있나?"

"없습니다."

"그럼 군법에 의거해 그 벌을 내린다."

휙!

"큭!"

날카로운 바람 소리가 들린 후 루겔은 신음을 토하며 그 자리에 주저앉았다. 그런 그의 앞에는 잘린 왼팔이 꿈틀거리고 있었다.

너무나 갑작스럽게 일어난 일에 주네티는 놀라 아무런 말도 하지 못한 채 눈만 끔뻑거리고 있었다. 그러다 비명 같은 소리로 누군가를 불렀다.

"호른! 베냐! 뭐 하고 있는 거냐! 어서 루겔을 프리스트께 데려가도록 해라. 빨리 데려가란 말이다!"

소리를 지르는 주네티의 얼굴에는 조금 전 루겔의 팔을 자를 때 튄 핏방울이 묻어 있었다.

호른과 베냐가 루겔과 잘린 팔을 들고 사라지자 이번에는 타마룬을 향해 따지기 시작했다.

"이게 무슨 짓이오?"

"뭐가 말입니까?"

"뭣 때문에 루겔의 팔을 잘랐느냐 말이오? 내가 조금 전 내린 추격 명령 때문이오? 그렇다면 나에게 따질 일이지 왜 아무런 잘못도 없는 루겔에게 죄를 물어 팔을 잘랐소! 만약 단장의 대답이……!"

"만약 제 대답이 마음에 들지 않으면 그때는 어떻게 하시겠습니까? 저를 내쫓으시겠습니까? 아니면 절 죽이시겠습니까? 오히려 제가 전하의 대답을 듣고 싶군요."

비록 담담한 표정을 짓고 있다고는 하지만 평소와는 판이하게 다른 타마룬의 태도에 주네티는 속으로 찔끔하지 않을 수 없었다. 자신을 대하는 그의 태도가 마음에 들지 않는 것은 사실이지만 지금 같은 상황에 만약 그마저 없다면 자신이 할 수 있는 일은 아무것도 없다는 것을 모를 정도로 어리석지는 않았다.

"다, 단장, 뭔가… 내 말을 오해한 것 같은데… 내 말은 꼭 그렇게까지 해야만 했느냐 하는 것이오. 그러니 오해하지 말도록 하시오."

세상 무서울 것 없이 행동하던 평소 주네티의 성격을 생각해 보면 정말 놀랄 일이 아닐 수 없었다.

잠시 주네티의 얼굴을 바라보던 타마룬은 곧 생각을 정리하고는 주네티 앞에 한쪽 무릎을 꿇은 채 고개를 숙였다.

"무례를 저질러 죄송합니다, 전하. 카멜 녀석의 기습을 전혀 예상하지 못하고 있다가 당한 탓에 흥분이 가라앉지 않아 무례를 저질렀습니다. 하지만 제가 루겔의 팔을 자른 것은 전하와는 전혀 상관없는 일이었습니다. 제가 루겔로 하여금 전하를 보좌하도록 지시를 내린 것은, 그러면 아까 같은 상황에서 전하께서 설사 성급한 판단을 내리셨다 하더라도 충분히 전하를 설득시킬 수 있다고 생각했기 때문입니다. 루겔이 전하의 뜻을 꺾지 못했기 때문에 저희의 피해가 더욱 커진 것입니다. 따라서 그에 대한 처벌은 당연한 것입니다. 만약 이런 저의 행동이 마음에 들지 않으신다면……."

챙~

"이 검으로 저의 죄를 다스려 주십시오."

두 손으로 공손히 검을 받친 채 내미는 타마룬의 행동에 주네티는 순간적으로 어떻게 해야 할지 결정을 내릴 수 없었다. 그러다가 결심한 듯 주네티는 검을 잡았고, 고개를 숙이고 있는 타마룬을 쳐다보았다.

고개를 숙이고 있던 타마룬은 미동도 하지 않고 있었는데 자신의 목숨을 포기했기 때문인지, 아니면 주네티가 자신을 처벌하지 못할 것이라 확신하고 있기 때문인지 전혀 짐작되지 않았다.

롱 소드라고는 하지만 일반적인 롱 소드보다 훨씬 무거웠기 때문에 주네티는 양손으로 롱 소드를 잡아야만 했다. 그리고는 조심스럽게 그의 머리와 양쪽 어깨에 롱 소드를 가져다 댔다 떼었다.

"만약 이 승계 전쟁에서 내가 승리를 거둔다면 그대를 제국의 3대 기사단 가운데 그대가 원하는 기사단의 부단장으로 임명할 것이오. 동시에 그대에게 백작의 작위를 내릴 것이오."

"미천한 저를 그렇게까지 생각해 주니 이 기쁨을 뭐라 표현해야 좋을지 모르겠습니다, 전하. 이 전쟁에서 전하께서 승리를 거두시도록 저 타마룬 뮈겔 신명을 받쳐 노력할 것임을 다시 한 번 맹세드립니다."

"오늘은 이곳에서 야영하도록 하시오. 그리고 피해가 얼마나 되는지 파악되는 대로 보고를 하도록 하시오."

"알겠습니다, 전하. 그럼 잠시 쉬고 계십시오."

카멜이 물러간 후 아쉬드는 용병의 도움을 받아 플레이트 메일을 벗었다.

전투를 직접 겪은 것도 아니면서 왜 이리도 피곤한 것인지 목과 팔, 다리를 움직일 때마다 뼈마디가 어긋나는 소리가 들려왔다.

우두둑.

가볍게 몸을 움직인 후 자리에 앉은 아쉬드에게 용병은 미리 준비했던 물수건을 건넸다. 물수건으로 얼굴을 닦던 아쉬드는 아까의 전투에서 주네티에게 좀 더 피해를 입히지 못한 것이 너무나 아쉬웠다.

'제길, 조금만 더 몰아붙였으면 주네티 녀석을 좀 더 곤란하게 만들 수도 있었는데…….'

"전하, 식사를 준비할까요?"

"식사? 그래, 제이슨 단장 것도 함께 준비를 하도록."

"알겠습니다, 전하. 더 필요한 것은 없으십니까?"

"술도 한 병 준비해 주게."

"알겠습니다, 전하. 잠시만 기다려 주십시오."

용병이 막사를 빠져나간 후 오늘 있었던 전투를 되새겨 보았다.

난생처음 참가한 전투.

전장에서 필연적으로 등장하는 영웅에 대해서 기록하거나 찬양한 책들은 많이 보았지만 전장의 참혹함이나 생명의 덧없음에 대해 기록한 책은 보지 못한 아쉬드로서는 처음 경험한 전투의 흥분을 좀처럼 가라앉힐 수 없었다.

수만 명의 용병이 부딪쳐 상대를 향해 무기를 휘두르는 모습은 그야말로 전율이 느껴질 정도였다. 또한 우습게만 여겼던 정령술사나 마법사에 대한 생각도 상당 부분 잘못됐다는 것을 인정해야만 했다.

정령 마법이나 마법 공격에 적게는 서너 명, 많게는 수십 명의 용병이 갈가리 찢긴 채 목숨을 잃는 광경은 정말 끔찍한 광경이었다. 그러나 아쉬드가 보기에 그 파괴력만큼은 더할 나위 없이 경이롭게만 느껴졌다.

만약 황제의 자리에 오른다면 체계적으로 마법사와 정령술사를 양성해야겠다고 결심하는 순간 카멜이 막사 안으로 들어왔다.

평소 같았으면 소가죽 가면을 쓴 듯 보이는 카멜의 얼굴을 발견하는 순간 불쾌한 감정부터 치솟았을 것이다. 하지만 오늘 그의 능력을 직접 확인하고 나니 제국에서 왜 소드 마스터들을 우대하는지, 그가 왜 용병왕이라 불리는 것인지 확실히 알 수 있었다.

"그래, 피해가 어느 정도 발생했는지 집계가 되었소?"

"대략적인 것입니다만 사망한 용병이 5천여 명, 부상당한 용병이 8천여 명쯤 되는 것 같습니다. 중상자 가운데는 생명이 경각에 달한 자들도 꽤 있어 사망자 수가 조금 더 늘어날 것 같습니다."

"1만 3천이라……."

"하지만 저들은 저희보다 훨씬 피해가 클 것입니다. 물론 이것은 대략적인 집계이긴 하지만 우리 진영에 부상자가 많은 반면 주네티 전하 진영에는 사망자가 훨씬 많았습니다. 물론 압도적인 승리라고 말할 수는 없지만, 원래의 목적은 충실히 달성한 것 같습니다."

카멜의 설명에도 불구하고 아쉬드의 얼굴에는 여전히 불만족스러운 표정이 걸려 있었다.

그러는 사이 저녁 식사를 가지고 온 용병이 작은 테이블에 음식을 늘어놓기 시작했다. 물론 성에서만큼 호화로운 음식들은 아니지만 전쟁터에서 이만한 음식을 본다는 것은 거의 꿈같은 일이 아닐 수 없었다.

조용히 아쉬드의 잔에 술을 따른 카멜은 담담한 어조로 입을 열었다.

"오늘의 승리가 만족스럽지 않으십니까?"

"솔직히 말해 그렇소. 공성병기를 이곳까지 가지고 왔을 때는 괴멸이나 전멸은 아니더라도 상당한 피해를 입힐 수 있을 줄 알았소. 그런데 겨우 몇천밖에 죽이지 못했다니……. 실망스러운 것이 사실이오."

"그래도 오늘 저희는 상식을 초월하는 승리를 거두지 않았습니까?"

"그게 무슨 소리요?"

"일반적으로 성을 공격할 때는 성을 수비하고 있는 전력의 최소 세 배에서 다섯 배까지의 전력을 동원해야, 그것도 치밀한 작전이 있어야지만 겨우 성을 함락시킬 수 있습니다. 그런데 저희의 병력은 5만, 성을 지키는 병력도 5만. 서로의 전력이 비슷한 상황에서 성을 공격하는 작전이 성공을 거둔다는 것은 거의 기대하기 어려운 일이지요."

카멜의 대답에 아쉬드의 얼굴이 당장 찌푸려졌다.

지금껏 공성 작전에 대해 한마디도 하지 않았던 작자가 이제 와서 실패하는 것이 당연하단 말을 하니 분노를 느끼지 않을 도리가 없었다.

"그래서, 단장이 하고 싶은 말이 무엇인가? 우리가 이렇게 물러나는 것이 당연하다는 말을 하고 싶은 건가?"

"그럴 리가 있겠습니까? 계획은 전하들께서 세우셨지만 그 작전이 잘못된 작전이었다면 아마도 전 따르지 않았을 겁니다. 제가 오늘 공격에 참가한 이유는 주네티 전하께 고용된 용병들의 전력을 살펴보기 위해서였습니다. 비록 비슷한 피해를 입었다고는 하지만 상대적으로 저희의 피해가 적었다는 것은 일 대 일 싸움에서도 저희가 밀리지 않는다는 것을 뜻하는 것이기에 저는 오늘 전투에 지극히 만족하고 있습

니다."

진짜 카멜이 하고 싶은 이야기가 뭔지 짐작조차 되지 않는 아쉬드로서는 정말 답답하기 이를 데 없는 일이었다.

"서로의 전력이 비슷한 것이 뭐가 만족스러운 일이란 말이오? 일전에 보고된 정체 불명의 용병들이 만약 주네티 녀석이 고용한 용병들이라면 우리와 거의 비슷한 전력 아니오?"

"이건 제 생각입니다만, 아마도 그 용병들은 헤르난 전하께서 고용한 용병들인 것 같습니다."

"단장이 그렇게 생각하는 이유라도 있소?"

"오늘 기습을 했을 때 주공(主攻)이 서쪽 성문이었기에 아마 타마룬 녀석도 그쪽에 전력의 대부분을 포진하고 있었을 겁니다. 제가 반대쪽에서 공격했을 때 동쪽 성문을 지키고 있던 용병들의 수는 기습 공격한 저희보다 오히려 적었습니다. 다시 말하자면 서쪽을 제외한 나머지 성문에 비슷한 병력을 포진시켰다고 보면 아마도 주네티 전하께 고용된 용병들의 수는 5만 정도가 틀림없을 겁니다. 게다가 오늘 전투에서 사상자가 약 2만 정도 발생했을 테니 압도적으로 유리한 것은 저희이고, 결국 승리를 거두는 분은 전하가 될 것입니다."

카멜의 논리정연한 말에 아쉬드는 조금 놀라면서도 마음 한구석에서는 안도의 한숨이 흘러나왔다.

"정체 불명의 용병들이 헤르난 녀석에게 고용된 용병들이라고는 하지만, 그렇다고 어째서 우리가 압도적으로 유리하단 말이오? 잘 이해가 되지 않는구려."

"전하, 잊으셨습니까? 저희에게는 열 대의 스톤 골렘이 있지 않습니까."

"아~"

의미심장한 미소를 지은 채 대답하는 카멜의 대꾸에 아쉬드는 그저 탄성을 흘릴 뿐이었다.

"제이슨 단장의 말을 의심하는 것이 아니라 정말 궁금해서 묻는 것인데…… 정말 스톤 골렘 열 대가 단장이 승리를 확신할 수 있을 정도로 그렇게 대단한 전력이오?"

"물론입니다, 전하. 스톤 골렘은 비록 5미터밖에 되지 않지만 그 파괴력만큼은 상상을 초월할 정도입니다. 더구나 스톤 골렘을 움직이는 심장인 마정석(魔精石)을 파괴하지 않는 한 영원히 재생되는 스톤 골렘의 유일한 상대는 같은 스톤 골렘뿐입니다."

"하지만 소드 마스터라면 그 마정석이라는 것을 파괴할 수도 있을 것 아니겠소?"

"물론 소드 마스터라면 마정석을 파괴할 수도 있을지 모릅니다. 하지만 스톤 골렘이 한 대만 있는 것도 아니고, 또한 각 골렘마다 마정석의 위치가 모두 달라서 아무리 소드 마스터라 하더라도 골렘을 파괴한다는 것은 거의 불가능한 일입니다. 그리고 타마룬 녀석이 골렘을 파괴하도록 제가 그냥 보고만 있겠습니까?"

"잘 알겠소. 그럼 제이슨 단장은 최후의 결전을 언제쯤으로 생각하고 있소?"

"아무래도 내년 3, 4월쯤 되지 않겠습니까? 물론 전하께서 달리 생각하고 계신 것이 있다면 기꺼이 따르겠습니다."

"아니오. 나도 그때쯤이 좋을 것이라 생각하고 있었소. 이런, 이

야기를 나누다 보니 음식이 다 식었구려. 우선 술부터 한잔 받으시
오."

"영광이옵니다, 전하."

차르르르~

"큭!"

쟌이 유성추의 손잡이를 힘껏 잡아채자 유성추의 쇠사슬에 잡혀 있던 자의 목이 그대로 잘려 나갔다. 마치 그 외마디 신음 소리가 신호라도 되듯 갈대 숲에서 빠져나온 쟌 일행은 은신한 채 주위를 살피고 있던 용병들을 기습해 갔다.

챙~

"으악!"

"큭!"

"누, 누구냐?"

가장 무시무시하게 보인 사람은 단연 올리비에였다.

스콜피온 테일과 모닝스타에 타격을 입은 상대방은 비명조차 남기지 못했다. 신체의 일부분이 짓이겨진 채 뜯겨져 나가는 모습은 그야말로 무시무시하기 이를 데 없었다.

은신하고 있던 용병은 거의 30여 명에 달했지만 워낙 쟌 일행과 실력 차가 커 도무지 상대가 되지 않았다.

가장 무지막지하게 살인을 하는 사람이 올리비에라면 가장 조용히 살인을 저지르는 사람은 단연 쟌이었다. 쟌에게 당한 용병들은 언제 당했는지도 모른 채 당한 부위를 움켜쥐며 쓰러졌다.

셸은 세 명의 부단장과 함께 조금 떨어진 곳에서 그 모습을 지켜보고 있을 뿐 싸움에는 참가하지 않았다. 물론 셸 본인도 살인을 피하려고 했지만 무엇보다 셸의 손에 피를 묻히는 것을 쟌이 싫어했기 때문이다.

불과 10분도 채 지나지 않아 상황은 완전히 정리되었다.

가볍게 검을 휘둘러 검에 묻은 선혈을 털어낸 쟌은 검집에 검을 집어넣으며 입을 열었다.

"본진과의 연락은 어떻게 되었나?"

"아마 지금쯤이면 워프 게이트에 도착하셨을 거랍니다."

"하셨을 거랍니다? 대체 누가 오는데?"

"헤르난 전하께서 크리스토퍼 단장님과 함께 직접 병력을 이끌고 워프 게이트에 도착하셨을 거라는 성으로부터의 연락입니다."

"전하가 직접?"

조금은 못마땅하다는 듯이 표정을 일그러뜨리고 있던 쟌은 셸이 자신의 얼굴을 유심히 바라보고 있는 것을 발견하고는 곧 표정을 풀었다.

"워프 게이트에서 이곳까지의 거리는?"

"맨몸으로 이동했을 때는 만 하루 거립니다만, 공성병기의 부품을 가지고 이동하는 것이라 조금 더 시간이 걸릴 겁니다, 마스터."

올리비에의 대답에 곰곰이 생각하던 쟌은 자신만을 바라보고 있는 일행에게 곧 지시를 내렸다.

"우선 헤르난 전하께로 이동한 후 본진과 함께 아쉬드 왕자의 성을 공격한다."

"예?"

느닷없는 쟌의 지시에 그저 그런가 보다 하고 표정을 짓고 있는 용병들과는 달리 오히려 세 부단장이 놀랐다.

아무리 생각해 봐도 아쉬드의 성을 공격하는 것은 쟌의 즉흥적인 작전 같은데, 이런 식으로 공격을 해도 되는 것인지 세 사람으로서는 쉽사리 판단을 내릴 수 없었다.

적어도 성을 공격하려면 상당한 정보를 입수한 후에 가장 타당한 작전을 세워 공격한다 해도 성공할 가능성이 적다. 그런데 지금처럼 즉흥적인 생각으로 공격한다면 성공 여부는 고사하고 어떤 피해를 입게 될지 누구도 장담할 수 없는 일이었다.

자신들이 기사가 된 후 여러 가지 전략과 전술을 배웠지만, 지금처럼 즉흥적인 결정에 의해 공성전을 벌인 경우는 단 한 번도 보지 못했다.

앞서 걸음을 옮기는 쟌의 뒤를 따라 걸으며 세 사람은 서로 의견을 나누었는데, 약간의 차이가 있을 뿐 쟌의 결정이 너무나 즉흥적이고 성급하다는 데 의견이 모아졌다.

문제는 자신들이 내린 견론을 쟌에게 말해 주어야 하느냐 마느냐 하는 것과 또 과연 쟌이 순순히 자신들의 의견을 받아들이겠느냐는 것이었다.

혹시 쟌에게 기발한 작전이 있기 때문은 아닐까 하는 생각도 해보았지만, 적어도 자신들이 아는 범위 내에서는 즉흥적인 결정이란 생각밖에 들지 않았다.

한참을 망설이던 드보아가 마침 쟌과 조금 떨어져 있던 셀의 모습을 발견하고는 그녀에게 접근했다.

"마담 가이야, 드릴 말씀이 있습니다."

"아, 루돌프 백작님이셨군요. 무슨 말씀이신지요?"

갑자기 뒤에서 불렀음에도 셀은 부드러운 미소를 지으며 대꾸했다.

"다름이 아니라…… 마스터께서 아쉬드 전하의 성을 공격한다고 하셨는데 저희가 출발하기 전에 그런 결정을 내리시고 출발하신 것입니까? 아니면 아쉬드 전하께서 주네티 전하를 공격하러 가신 것을 보고 결정하신 겁니까?"

"그 점이 궁금하셨던 모양이군요. 제가 알기로는 성을 출발하기 전엔 아쉬드 전하의 성을 공격한다는 그 어떤 결정도 없었던 것으로 알고 있어요."

"그럼 역시 아쉬드 전하께서 주네티 전하를 공격하러 가신 것을 보고 결정을 내리신 모양이군요. 하지만 분명한 계획이 없는 작전 결정은 너무 즉흥적인 것 아닙니까? 물론 마스터께서 어떤 생각이 있어 내리신 결정이겠지만 혹시 낭패를 볼 수도 있겠다는 걱정이 들었기 때문에 드리는 말씀입니다."

"저야 쟌을 믿고 있지만…… 그렇게 걱정이 되신다면 쟌에게 한번 물어볼까요?"

"예?"

생각지도 못했던 셀의 반문에 드보아는 할 말을 잃었다.

아무리 초록은 동색이고, 가재는 게 편이고, 팔은 안으로 굽는다고 하지만 듣는 사람으로 하여금 할 말 없게 만드는 것은 부부가 똑같았다.

"아, 아닙니다. 마스터께서 하시는 일이니 두고 보면 알게 되겠지요. 말씀 감사했습니다, 마담 가이야."

"별말씀을……. 앞으로도 궁금한 것이 있으면 언제든 물어보세요. 제가 쟌에게 물어서라도 알려 드릴게요."

"말씀만이라도 감사드립니다. 그럼……."

결국 드보아는 본전도 못 찾은 채 자신의 자리로 돌아와야만 했다.

간간이 마법 통신을 하면서 걸음을 옮긴 지 거의 네 시간 이상이 지나서야 쟌 일행은 헤르난이 이끄는 본진과 합류할 수 있었다. 더구나 본성에 남아 있을 줄 알았던 필립이 함께 따라와 있는 것이, 아마도 공성전을 벌인다니까 작전을 담당하는 사람으로서 오지 않을 수 없었던 모양이다.

이번에 출동한 용병들은 1만 5천 정도였다.

오랜 시간 훈련을 했기 때문인지 자유 분방한 용병들의 모습보단 잘 훈련된 군대 같다는 느낌이 들었다. 헤르난은 아쉬드의 성과 반나절 거리에서 야영을 하도록 지시했고, 지시를 받은 로고스는 다시 부단장과 각 조의 조장들에게 야영 준비와 경계를 지시했다.

아쉬드나 주네티의 진영 같았으면 지시를 받은 용병들이 각 조의 조장들에게 지시를 전달하기 위해 정신없이 돌아다녀야 했을 테지만 헤르난의 진영은 수도 없이 반복한 연습과 훈련 덕분에 조용하고도 빠르게 지시 사항이 모두에게 전달될 수 있었다.

외각에 포진한 몇 개 조는 신속하게 주위에 은신한 채 경계를 시작했고, 공성병기의 부품은 진영의 중앙에 가지런히 차곡차곡 쌓아놓았다.

저녁 식사가 시작되기 전 헤르난의 막사에서는 작전회의가 벌어지고 있었다.

가장 상석에는 헤르난과 필립이 나란히 앉아 있었고, 그 왼편으로 쟌, 셀, 오웬이 자리하고, 맞은편엔 로고스와 피욘느, 제론이 앉았다. 그리고 그들과 조금 떨어진 곳에는 얼마 전 파견된 로즈 검증단의 심사관들이 눈빛을 빛내며 이들을 지켜보고 있었다.

"흠흠, 자네의 말을 듣고 급하게 출동하긴 했네만, 다시 한 번 정확하게 왜 우리가 출동해야만 했는지 그 이유를 설명해 주겠나?"

헤르난을 대신해 로고스가 질문을 던지자 쟌이 천천히 자리에서 일어났다.

"제가 본진에 출동을 요구한 이유는 아쉬드 왕자의 성을 공략하기 위해서였습니다. 더 정확하게 말하자면 그동안 우리가 지겹게 연습해왔던 공성전의 실전을 통한 연습과 최후의 결전을 벌일 때를 대비한 최종 점검을 하기 위해서입니다."

"실전을 통한 연습과 최종 점검?"

"그렇습니다. 지난 1년 몇 개월 동안 지겹게 연습하고 훈련을 했지만 그것은 어디까지나 연습이고 훈련에 불과합니다. 실전에서 훈련받은 대로 행동하지 못한다면 지금까지의 훈련은 그저 장난에 불과합니다. 본인은 이번 기회를 통해 우리가 가진 전력의 정확한 평가가 필요하다고 생각했습니다. 성을 빠져나간 용병들의 수가 대략 5만 정도 되니 남은 병력은 우리와 비슷하거나 조금 많을 것입니다. 이들을 얼마만큼 효율적으로 상대할 수 있느냐 하는 것이 관건입니다. 만약 이번 공성전에서 가시적인 성과를 얻는다면, 앞으로 있을 전투에서도 저희는 상당히 유리한 고지를 점할 수 있을 것이라 생각합니다."

"흐음, 가이야 부단장의 말은 잘 알겠네. 그렇지만 무슨 수로 성을 공략하겠다는 건가? 공격하는 병력이 압도적으로 많아도 실패하기가 쉬운 것이 공성전인데, 자네가 생각한 특별한 작전이라도 있는 건가?"

"금선탈각에 이은 포전인옥."

쟌의 대답에 사람들의 눈은 일제히 동그랗게 변했다.

"그게 무슨 말인가?"

"알아듣게 설명을 해주겠나?"

"그것은 제가 설명드리도록 하겠습니다."

소란스러운 분위기를 뚫고 일어선 사람은 필립이었다.

부끄럼을 많이 타고 소심하던 예전의 모습을 지금은 눈을 씻고 찾아봐도 찾아보기 힘들었다. 좌중을 바라보며 필립은 천천히 설명하기 시작했다.

"금선탈각이란 매미가 껍데기를 벗어놓고 알맹이는 어디론가 날아가 버림을 말하는 것으로, 상대로 하여금 우리 진영의 진짜 전력을 오판하도록 만드는 것을 말합니다. 그리고 포전인옥은 미끼를 던져 적을 끌어들여 승기를 잡는 것을 말합니다. 다시 말하면 적으로 하여금 우리의 진짜 전력을 오판하도록 하여 공격을 유도하고, 그런 적의 전력을 흩어지게 만들어 각개격파한다면 큰 피해 없이 승리를 잡을 수 있다는 작전인 것 같습니다, 형님."

필립은 설명을 하면서 혹시나 자신이 쟌의 의도를 잘못 판단한 것은 아닐까 하는 생각이 들어 쟌을 바라보았다. 그리고 필립이 발견한 것은 얼굴 가득 빙그레 미소 짓고 있는 쟌의 모습이었다. 필립으로서는 처음 보는 쟌의 환한 미소였다.

"필립의 설명이 맞는가?"

"그렇습니다. 필립 전하께서 아주 정확하게 설명하셨습니다. 아마 그동안 많은 공부가 있었던 것 같군요. 덧붙여 설명을 하자면 내일 약 4, 5천 명의 용병으로 전위 부대를 만든 후 공성병기를 조립해 성을 공략하도록 합니다. 물론 저들은 우리의 병력이 너무 적음을 이상하게 생각하고 쉽사리 성을 빠져나오지는 않을 겁니다. 하지만 공성병기에 의한 공격이 계속된다면 결국에는 참지 못하고 우리를 섬멸하기 위해 성을 나설 겁니다. 전위 부대는 약간의 응전 후 신속하게 후퇴를 하는데 적의 기마 부대나 추격대를 포위, 섬멸할 수 있는 지역으로 몇 개 조로 나누어 이동을 합니다. 그 후에는 우리가 지겹도록 연습한 기습과 게릴라전을 반복해 적들을 처리하면 됩니다. 적어도 성 밖으로 나온 적들은 확실하게 처리할 수 있다면 우리가 이곳까지 온 목적은 충분히 달성할 수 있습니다. 그런 연후에는 다시 성으로 복귀하면 됩

니다."

쟌이 설명을 마치고 자리에 앉자 안색이 가장 크게 변한 사람은 역시 슈뢰더를 비롯한 세 명의 부단장이었다.

물론 각 기사단에는 작전을 전적으로 담당하는 작전 담당관이 있지만 직책이 부단장이다 보니 그들도 어느 정도는 작전을 세우고, 작전대로 행동하는 데 익숙하다 할 수 있다. 그렇기에 쟌의 공성 계획을 너무 즉흥적이라 판단을 내린 것인데 설마 이렇게 치밀한 생각을 하고 있을 줄은 상상도 못했다.

즉흥적이라고 판단을 했던 자신들의 오판이 너무나 부끄러워 고개도 들 수 없을 정도였다.

놀라기는 로즈 검증단의 심사관들도 마찬가지였다.

물론 쟌이 말한 기습 작전도 놀라운 일이긴 하지만 무엇보다 그가 왕자들을 대하는 태도 때문에 더욱 놀라지 않을 수 없었다. 이제 20대 초반에 불과한 쟌이 작전회의에 참가한 것도 놀라운 일인데 회의를 주도하는 사람도 헤르난이 아닌 쟌이라는 것 역시 놀라운 일이었다.

더구나 필립 같은 경우는 쟌에게서 칭찬을 받았다고 기쁜 표정까지 짓고 있지 않은가? 또 감탄했다는 표정을 짓고 있는 세 명의 부단장의 모습은 무엇인가?

헤르난 진영에 온 지 얼마 되지 않았지만 다른 두 왕자의 진영과는 판이하게 다른 분위기를 풍기고 있어 쉽사리 적응이 되지 않았다. 우선 용병 따위와 격의없이 지내는 것만 해도 그렇고, 다른 왕자들에 비해 비교도 되지 않을 정도로 적은 수의 용병을 고용했음에도 불구하고 별로 걱정스러워 하지 않는 헤르난의 모습 역시 쉽게 이해할 수 없었다.

"크리스토퍼 단장, 단장이 각 조의 조장들에게 회의 결과를 통보하고, 확실하게 숙지시키도록 하게."

"그렇게 하겠습니다, 전하."

"그럼 이번 전투에서 오웬님을 비롯한 마법사들은 참가하지 않는 것인가?"

"제가 생각하고 있는 것이 있는데 그것이 실제로도 가능한지 오웬님과 상의를 해봐야겠습니다. 그리고 그 일과는 상관없이 오웬님과 마법사들은 나중을 위해 존재를 드러내지 않도록 하는 것이 좋을 것 같습니다."

"흐음~"

쟌의 설명에 고개를 끄덕이던 헤르난은 곧 부드러운 미소를 지으며 입을 열었다.

"그럼 회의는 이것으로 마치고 저녁 식사나 같이 하도록 합시다. 준비가 됐으면 어서 음식을 가져오도록 해라."

헤르난의 지시에 곧 근사한 음식들이 회의 탁자 위를 장식했고, 사람들은 곧 식사를 하며 담소를 나누기 시작했다.

휘이익~

겨울로 들어가는 길목임을 알리기라도 하듯 싸늘한 바람 한줄기가 헤르난 진영 위를 지나가며 자신의 존재를 알렸다.

"올 겨울도 작년만큼 추울까?"

"글쎄? 그것보다 따끈한 수프라도 한 그릇 먹어야지 추워서 도저히 못 견디겠구먼. 어서 가자고."

"그러자고."

허연 입김을 뿜어내며 용병들은 서둘러 식사를 마쳤다.

공성전을 앞둔 탓일까?

평소보다 조용한 식사 시간이 되었다. 그런 용병들의 얼굴에는 과연 자신들만의 병력으로 아쉬드의 성을 공략하는 것이 가능할까 하는 의구심이 예외없이 떠올라 있었다.

각 조의 조장들도 그런 용병들의 의구심을 모르는 것은 아니지만 그들 역시 회의가 드는 것은 감출 수 없었다.

그들이 아는 공성전은 성을 지키는 병력의 몇 배가 되는 병력으로 성을 포위해 동시에 공격을 퍼붓는 방법이 다였다. 그런 공략법은 설사 성공을 거둔다 하더라도 공격한 쪽도 엄청난 피해를 입는, 그야말로 상처뿐인 영광이 대부분이었다.

그렇기에 용병들의 얼굴에는 희미하지만 두려움과 체념이 어려 있었던 것이다.

자신을 고용한 사람을 위해 목숨을 거는 자들이 바로 용병 아닌가? 누구의 강요도 아닌 자신의 선택에 의해 이곳까지 온 것이기에 원망할 사람조차 없었다. 부디 승계 전쟁이 끝날 때까지 살아남기만을 바랄 뿐이었다. 설사 목숨을 잃는다 하더라도 개인에게 고용된 것보다는 월등히 나은 보상금을 받을 수 있기에 그것을 위안 삼을 뿐이었다.

식사를 마친 용병들 가운데 전위 부대로 뽑힌 용병들은 진영 중앙에 쌓여 있던 공성병기—전부 트레뷔세였다—의 부품을 짊어지고 걸음을 옮기기 시작했다.

5천 명의 전위 부대가 진영을 빠져나가자 나머지 용병들도 각자 자신들에게 부여된 임무를 수행할 장소로 이동하기 시작했다. 뿔뿔이 흩어지는 용병들을 보며 헤르난은 깊게 심호흡을 하고는 말에 올랐다. 그리고는 천천히 말을 몰았다.

그 모습을 지켜보고 있던 로고스는 의아함을 감추지 못하고는 다급히 그를 따라갔다.

"헤르난 전하, 지금 어딜 가시는 것인지……?"

"전위 부대를 따라가오."

"예?"

헤르난의 대답에 주위에 있던 사람들은 깜짝 놀란 표정으로 그의 얼굴을 쳐다봤다.

"전위 부대가 성을 공격한 후 제대로 후퇴를 하는지 내 눈으로 직접 확인해야겠소."

"안 됩니다, 전하."

"너무 위험해요, 형."

"그 말씀 거두어주십시오, 전하."

사람들이 일제히 반대하자 헤르난은 조금 굳은 표정으로 입을 열었다.

"그럼 저들에게 모든 것을 맡기고 난 안전한 곳에 있다 전투에서 승리했다는 보고만 받으면 된단 말이오? 지금까지 날 그런 놈으로 봤소?"

"그런 것이 아니라 언제 무슨 일이 발생할지도 모르는 전장에 전하를 가시게 할 수는 없습니다. 그러니 그 말씀 거두어주십시오, 전하."

"다시 한 번 말하겠지만, 내 부하들이 피 흘리며 싸우는데 나 혼자 겁쟁이처럼 안전한 곳에 숨어 있을 생각은 조금도 없소. 그리고 이 전쟁은 내가 치러야만 하는 전쟁이오. 단장은 날 비겁한 놈으로 만들 생각이오?"

단호한 헤르난의 말에 로고스의 얼굴에는 난색이 흘렀다. 잠시 고심을 하던 로고스는 곧 입을 열었다.

"그렇다면 풀 플레이트 메일을 걸치고 가도록 하십시오. 또 안전을 위해 제가 전하 곁에서 수행하겠습니다."

"단장은 전체 상황을 보고 지휘를 해야 하지 않소? 대신 단장의 제의를 받아들여 플레이트 메일을 입고 가겠소."

"안 됩니다, 전하. 제가……."

"단장님, 저와 셸이 전하 곁에서 안전을 책임지겠습니다. 그러니 허락해 주십시오."

"가이야 부단장, 그렇게 해주겠나? 부단장이 전하와 함께 가준다면야 내가 안심할 수 있지. 그럼 부탁하겠네."

"걱정하지 마십시오."

쟌이 나서고야 겨우 사태가 진정되었다.

검은색의 풀 플레이트 메일을 걸친 헤르난의 모습은 의외로 그와 잘 어울려 평소와는 달리 차가움과 날카로움을 느낄 수 있었다.

떠나기 전 쟌은 오웬에게 뭔가를 이야기했고, 오웬은 마음씨 좋은 할아버지처럼 빙그레 미소 지으며 고개를 끄덕였다.

잠시 후 헤르난과 쟌, 그리고 셸은 각자의 말에 올라 전위 부대의 후미로 따라붙어 그들과 함께 이동했다.

그렇게 걸음을 옮긴 지 네 시간이 지나서야 아쉬드의 성에서 1킬로미터 떨어진 그리 크지 않은 둔덕 후면에 도착할 수 있었다.

아쉬드가 자신의 거처로 삼은 성은 평야 지대에 위치한 성으로 사방이 트여 있어, 어느 쪽에서 공격을 하든 성에 접근하기도 전어 발견될 수밖에 없는 지형이었다.

둔덕에 도착한 후 쟌은 성을 주시했지만 자신들의 접근을 아는 것인지 모르는 것인지 특별한 변화는 감지되지 않았다.

일단 각 조의 조장들을 소집했다.

"일전에 내가 해준 말을 아직 기억하나?"

쟌의 말에 조장들은 어리둥절한 표정을 지으며 쟌의 얼굴만을 쳐다보고 있었다. 그런 조장들의 모습에 쟌은 다시 한 번 과거 자신이 했던 말을 해주었다.

"너희 활약으로 왕자에 불과한 헤르난 전하를 트레슈나 제국의 황제로 만들 수 있다. 어때, 해보겠는가?"

쟌의 말에 비로소 용병들의 얼굴에 의욕이라는 것이 떠올랐다. 단지 말 한마디 했을 뿐이었지만 조금 전까지 그들의 얼굴에 있던 희미한 불안감과 회의감, 체념 같은 부정적인 감정의 편린은 깨끗이 사라진 것이다.

곁에서 듣고 있던 헤르난은 쟌의 말에 적지 않은 충격을 받아야 했다.

실제 쟌을 만나기 전까지만 하더라도 용병이란 자신이 황제의 자리를 차지하기 위해 사용하는 소모품 정도로밖에 생각하지 않았다. 물론 쟌을 만난 후 생각이 많이 바뀌었다고는 하지만 예전부터 가지고 있던 생각이 한순간에 바뀔 수는 없는 일이었다. 그런데 자신이 한낱 소모품으로밖에 생각하지 않았던 용병들이 자신을 황제로 만들어준다니…….

쟌의 말이 틀린 게 아니라는 것을 자신도 알고는 있었다. 하지만 알고 있다고 다 받아들일 수 있는 일은 아니었다.

"전하, 이들에게 한말씀 해주시지요. 지금부터 전하를 위해 목숨을 걸고 싸울 전사들에게 말입니다."

쟌의 갑작스런 요구에 헤르난은 엉겁결에 앞으로 나섰다. 평소 같으면 왕자인 자신의 얼굴을 쳐다보는 무례한 행동이 허용될 수도 없는 일이지만 눈빛을 빛내며 자신을 바라보고 있는 수십 개의 눈동자를 발견하고는 일순간 말문이 막혔다.

"지난 1년 몇 개월 동안 난 많은 생각을 했고, 지금도 생각을 하고 있다. 만약 너희 도움으로 황제가 된다면……."

헤르난이 말꼬리를 흐리자 용병들의 눈빛은 더욱 강렬해졌다.

"황제를 친구를 둔 최초의 용병들이 될 것이다."

"……?"

"……?!"

헤르난의 말에 잠시 어리둥절한 표정을 짓던 용병들은 그러다 곧 헤르난의 말뜻을 깨닫고는 감격스러운 표정을 지었다.

"친구인 나를 도와주지 않겠나?"

"기꺼이 도와드리겠습니다, 전하!"

"전하는 지금부터 모든 용병의 친구십니다!"

"전하, 지금부터 모든 것을 저희에게 맡겨주십시오!"

"저희가 꼭 전하를 황제로 만들어 드리겠습니다! 그러니 구경이나 하고 계십시오!"

봇물처럼 터져 나온 용병들의 열화와 같은 대답에 헤르난은 물론 쟌과 셀마저 놀라지 않을 수 없었다.

물론 헤르난이 아직 황제가 되지 못했기 때문에 쉽게 이야기했는지도 모른다. 또 그가 황제가 된 후 그런 말을 한 적이 없다고 시침을 뚝뗄 수도 있는 일이다. 게다가 용병들 역시 헤르난이 자신의 약속을 지키리라고 생각하지도 않았다.

다만 한순간이나마 자신들을 친구라 불러준 그의 말이 가슴을 울렸기에 그를 위해 무엇이든 해주고 싶을 뿐이었다.

이후 각자 자신의 조로 돌아간 조장들은 방금 있었던 일을 조원들에게 이야기해 주었고, 그 말을 전해 들은 조원들의 반응도 조금 전 조장들이 보인 반응과 대동소이했다.

흥분을 감추지 못하고 있는 용병들을 바라보던 헤르난은 정확하게 무슨 이유로 자신의 가슴이 이렇게 울렁거리는 것인지 알 수는 없었지만 온몸이 뜨거워지는 것을 숨길 수 없었다.

자신도 모르는 사이 헤르난은 손을 번쩍 치켜들었고, 용병들이 자신의 손을 주시하고 있다는 것을 깨달은 헤르난은 아쉬드의 성이 있는 곳을 향해 손을 뻗었다.

순간,

"와~"

"와~"

엄청난 함성과 함께 용병들이 앞으로 달려나갔다. 그리고 성과 5백

미터쯤 떨어진 곳에 도착한 용병들은 익숙한 솜씨로 트레뷔세를 조립하기 시작했고, 나머지 용병들은 추로 쓸 돌멩이와 흙을 포대에 담기 시작했다.

쟌이 헤르난을 호위하고 있는 동안 셀 역시 할 일이 있는지 한 장의 지도를 꺼내서는 성과의 거리를 측정했다.

그런 용병들의 행동을 아쉬드의 성에서 발견하지 못했을 리 만무했고, 그 보고는 아쉬드가 일단의 용병들이 성을 떠난 후 성의 안전을 책임진 제럴드에게 당장 통보되었다.

"제럴드 전하, 지금 남쪽 성 밖에 정체를 알 수 없는 용병들이 나타났습니다!"

"용병? 누구의?"

"저희가 본 것이 틀림없다면 헤르난 전하께서 고용하신 용병들 같습니다."

"헤르난 형의 용병들이라고? 라일리, 라일리는 지금 어디 있나?"

"라일리 전하께서 지금 다른 전하들과 술을 드시고……."

"지금이 어떤 상황인데 술을 마신다는 건가?! 당장 내 앞에 끌고 와라, 지금 당장!"

"알겠습니다, 전하."

서슬 퍼런 제럴드의 태도에 용병은 허겁지겁 라일리를 부르러 갔고, 얼마 지나지 않아 굳은 얼굴을 한 라일리가 제럴드의 방으로 달려왔다. 비록 얼굴이 벌겋기는 했지만 그리 취하지는 않은 것 같았다.

"무슨 일이야, 형? 적의 공격이라니?"

"지금 들어온 보고에 의하면 헤르난 형이 이 성을 공격하는 모양이다."

"헤르난 형이?"

대꾸를 하던 라일리의 얼굴이 이상하게 일그러졌다.

"푸하하하! 아이고, 배야. 그러니까 헤르난 형이 이 성을 공격하기 위해 왔단 말이지. 푸하하하! 예전부터 헤르난 형은 진짜 사람을 놀라게 하는 재주 하난 타고났어. 하하하!"

"지금 이게 웃을 문제냐? 대체 네가 운용하는 정찰조와 매복조는 어찌 되었기에 헤르난 형이 이 성에 다가올 때까지 아무런 연락도 취하지 않은 거지?"

짜증스러운 제럴드의 반응에 웃음을 터뜨리던 라일리가 천천히 웃음을 거두었다. 그리고는 과민한 반응을 보이는 제럴드가 오히려 이해되지 않는다는 표정을 지었다.

"뭐가 걱정이야? 제럴드 형, 헤르난 형이 얼마나 끌고 왔는지는 모르지만 우리에겐 성이 있잖아. 걱정할 필요가 하나도 없단 말이야. 게다가 성 밖에 있는 매복조와 정찰조에게 연락해 헤르난 형의 병력에 기습을 펼치면 오히려 유리한 것은 우린데, 왜 그렇게 긴장하는 것인지 이해가 안 돼."

라일리의 말을 듣고서야 제럴드는 자신이 너무 과민하게 반응했다는 사실을 깨닫고는 긴 한숨을 쉬었다.

"그리고 주네티 녀석을 혼내주러 간 아쉬드 형이 돌아올 시간도 얼추 되었잖아. 그러니까 우리는 안전한 성안에서 가만히 있기만 하면 된단 말이야. 정 성가시게 굴면 약간의 중갑 기마대로 하여금 공격해

주면 알아서 물러갈 텐데 뭘 그리 신경 쓰는 거야?"

"다른 아이들은 뭘 하고 있느냐?"

"아쉬드 형의 이번 원정이 성공할 것이냐 아니면 실패할 것이냐로 내기를 하고 있었어."

"내기?"

라일리의 대답에 제럴드는 짜증이 치솟는 것을 억지로 눌러 참았다. 자신은 성을 지키기 위해 노심초사하고 있는데 동생이라는 것들은 놀기에만 여념이 없는 것 같아 억울한 생각마저 들었다.

"지금이 어느 땐데 그 따위 짓거리들을 하고 있단 말이냐? 당장 그 녀석들을 이곳으로 끌고 와라!"

제럴드의 분노한 음성에 근처에 있던 용병 하나가 서둘러 달려나갔고, 잠시 후 역시 얼굴이 벌건 다섯 명의 왕자가 제럴드의 방으로 들어왔다.

"무슨 일인데 우리까지 오라는 거야? 제럴드 형, 무슨 일 있는 거야?"

"지금 어떤 상황인지 알고 그렇게 흥청거리는 것이냐? 그리고 게일, 동생들이 흐트러져도 알아서 다잡아야 할 녀석이 동생들과 함께 흥청거린단 말이냐?"

"제럴드 형, 정말 무슨 일이라도 벌어진 거야? 왜 그렇게 표정이 굳어 있어?"

"게일 형, 헤르난 형이 쳐들어왔대."

"뭐? 헤르난 형이? 푸하하하!"

"하하하!"

"킥킥킥!"

라일리의 대답에 왕자들은 일제히 웃음을 터뜨렸다.

지금껏 그들은 헤르난이 감히 자신들을 공격하리라고는 단 한 번도 생각해 본 적이 없었다.

일단 전체적으로 운용되는 병력의 수에서도 차이가 날뿐더러 자신들이 무서워 계속 본거지를 옮기던 헤르난이 자신들을 공격하다니, 갑자기 간이 붓기라도 했단 말인가?

"남쪽 성문에 나타났다고 했으니 일단 나가보자."

제럴드의 말에 왕자들은 호기심 어린 표정을 한 채 남쪽 성문으로 달려갔다.

20대의 트레뷔세를 조립한 용병들은 다른 용병들이 미리 만들어놓은 흙 포대를 트레뷔세의 평형추에 차곡차곡 쌓고 있었다. 발사 준비까지 얼마 남지 않은 것 같았다.

전면을 유심히 바라보던 쟌의 입가에 갑자기 비릿한 미소가 피어올랐다. 안장에 걸려 있던 활통을 꺼내 들며 헤르난에게 물었다.

"전하, 전하의 동생들이 우리가 무슨 짓을 하는지 상당히 궁금한 모양입니다."

"가이아 부단장, 그게 무슨 소린가?"

"성루에 모여서 이쪽을 쳐다보며 열심히 대화를 나누고 있군요."

"자넨 저렇게 먼 곳에 있는 사람들의 얼굴을 구별할 수 있단 말인가?"

"대충은 식별할 수 있습니다. 인사를 하고 싶은데……. 그래도 괜찮겠습니까?"

"다치게는 하지 말게."

"걱정하지 마십시오, 전하."

헤르난의 허락이 떨어지자 쟌은 활통에서 레드 이글을 꺼내 들어 천천히 활줄을 걸고는 몇 번 활시위를 당겼다 놓았다를 반복했다. 그리고는 화살 하나를 꺼내 활줄에 걸고는 천천히 잡아당겼다. 신중하게 무엇인가를 겨냥하고는 그대로 활시위를 놓았다.

피웅~

허공을 가르는 날카로운 소리만 들릴 뿐 화살의 모습은 어디에도 보이지 않았다. 영문을 모르는 헤르난은 쟌의 얼굴을 쳐다보았지만 쟌은 그저 의미를 알 수 없는 미소를 짓고 있을 뿐이었다.

허공을 일직선으로 가른 화살은 용병들의 호위를 받으며 트레뷔세를 완성시키고 있는 것을 바라보고 있던 제럴드의 머리를 아슬아슬하게 스치고 지나 성벽에 그대로 꽂혔다.

퍅!

"뭐, 뭐야?!"

제럴드의 놀란 음성에 그의 안전을 책임지고 있던 아론은 깜짝 놀라며 황급히 카이트 실드로 제럴드의 앞을 가로막으며 경고했다.

"저, 전하, 위험합니다!"

그제야 뭔가가 날아와 제럴드의 머리카락을 스치고 지나갔다는 사실을 깨달은 왕자들은 하얗게 질려 버렸다. 더구나 그 먼 거리를 날아온 화살은 성벽에 박힌 채 자신의 존재를 여실히 과시하고 있지 않은가!

"아론, 어떻게 저렇게 먼 거리에서 화살이 날아올 수 있는 거지?"

"아마도 마법 무기를 사용한 것 같습니다. 그렇지 않고서야 어떻게 인간의 힘으로 저렇게 먼 곳에서 화살을 날릴 수 있겠습니까?"

"마법 무기?"

대꾸를 하면서도 제럴드는 전신에 소름이 오싹 끼치는 것을 감출 수 없었다.

"지금 저들이 조립하고 있는 것이 공성병기인 트레뷔세 아닌가?"

"맞습니다, 라일리 전하."

"저들을 공격할 수 있는 방법이 없는가?"

"거리가 워낙 멀어 저희가 보유한 웬만한 공성병기로도 사정거리 밖이라 기마 부대로 공격하는 방법 외에는 별다른 방법이 없습니다."

"으흠~"

"그럼 저들이 지금 조립하고 있는 공성병기 역시 사정거리가 안 될 것 아닌가?"

"아마도 그럴 겁니다."

"아마도…… 라니?"

"저들이 지금 조립하고 있는 트레뷔세가 통상적인 것보다 훨씬 크기는 하지만 그래도 저희 성까지 사정거리는 되지 않을 겁니다."

라일리의 반문에 아론이 대답을 하기는 했지만 그의 음성에는 확신이 없었다.

그들이 대화를 나누고 있는 동안 조립을 마친 30여 대의 트레뷔세가 그 당당한 위용을 드러냈고, 트레뷔세 앞에 매달아놓은 밧줄을 움켜쥔 용병들은 일제히 트레뷔세를 끌고 전진하기 시작했다.

100미터쯤 전진한 용병들은 멈춰 서서 트레뷔세를 그 자리에 고정시켜 사격 준비를 하기 시작했다.

"준비가 끝났으면 중앙 트레뷔세 사격 시작!"

쟌의 고함 소리에 중앙의 트레뷔세에 모여 있던 용병들의 움직임이 갑자기 부산해졌다. 무게 200킬로그램에 달하는 스톤 볼을 트레뷔세의 발사대로 옮기려면 최소 10여 명의 용병들이 달려들어야 겨우 가능한 일이었다.

발사 준비를 마친 용병들은 쟌을 바라봤고, 그가 고개를 끄덕이자 준비하고 있던 도끼를 힘껏 내려쳐 트레뷔세의 발사팔을 고정하고 있던 밧줄을 잘랐다.

팍! 휘익~

슬로 모션처럼 트레뷔세의 평행추가 밑으로 처지는 순간 무게 200킬로그램의 스톤 볼은 마치 그림처럼 포물선을 그리며 성벽으로 날아갔다.

휘익!

쿵! 콰르르르~

성루를 훌쩍 넘어 성안으로 떨어진 스톤 볼은 그리 작지 않은 마구간으로 떨어져 그곳을 완전히 박살을 냈다.

히히히힝~

히힝~

불행 중 다행으로 살아남은 말들은 너무나 놀란 나머지 길길이 날뛰었고, 용병들은 놀란 말들을 진정시키느라 진땀을 흘려야만 했다.

자신들의 예상보다 훨씬 멀리 날아간 스톤 볼을 본 용병들은 트레뷔세의 발사팔 길이를 조정해 다시 한 번 스톤 볼을 발사했다.

휘익!

쾅!

이번에는 계산이 정확했는지 스톤 볼은 정면에 보이는 성벽의 중앙에 정확하게 작렬했다. 그 모습을 본 한 용병이 큰 소리로 외쳤다.

"트레뷔세의 발사팔 길이를 22미터로 세팅해라!"

그 말에 주위에 늘어선 트레뷔세에 있던 용병들은 트레뷔세의 발사팔 길이를 일제히 조정하고는 스톤 볼을 날리기 시작했다.

휙! 휙! 휙!

쾅! 쾅! 콰르르르~

30대의 트레뷔세에서 쏟아내는 스톤 볼들은 그야말로 무시무시한 위력을 유감없이 발휘했다.

스톤 볼이 부딪친 성벽은 움푹 패이기 시작하더니 곧 견디지 못하고 허물어지기 시작했다. 수도 없이 쏟아지는 스톤 볼에 성벽이 허물어지는 것은 그야말로 시간문제였다.

황급히 성루에서 내려온 왕자들은 뜻하지 않은 상황에 어떻게 대처를 해야 할지 쉽게 결정을 내릴 수 없었다. 일시적인 대책으로 용병들을 성벽에서 내려오도록 시키기는 했지만, 그것은 그야말로 미봉책에 불과했다.

왕자들이 당황해 어쩔 줄 모르고 있을 때, 트레뷔세가 스톤 볼을 날리고 있는 모습을 보고 있던 셸이 수정 구슬을 꺼내 마법 통신으로 누군가를 불렀다.

"오웬님, 제 말이 들리시나요?"

[마담 가이야, 잘 들립니다. 공격이 시작된 모양이군요.]

"예, 그래서 오웬님께 아까 말씀드린 것을 부탁드리기 위해 연락했어요."

[걱정하지 마시오, 마담 가이야. 그럼 목표물의 좌표를 불러주시겠소?]

"예."

셸은 아쉬드 성의 좌표를 부르기 시작했다. 소란스러운 탓에 혹시 듣지 못했을까 염려해 다시 한 번 좌표를 부른 후에야 마법 통신을 끊었다.

"이제 본격적인 시작인가?"

쟌의 말에 셸의 얼굴에는 희미한 죄책감이 어려 있었다. 셸의 그런 마음을 쟌이 어찌 눈치 채지 못하겠는가?

"셸, 괜히 함께 오자고 했나 봐. 전하의 호위는 나 혼자도 충분했는데 말이야."

"아니에요. 너무 많은 사람들이 다칠 것 같아서…… 그래서 그런 거예요."

"만약 저들을 다치게 하지 않고도 승리할 수 있는 방법이 있다면 모르겠지만, 그럴 수 없는 지금 이 방법이 최선이라고 나는 생각해. 모든 죄는 이런 작전을 세운 내 탓이니까 셸은 절대 괴로워하지 마. 셸은 그저 날 도운 죄밖에 없으니까."

바로 그때였다.

아쉬드 성의 수십 미터 상공에 느닷없이 갖가지 괴상한 물건들이 모습을 드러냈다가 무서운 속도로 떨어져 내리는 것이 아닌가? 크고 작은 돌멩이는 물론, 불붙은 기름통, 막 베어진 것처럼 보이는 아름드리 나무들이 수십 그루나 떨어지고 있었다.

날아오는 스톤 볼에 의해 성벽이 차츰 허물어져 가는 것을 망연한 눈길로 쳐다보던 한 용병의 눈이 우연히 허공으로 향했을 때 그의 안색은 하얗게 질리고 말았다.

"피, 피해라!"

비명 같은 그의 외침은 곧 진짜 비명으로 바뀌고 말았다.

56장

승리

쾅! 쾅! 콰르르르~

요란한 폭음과 함께 크고 작은 건물들이 붕괴되며 대참상이 연출되었다.

미처 피하지 못한 사람들은 무너진 건물의 잔해 속에서 비통한 신음을 흘리고 있었고, 다행히도 화를 피한 사람들은 상상도 못했던 광경에 넋을 잃고 말았다.

"뭐 하는 거냐? 어서 부상자를 구해라!"

그래도 일찍 정신을 차린 한 용병이 큰 소리로 외치는 바람에 다른 사람들도 곧 정신을 차리고 건물의 잔해 속에서 부상자들을 구하기 시작했다. 하지만 그런 그들의 시도는 너무 성급한 결정이었다.

"또 떨어진다! 피해!"

누군가의 외침에 고개를 들어 위를 바라보던 사람들의 얼굴은 새파랗게 질리고 말았다. 수십 미터 높이에서 무시무시한 속도로 떨어지는 수십 개의 바위를 발견했기 때문이다.

워낙 광범위한 지역에 떨어지는지라 어디로 도망칠 생각도 하지 못했다.

작은 것은 어른 머리통만한 크기였지만 큰 것은 그야말로 집채만큼이나 컸다. 마치 8클래스의 마법 미티어 스웜을 연상시키는 공격이었다.

수비를 하기 위해 남쪽 성문 근처에 집결해 있던 용병들은 그야말로 허무하다 할 정도로 속절없이 죽어갔다.

"헉헉헉, 요, 용병들은?"

아론의 인도로 급하게 내성의 지하로 피한 제럴드는 황급히 물었다. 그러나 아론도 왕자들을 안전한 곳으로 피신시키느라 정신이 없었기에 남쪽 성문에 집결해 있던 용병들이 어떻게 되었는지 알 도리가 없었다. 하지만 그는 분명한 어조로 대답했다.

"아마도 안전한 곳으로 피신했을 것이옵니다."

"틀림없는가?"

"그들은 수년에서 수십년 동안 용병 생활을 한 자들이옵니다. 알아서 대피했을 테니 전하께서 걱정하지 않으셔도 됩니다."

"빌어먹을, 이런 꿍꿍이가 있어서 그동안 쥐 죽은 듯 조용하게 지내고 있었던 건가?"

열다섯 번째 왕자 펜샤스의 말에 다른 왕자들의 얼굴에도 비로소 분노의 기색이 떠오르기 시작했다.

"예전부터 그랬잖아. 헤르난 형은 남 뒤통수 치는데 일가견이 있는 사람이라니까."

"난 옛날부터 헤르난 형의 그 의미를 알 수 없는 미소가 정말 재수없었어."

"헤르난 형을 좋아하는 사람이 있긴 있었냐?"

"그런데 이대로 당하고만 있을 거야?"

헤르난에 대한 불만이 끝없이 이어졌지만, 다섯 째 왕자인 라일리의 생각은 그들과 달랐다.

'빌어먹을, 트레뷔세를 분해해서 이동한 후 목적지에서 조립해 공격을 해? 이게 정말 가능하단 말이야? 그동안 준비를 정말 많이 한 모양인데 겨우 5천 명 정도로 공격을 했다? 도저히 믿을 수 없는 일이야. 혹시 누가 고용했는지 모른다는 1만 이상의 용병들을 고용한 사람이 혹시 헤르난 형 아니야?

라일리의 머리 속에서는 끝도 없이 의문이 피어올랐다.

"젠장, 도저히 못 참아. 라일리 형, 내가 기마대를 끌고 가서 저놈들을 쓸어버릴게."

"안 돼. 헤르난 형이 저 정도 병력밖에 끌고 왔을 리 없어. 틀림없이 어딘가에 함정을 파놓고 우릴 노리고 있을 거야."

펜샤스의 의견을 라일리는 일언지하에 묵살했다.

"그럼 이대로 성이 전부 파괴될 때까지 보고만 있겠다는 거야? 난 도저히 못 참아."

라일리는 자신의 말에도 펜샤스가 뜻을 굽히지 않자 급기야는 분통을 터뜨렸다.

"이 멍청한 놈아, 헤르난 형이 얼마나 음흉한 사람인가 지금까지 계속 떠들어놓고 이제 와서 멍청하게 스스로 함정에 빠지겠단 말이냐?"

"그럼 라일리 형이 지금 상황에서 벗어날 수 있는 해결책을 내놔봐. 내놔보란 말이야."

펜샤스는 노골적인 적의를 드러내며 라일리를 노려봤다.

물론 펜샤스가 약간 머리가 따라주지 않는다고는 하지만 멍청이는 절대 아니었다. 그가 이렇게 자신의 뜻을 굽히지 않는 것은 승계 전쟁이 아쉬드의 승리로 끝나고, 그가 황제로 등극한 후 나머지 왕자들이 한 자리씩 차지하게 될 때 허접한 자리를 차지할까 먼저 선수를 친 것이다.

그런 펜샤스의 속셈을 모를 라일리는 아니었지만 말처럼 지금의 상황을 타개할 적당한 방법이 없다는 것이 문제였다.

라일리가 금세 입을 열지 못하자 득의만만한 미소를 지으며 펜샤스는 라일리를 쳐다보았다.

"내가 헤르난 형을 혼내주고 올 테니 형들은 여기서 구경이나 하고 있으라고. 재수 좋게 헤르난 형을 생포한다면 승계 전쟁은 더 쉬워질 테니까."

자리를 떠나는 펜샤스를 보고도 다른 왕자들은 말을 잃은 사람들처럼 아무 말도 못했다.

나서자니 용기가 나지 않고, 가만히 있기에는 지금 느끼그 있는 자신에 대한 회의와 분노가 너무 컸다. 그렇게 헤르난을 우습게만 여겼는데 이렇게 뒤통수를 맞고 보니 분노를 느끼지 않을 수 없었다.

"일단 남쪽 성문을 제외한 다른 곳의 병력은 최소로 유지하고, 나머지 병력은 모두 남쪽 성문 근처에 집결시키도록 해라. 만약 헤르난 형이 공격을 한다면 남쪽이 될 가능성이 제일 크다."

"알겠습니다, 라일리 전하."

황급히 대답을 한 아론은 밖으로 뛰어나갔고, 남아 있던 왕자들은 갑자기 대화가 끊겨 어색한 분위기에 휩싸였다.

"슬슬 반응이 올 때가 되었는데 왜 이렇게 조용한 거지?"

쟌의 말에 헤르난 역시 조금은 이상한 생각이 들었다. 물론 자신들의 공격이 약간 거세다고는 하지만 이렇게 아무런 반응도 없다는 것은 이상한 일이 아닐 수 없었다.

트레뷔세의 집중적인 공격을 받은 남쪽 성문은 거의 파괴되었다고 할 정도로 무너져 내렸다. 조금씩 사거리를 늘린 트레뷔세의 공격은 외성과 내성 사이에 있던 건물을 대부분 파괴하고 있었다. 만약 내성마저 공격하려면 그만한 거리만큼 성 쪽으로 이동해야 하는데, 그렇게 된다면 이쪽도 공격을 받을 수 있기에 쉽게 접근할 수 없었다.

미리 준비해 온 스톤 볼이 거의 떨어져 갈 때쯤 갑자기 서쪽 성문 쪽에서 일단의 기마대가 모습을 드러냈다. 정확한 숫자 파악은 힘들었지만 적게 잡아도 5천 이상은 충분히 되어 보였다.

"후후후, 드디어 나타나셨군."

쟌의 말이 끝나기 무섭게 일단의 기마대가 트레뷔세가 줄지어 서 있는 곳을 향해 가장 최단 거리로 달려오는 모습이 보였다. 그 모습을 보며 헤르난은 약간은 걱정스러운 표정으로 입을 열었다.

"가이야 부단장, 용병들의 피해를 줄이려면 지금 즉시 후퇴하는 것이 좋지 않겠나?"

"잠깐만 기다려 보십시오, 전하. 제가 약간의 장난을 쳐놓은 것이 있어서 말입니다. 아마 재미있는 모습을 보실 수 있을 겁니다."

히히히~ 힝~

쿵~ 쿵~ 쿵~

쟌의 말이 끝나기가 무섭게 달려오던 기마대의 선두가 갑자기 거꾸러지기 시작했다. 대략 서쪽 성문과 현재 헤르난이 있는 곳의 절반쯤 되는 지점이었다.

그 모습을 발견한 쟌은 지체없이 품에서 작은 폭죽을 꺼내 불을 붙인 다음 허공으로 집어 던졌다.

펑!

허공을 갖가지 색으로 수놓는 폭죽을 본 용병들은 즉시 후퇴할 준비를 했다. 후퇴 준비라 해봐야 트레뷔세를 발사할 수 있는 발사 손잡이를 챙기는 것이 다였다.

후퇴 준비를 끝낸 조는 신속하게 후퇴하기 시작했다.

쓰러졌던 기마대의 선두가 다시 대열을 정비했을 땐 이미 대다수의 용병들은 그 자리를 떠난 후였다.

헤르난은 자신이 약속한 대로 가장 늦게 후퇴하는 용병들을 확인하고서야 그 자리를 떠났다. 후퇴하는 용병들은 사전에 약속한 대로 두 개 조로 나뉘어 후퇴했는데, 쟌이 평소 체력 훈련을 시킨 탓인지 몰라도 후퇴하는 속도가 생각보다 꽤 빨랐다.

아쉬드의 성이 있던 평야 지대에서 약 2킬로미터를 벗어나자 잡목과

잡초가 무성하게 자란 야트막한 구릉이 나타났다.

도주하는 용병들을 쫓아 말을 몰던 펜샤스는 치미는 분노를 삭이느라 거친 숨을 몰아쉬고 있었다.

용병들을 이끌고 성을 나설 때만 하더라도 당장 헤르난에게 고용된 용병들을 쓸어버리고 헤르난을 사로잡을 것만 같아 전속력으로 말을 몬 것이다. 설마 들판에 쟌이 수작을 부려놓았을 것이라고는 꿈에도 생각지 못하고 말이다.

쟌이 벌판에 설치해 놓은 것은 하마삭(下馬索)이라 불리는 것인데, 고대 중국에서 주로 기병들을 상대하기 위해 설치했던 일종의 덫이었다.

긴 밧줄을 두 개의 말뚝에 팽팽하게 묶어놓으면 설치가 끝나는 아주 간단한 덫이었다. 쟌이 조금 더 신경을 쓴 것은 밧줄과 말뚝의 색을 지면과 같은 색으로 칠한 것뿐이었는데, 그 위력만은 여실히 드러났다.

전공(戰功)을 세울 욕심으로 말을 몰던 펜샤스와 거의 수백 명의 용병들이 하마삭에 걸려 지면을 나뒹굴었다. 특히 펜샤스 같은 경우는 말에서 떨어질 때 얼굴부터 떨어져 한쪽 볼과 코의 살갗이 벗겨져 피가 흐를 정도였다.

창피함보다는 헤르난에 대한 분노가 더욱 컸다.

"일부는 성에 연락해 트레뷔세를 지키게 하고 나머지는 나를 따라 적들을 섬멸해라!"

악에 바친 펜샤스의 말에 용병들은 일제히 자신의 말에 박차를 가했다. 그렇게 말을 달린 지 10분 정도가 지나자 도주하는 용병들을 드디어 발견할 수 있었다.

자신들을 따돌리려고 한 듯 두 무리로 나뉘어 도주하는 모습에 펜샤스는 곁에서 자신을 보호하며 달리던 아론에게 곧 지시를 내렸다.

"아론, 너는 일부의 병력을 이끌고 저들을 모조리 죽여라."

아론 역시 하마석에 걸려 낭패를 당했기에 펜샤스를 제지하려는 생각이 전혀 없었다. 물론 전공을 세울 욕심도 있었다.

"알겠습니다, 전하. 몸조심하십시오."

"걱정하지 마라. 저놈들에게 나를 건드린 것이 얼마나 어리석은 행동이었는지 뼈저리게 가르쳐 줄 생각이다."

펜샤스가 이렇게 자신만만한 이유는 그의 검술 실력이 소드 유저 가운데서도 거의 최상급에 달해 있었기 때문이다. 왕자들 가운데서는 아쉬드에게만 하수임을 인정할 뿐 나머지 왕자들은 안중에도 없었다.

약 4천 정도의 용병들을 이끌고 추적하던 펜샤스는 드디어 도주하던 용병들의 후위를 따라잡을 수 있었다.

그가 막 뽑아 든 롱 소드를 휘둘러 도주하던 용병의 목을 자르려고 할 때였다.

휘리리릭!

갑자기 소나기처럼 화살이 날아오기 시작했다.

펑!

펜샤스가 지금 걸치고 있는 하프 플레이트 메일에는 5클래스의 실드 마법이 인첸트 되어 있기에 그는 무사할 수 있었지만, 그를 따라 적들을 추적하던 용병들은 대부분 하드 레더를 걸치고 있었기에 피할 길이 없었다.

퍼퍼퍼~퍽~

"크악!"

"으악!"

"켁!"

갖가지 비명과 함께 수십 명의 용병들이 각기 서너 개의 화살에 적중된 채 지면으로 떨어졌다. 황급히 고개를 돌리고 보니 약 5, 60명의 용병들이 화살을 쏘고는 재빨리 달아나는 모습이 보였다.

펜샤스는 치밀어 오르는 분노 때문에 도저히 정상적인 판단을 내릴 수 없었다. 이제는 승계 전쟁 따위야 어떻게 되든 전혀 상관이 없었다. 이 분노를 풀지 못한다면 그야말로 자신이 미칠 것만 같았다.

"쫓아라! 저놈들을 죽여라!"

냉정을 유지하던 용병들도 예외는 아니었다.

몇십 명으로 이루어진 게릴라들에게 기습을 허용할 때마다 수십 명의 동료들이 허무하게 목숨을 잃자 분노를 넘어선 광기에 휩싸여 누가 먼저라 할 것도 없이 도주하는 게릴라들의 뒤를 쫓았다.

그 후에도 서너 번의 기습을 허용했고, 사상자 수가 거의 수백 명에 가까워지자 무작정 달아나는 용병들의 뒤를 쫓던 펜샤스도 뭔가 이상하다는 느낌이 들었다. 그가 달리던 말의 속도를 조금 늦추었을 때였다.

"굴려라!"

누군가의 고함 소리와 함께 완만한 구릉을 따라 엄청난 크기의 나무 둥치와 바위가 굴러오기 시작했다.

그 모습에 펜샤스는 아차 하는 생각이 들었지만 이미 때는 늦었다.

굴러온 통나무와 바위가 이미 기마병들과 말을 깔아뭉개고 있었고, 또 묘하게도 펜샤스와 추격하던 기마대의 퇴로를 완전히 봉쇄한 것이다. 하지만 펜샤스와 용병들은 그런 사실을 깨달을 사이도 없이 사방에서 날아오는 화살을 막기에 여념이 없었다.

펜샤스가 타고 온 말도 사방에서 날아온 수십 발의 화살에 죽은 지 오래였고, 펜샤스는 그 말을 엄폐물 삼아 화살을 피하는 것이 다였다.

대체 얼마나 많은 용병들이 목숨을 잃었는지 확인조차 할 수 없었다. 영원히 계속될 것만 같았던 화살 공격이 어느 틈엔가 그쳤지만 워낙 정신없이 당한 터라 펜샤스는 적의 공격이 끝났다는 것조차 깨닫지 못하고 있었다.

와~

엄청난 함성 소리에 고개를 쳐든 펜샤스는 그제야 자신이 적의 함정에 빠졌다는 것을 알게 되었다. 사방에서 몰려드는 적들이 지른 함성은 펜샤스와 기마대의 기를 꺾어놓기에 충분했다.

펜샤스와 기마대를 공격하는 용병들은 포위조와 돌파조로 나뉘어 철저하게 상대를 유린했다. 포위된 탓에 어쩔 수 없이 둥글게 진형을 만든 펜샤스는 용병들을 독려하며 그 자리에서 벗어나려 했지만 일단 포위하고 있는 적들의 수가 너무 많았고, 상대적으로 자신들에겐 사상자가 너무 많았다. 더구나 상대는 자신들이 지쳐 항복하기를 기다리는 듯 무리한 공격은 절대 하지 않았다.

"펜샤스 형, 그만 항복하도록 해. 더 이상의 대항은 무의미한 짓이야!"

누군가의 음성이 음성 증폭 마법을 통해 들려왔다.

어금니를 깨물고 있던 펜샤스는 자신도 모르게 음성이 들린 쪽으로 고개를 돌렸다. 그런 그의 눈에 낯익은 누군가가 언덕 위에 서 있는 것이 보였다.

"필립?"

자신이 잘못 본 것이 아닐까 해서 다시 한 번 확인했지만 틀림없는 필립이었다. 흰색 말을 타고 있는 필립의 좌우에는 로고스와 오웬이 역시 말을 탄 채 이쪽을 바라보고 있었다.

"이 함정을 판 녀석이 바로 너란 말이냐?"

나직하게 중얼거리는 펜샤스의 말을 어떻게 알아들은 것인지 필립은 고개를 끄덕였다.

"그래, 바로 나야."

"내가 네깟 녀석에게 항복을 해야 한다고? 으드득."

"아무리 형이 이를 간다 하더라도 상황은 바뀌지 않아. 그러니 항복하도록 해."

차분하게 대꾸하는 필립의 태도는 자신이 알고 있던 예전의 그 모습이 아니었다.

항상 주눅이 든 듯 자신이 하고 싶은 말도 제대로 하지 못해 어수룩한 모습을 보이던 필립이 어느새 저렇게 변했단 말인가? 펜샤스는 필립의 달라진 모습보다 애송이에 불과한 필립의 함정에 빠져 이런 난관에 자신이 처했다는 것에 더 분통이 터졌다.

이를 갈며 주위를 둘러보니 자신이 데리고 온 4천의 용병 가운데 부상을 입지 않은 이는 겨우 천여 명에 불과했고, 사상자가 자그마치 2천이 넘는 것을 확인하고는 순간적으로 할 말을 잃을 수밖에 없었다. 그런 반면 주위를 포위하고 있는 용병들의 수는 대충 눈대중으로 짐작을 해봐도 충분히 7천은 넘어 보였다. 게다가 퇴로마저 봉쇄된 상황이 아닌가?

아무리 생각을 해봐도 탈출할 방법이 전혀 없었다. 그렇다고 순순히 항복할 생각은 털끝만큼도 없었다.

펜샤스가 고민에 빠져 있을 때 필립이 조금은 굳은 얼굴로 곁에 있던 로고스에게 지시를 내렸다.

"크리스토퍼 단장님, 아무래도 펜샤스 형이 결정을 내리는 것을 도와줘야겠습니다. 게르트 부단장에게 공격 명령을 내리도록 하십시오. 그리고 오웬님."

"말씀하십시오, 필립 전하"

"저 곳에 마법 공격을 해주시겠습니까?"

필립의 말이 조금은 뜻밖이었는지 오웬은 아직은 어려 보이는 그의 얼굴을 쳐다보았다. 그런 오웬의 눈길을 느낀 것인지 필립은 여전히 펜샤스만을 쳐다본 채 설명했다.

"펜샤스 형은…… 내가 아는 펜샤스 형은 절대 누군가에게 항복할 사람이 아닙니다. 만약 이대로 싸움이 계속된다면 저들을 모두 죽일 수 있겠지만 우리의 피해도 만만치 않을 거라는 생각이 들었기에 부탁을 드린 겁니다."

"알겠습니다, 필립 전하."

오웬이 대답과 함께 물러나자 이번엔 근처에 있던 두 사람을 불렀다.

"가리언 공작, 스웰턴 공작."

"말씀하십시오, 필립 전하."

"오웬님과 마법사들의 공격이 끝나면 부하들을 데리고 저들의 진영을 돌파해 두 동강 내도록 하십시오. 그리고… 부득이 한 경우가 아니라면 용병들을 죽이지는 마십시오."

"명심하겠습니다, 필립 전하."

룰렌 가리언 공작이 담담하게 대답한 반면 파렉스 스웰턴의 입가에는 회심의 미소가 걸려 있었다.

사실 그동안 근위 기사임에도 불구하고 본의 아니게 용병들 뒤치다꺼리(?)를 하느라 자신이나 부하들의 불만이 이만저만이 아니었다. 그런데 지금 그 불만을 풀 기회가 왔으니 왜 아니 기쁘겠는가?

물론 이들이 소드 유저 가운데 상급 정도 되는 검술 솜씨에 풀 플레이트 메일을 가지고 있지 않았다면 필립이 이들에게 그런 지시를 내리지는 않았을 것이다.

딱딱하게 굳은 표정을 하고 있는 필립을 곁에서 지켜보던 로고스는 필립의 결단력에 고개를 끄덕이면서도 하필이면 자신의 형제에게 그런 능력을 선보여야 하니, 너무나 안타까웠다.

*　　　　*　　　　*

두두두~ 두두두~

지축을 흔드는 말발굽 소리를 뒤로한 채 열심히 말을 몰던 헤르난은 앞에 달려가는 용병들의 발걸음이 조금씩 느려지는 것을 발견하고는 어찌해야 좋을지 몰랐다.

슬쩍 고개를 돌리고 보니 약 3천 정도 되는 기마대가 각자의 무기를 휘두르며 바싹 쫓아오는 모습이 보였다.

"가이야 부단장, 함정이 있는 장소까지 얼마나 남았소?"

"약 3킬로미터쯤 더 가야 합니다."

"용병들이 지친 것 같은데 이를 어쩐단 말이오?"

"조금만 더 가면 매복조가 있으니 너무 걱정하지 마십시오."

대답을 하면서도 쟌의 얼굴 역시 그리 밝지는 않았다.

최초 고용했던 용병들은 지독한 훈련 탓인지는 모르지만 아직 달려가는 속도를 유지하고 있었으나 후에 고용된 용병들은 확실히 체력이 떨어져 있었다. 하지만 그들의 수가 한두 명이 아니니 쟌으로서도 어떻게 할 도리가 없었다.

쟌이 입술을 깨물다 갑자기 셸이 말을 세우는 걸 발견하고는 깜짝 놀라며 황급히 말고삐를 낚아챘다.

히히히힝~

울음소리와 함께 말이 앞발을 처들며 제자리에 멈추자 쟌은 다시 셸이 있는 곳을 향해 말을 몰았다.

"셸, 무슨 일이야? 왜 멈춘 거야?"

하지만 셸은 스펠을 캐스팅하느라 여념이 없었다.

"파이어 월!"

낭랑한 시동어와 함께 갑자기 셸의 전면에 긴 화염의 벽이 생겼다.

"됐어요, 쟌. 약간의 시간을 벌 수 있을 거예요."

그제야 셸이 점점 처지고 있는 용병들을 위해 마법을 펼친 것을 알게 된 쟌은 그녀에게 무슨 말을 해주어야 좋을지 몰라 잠시 동안 머뭇거렸다.

"위험하니까 다시는 이런 짓 하지 마."

"알았어요, 쟌. 어서 가요. 헤르난 전하께서 우리를 기다리고 계세요."

두 마리의 말은 곧 쏜살같이 앞으로 달려나갔고, 곧 헤르난과 함께 나란히 달릴 수 있었다.

파이어 월이 비록 화염으로 이뤄진 벽이긴 하지만 마나가 계속해서 지속적으로 유입되는 것은 아니기에 그리 오랜 시간 지속될 수는 없었다.

영원히 꺼지지 않을 것 같았던 파이어 월의 화염이 사라지자 아론과 기병대는 다시 추적을 시작했다.

아론은 가장 후미에서 달리고 있는 세 마리의 말을 발견하고는 그들 가운데 플레이트 메일을 걸치고 있는 자가 헤르난임을 직감적으로 알 수 있었다.

"저기 헤르난 왕자가 있다. 헤르난 왕자를 사로잡는 자에게는 자작의 작위와 100만 코렌의 상금이 주어질 것이다."

와~

기마대 사이에서 함성이 터져 나옴과 동시에 달리는 속도가 일제히 빨라졌다.

처음에는 100미터 가까이 차이가 났던 거리가 지금은 불과 30미터도 되지 않았다.

휙휙휙~

갑자기 허공을 가르는 날카로운 소리가 들렸다.

깜짝 놀란 쟌은 재빨리 검을 뽑아 날아오는 화살을 쳐내기 시작했다. 하지만 셸과 헤르난 두 사람을 동시에 보호하기에는 날아오는 화살의 수가 너무 많았다.

"실드!"

셸의 시동어와 함께 세 사람의 배후에 푸르스름한 반원형의 실드가 만들어져 날아오는 화살을 막았다. 실드와 화살이 부딪치는 소리를 들으며 세 사람은 조금이라도 더 멀리 달아나기 위해 말을 모는 데 최선을 다했다.

그렇게 말을 몬 지 약 10분 정도가 지났을 때였다.

세 사람과 그들을 추격하는 용병들과의 거리가 20미터도 채 되지 않았다. 뒤에서 쫓아오던 용병 가운데 일부가 활시위를 당기고는 세 사람, 특히 그중 헤르난을 겨냥했다.

그들이 막 활시위를 놓으려고 할 때 그들을 향해 날아오는 물체가 있었다.

휘리리릭!

"큭!"

"악!"

"켁!"

갖가지 비명 소리와 함께 화살을 날리려 했던 수십 명의 용병들이 말에서 떨어졌다. 하지만 그들이 쏜 화살은 세 사람을 향해 무서운 속도로 날아갔다.

"차앗!"

날아오는 화살을 발견하는 순간 쟌은 왼쪽 팔목에 차고 있던 유성추를 풀어 무서운 속도로 회전시켰다.

위잉~ 휘리리릭~

둔중한 소리를 내던 유성추는 곧 매서운 소리를 토해내며 세 사람의 앞에 투명한 방어막을 만들었다. 날아온 화살은 대부분 유성추에 연결된 줄에 부딪쳐 튕겨 나갔지만 워낙 많은 수의 화살이 날아온 탓에 몇 발의 화살이 방어막을 뚫고 들어왔다.

쟌은 자신과 셀에게 날아온 화살은 막았지만 조금 떨어져 있던 헤르난을 노리고 날아온 세 발의 화살은 도저히 막을 도리가 없었다.

한 발의 화살은 다행히도 말의 엉덩이에 박혔지만 두 발의 화살은 헤르난의 등을 향해 날아들었다. 물론 로고스의 고집 때문에 풀 플레이트 메일을 걸치고는 있었지만, 혹시 몰라 쟌과 셀은 마음을 졸이지 않을 수 없었다.

챙~ 챙~

다행히도 화살은 헤르난의 플레이트 메일을 뚫지 못하고 튕겨 나왔지만 보는 사람의 마음을 한순간 서늘하게 만들기에 충분했다. 황급히 헤르난 곁으로 다가간 쟌은 그의 안위부터 물었다.

"전하, 괜찮으십니까?"

"괜찮네."

대화를 나누는 동안 세 사람은 비로소 안전한 곳까지 피신할 수 있었고, 곧 매복하고 있던 용병들의 공격이 시작되었다.

"공격해라!"

누군가의 고함 소리와 함께 화살이 기마대를 향해 소나기처럼 쏟아졌다. 생의 마지막으로 토해내는 비통한 비명 소리와 함께 용병들은 속절없이 목숨을 잃었다.

갑작스런 기습에 당황하던 아론은 재빨리 주위를 둘러보았다. 사방에서 무질서하게 화살이 날아오는 듯 보였지만 적들은 교묘하게 포진을 하고 있어 어디로든 후퇴가 쉽지 않을 듯 보였다.

아론은 재빨리 용병들에게 원형의 기마진(騎馬陣)을 만들도록 명령을 내렸지만, 용병들을 지휘해야 할 지휘관들이 갑작스런 기습으로 뿔뿔이 흩어져 있었기에 한참의 시간이 지나도 기마진은커녕 제대로 된 수비 진형조차 만들 수 없었다.

속절없이 목숨을 잃어가는 용병들을 보며 아론은 이를 갈았지만 어쩔 수 없는 일이었다.

기사들로 이루어진 기마대 같았으면 당연히 풀 플레이트 메일에 칼과 방패를 갖추었겠지만 공격력만을 강화했기에 당연히 수비는 취약할 수밖에 없었다. 주위를 둘러보니 지금은 말을 타고 있는 용병들의 수도 얼마 되지 않았다.

"후퇴! 후퇴해라!"

음성 증폭 마법에 의해 증폭된 아론의 목소리에 그때까지 살아남은 용병들은 서둘러 그 자리에서 벗어났다. 하지만 목숨을 부지해 그 자리를 벗어난 사람은 그야말로 극소수뿐이었다.

아론도 그 자리를 떠나려 했지만 화살 공격에 이은 용병들의 파상적인 공격 때문에 발이 묶이고 말았다.

챙~ 챙~ 챙~

"으악!"

자신이 탄 말의 다리를 자르려고 달려드는 용병과 몇 번 롱 소드를 부딪친 아론은 그리 어렵지 않게 상대의 목을 날려 버릴 수 있었지만 그 자리에서 벗어날 수는 없었다.

벌써 야트막한 구릉과 벌판을 가득 덮고 있는 용병들의 모습을 발견하고는 절로 신음이 흘러나왔다. 어디에서도 퇴로를 발견할 수 없었다. 자신을 향해 달려드는 용병들을 막기 위해 롱 소드를 휘두르려는 순간 어디선가 날아온 화살에 어깨를 맞고 말았다.

"큭!"

단순히 화살에 맞았다 할 수도 없는 것이, 얼마나 강력했는지 화살은 어깨를 관통해 버렸다. 말 위에서 굴러 떨어진 아론은 근처에 있던 용병들에게 곧 사로잡히고 말았다.

결박되어진 채 아론은 곧 검은색 플레이트 메일을 입고 있는 헤르난에게로 끌려갔다. 자신 앞에 무릎 꿇려진 아론을 본 척도 하지 않고 헤르난은 심각한 얼굴로 제론과 대화를 나누고 있었다.

"샤겔스 부단장, 우리 측 피해는 얼마나 되나?"

"대승입니다, 전하. 적이 완전히 섬멸된 반면 저희 측 피해는 극히 미미합니다."

첫 번째 전투에서 거둔 대승에 기뻐 어쩔 줄 모르는 제론과는 달리 헤르난의 심각한 얼굴은 풀릴 줄 몰랐다.

"부상자는 신속하게 치료를 해주도록 하고, 사망자의 시신도 속히 수습하도록 하게."

"알겠습니다, 전하. 그러면 포로들을 어떻게 처리하는 것이 좋겠습니까?"

"이전 승계 전쟁 땐 어떻게 처리했나?"

"쿼헤리건 폐하께서는… 모조리… 죽이셨습니다."

승리에 들뜨 있던 제론의 얼굴이 삽시간에 굳어진 것은 물론 헤르난 앞에 무릎을 꿇고 있던 아론의 얼굴도 순식간에 하얗게 질려 버리고 말았다.

물론 포로가 된 용병들을 어떻게 처리할 것인가는 그들을 포로로 잡은 이에게 재량권이 있다. 철혈의 황제라 불리는 쿼헤리건의 결정에 감히 불만을 토로할 사람은 없었지만, 너무 과격한 조치라는 것이 후일 내려진 공통된 생각이었다.

헤르난이 어떤 결정을 내리든 그 판단은 헤르난이 하겠지만 이후의 여파를 생각하지 않을 수 없었다.

모두의 눈길이 심각하게 굳은 표정을 짓고 있는 헤르난에게로 쏠렸다.

"으흠~ 일단 부상자에게 간단한 응급 조치를 취한 다음 모두 본성으로 끌고 간다. 그들에 대한 조치는 그 다음에 결정하겠다."

"전하, 전 일부의 용병들을 데리고 트레뷔세를 찾아오도록 하겠습니다."

"트레뷔세를 굳이 찾아올 필요가 있나?"

"후일을 위해서라도 찾아와야 합니다."

"알겠네. 부디 조심하도록 하게."

"아마 별일없을 겁니다."

말을 마친 쟌은 근처에 있던 조장들에게 트레뷔세 회수조를 구성하라고 지시했다.

"셀, 잠시만 기다려 주겠어?"

"쟌, 저도 같이 가고 싶어요."

"그리 위험한 일도 아니고 금방 돌아올 테니까 전하의 호위를 부탁해."

쟌의 말에 셀은 어쩔 수 없다는 듯 고개를 끄덕였다.

쟌은 회수조의 구성이 끝나자 바로 출발했고, 그런 쟌의 뒷모습을 유심히 바라보는 이가 있었으니 바로 케니였다. 그런 케니의 눈에서는 불길이 치솟고 있었다.

회수조를 이끌고 트레뷔세를 회수하기 위해 걸음을 옮기던 쟌은 순간 자신이 언젠가 이런 경험을 한 적이 있다는 이상한 느낌이 들었다. 물론 그게 언제인지는 알 수 없지만, 아마도 자신이 기억하지 못하고 있는 과거의 일이겠지만 너무 강렬해 쉽사리 그 느낌을 지울 수 없었다.

세차게 고개를 흔들며 생각을 정리한 쟌은 자신의 뒤를 따라오는 용병들을 흘깃 쳐다보았다.

그들의 신분이 용병이니 싸움을 한두 번 해본 것은 아니겠지만, 이런 대규모 전투는 처음 경험해 본 탓인지 대부분 흥분을 감추지 못하고 있었다. 바로 곁에서 따라오고 있는 트롤 형제, 케로스와 샤를 역시 마찬가지였다.

그들의 전신은 상대가 이승을 떠나면서 뿌린 선혈로 범벅이 되어 있었지만 전혀 개의치 않고 있었다. 물론 자신도 헤르난을 만나기 위해 트레슈나 제국으로 향했을 때 셀의 안전을 위해 100여 마리의 오크를 학살한 적이 있었다.

살아 있는 뭔가를 죽인다는 점에서는 똑같을지 모르지만 그래도 사람을 죽이는 것에 대한 원초적인 죄책감에서 쟌은 자유로울 수 없었다. 아마도 스승인 반허 대사가 어렸을 때부터 가르친 것 때문일지도 모른다.

물론 소중한 누군가를 지키기 위해서라면 한 점의 망설임도 없이 검을 휘두를 수 있지만 누군가의 욕심을 채우기 위해 검을 사용하기는 정말 싫었다. 그러나 스스로를 용병이라 부르는 이들은 자신과 사고(思考) 자체가 다른 것 같았다.

단 한 번의 전투로 마치 자신을 지옥의 사신이라 생각하는지 하나같이 스산한 살기를 발산하고 있었다. 생각 같았서는 함부로 그런 생각을 하지 못하도록 먼지나게 패주고 싶었지만 그럴 수 있는 상황이 아닌지라 그저 지켜볼 수밖에 별다른 도리가 없었다. 하지만 그래도 눈에 거슬리는 것은 거슬리는 것이다.

"이것들이… 동작 봐라, 동작! 빨리 못 뛰어!"

쟌의 호통 소리에 그의 뒤를 좇아오던 용병들은 그제야 정신을 차리고 쟌의 뒤를 바싹 좇아왔다.

트레뷔세를 회수하는 일은 어이없다고 할 정도로 간단했다.

트레뷔세를 지키고 있던 100여 명의 용병들은 쟌과 천 명에 가까운 회수조를 발견하자마자 성으로 도주했고, 전투가 아닌 트레뷔세 회수가 목적이라 쟌과 회수조는 유유히 트레뷔세를 분해해 회수한 다음 그 자리를 떠났다.

그들이 떠난 자리에 남은 것은 트레뷔세의 평형추에 넣었던 흙 포대뿐이었다.

　　　　　*　　　　　*　　　　　*

　마법사들의 도움으로 워프 게이트를 통해 본성으로 돌아온 헤르난은 가장 먼저 포로들을 어떻게 처리하는 것이 좋을지 다른 형제들과 상의했다. 그리고 그들과 조금 떨어진 곳에서 로즈 검증단의 심사관들이 눈빛을 빛내며 그들의 대화를 지켜보고 있었다.

　"포로들을 어떻게 할 것인가에 앞서 먼저 너희 생각이 어떤지 듣고 싶구나."

　헤르난의 말에 가장 먼저 입을 연 사람은 루이스였다.

　"어찌 되었든 포로를 데리고 있는 것은 반대야. 그들을 감시하려면 일정한 수 이상의 용병들을 상주시켜야 되는데, 아까운 전력을 그런 곳에 쓸 정도로 우리의 전력이 남아도는 것이 아니잖아."

　"그건 나도 루이스의 의견에 찬성해. 더 더욱 문제가 되는 것은 포로들을 굶겨 죽일 것이 아니라면 그들에게도 식량을 지급해야 하는데, 지금 가용할 수 있는 군자금이 부족하다는 거야. 이건 보통 문제가 아니야."

　루이스의 의견에 찬성한 유리가 포로를 데리고 있을 때 발생할 수 있는 문제를 제기했다.

　"그뿐만 아니에요. 부상자들을 치료하려면 우리가 가진 약제나 프리스트들과 마법사들의 힘을 상당 부분 사용해야 할 텐데, 언제 전투가 벌어질지 모르는 상황에서 함부로 그 힘을 사용하는 것엔 문제가 있어요."

필립마저 회의적인 시각으로 발언하자 헤르난은 머리가 다 지끈거리는 것 같았다.

"그래서 너희는 포로들을 어떻게 처리했으면 하느냐?"

"전하, 드릴 말씀이 있습니다."

"크리스토퍼 단장, 어서 말해 보시오"

"트레뷔세와 마법사들께서 공격했을 때 저들이 얼마나 피해를 입었는지 알 수는 없지만 저들이 전위 부대를 보내 추격했을 때 저희와의 교전에서 대략적으로 사망 1,800 부상 3,400 생포 2,000 도주를 한 자들은 천 명도 채 되지 않습니다. 그리고 저희 쪽은 사망 300 부상 1,200명입니다. 종합해 보면 부상자 수가 4,600명이나 됩니다. 방금 필립 전하께서도 말씀하셨지만 그들을 치료하려면 저희가 가지고 있는 힘의 상당 부분을 소진시켜야 합니다. 그래서 제 생각으로는……."

로고스가 말꼬리를 흐리자 왕자들은 눈빛을 빛내며 일제히 그를 주시했다.

"부상자들의 응급 조치가 끝나면 포로로 잡은 용병들과 함께 사망으로 처리해 승계 전쟁이 벌어지고 있는 커트론 지역 밖으로 쫓아버리는 겁니다. 그로 인해 발생하는 문제는 물론 저쪽에 계시는 로즈 검증단의 심사관들께서 처리해 주셔야겠지만 말입니다."

로고스의 대답을 들은 왕자들은 나름대로 생각해 보았지만 그보다 더 좋은 의견은 없을 거란 생각이 들었다.

5,400명의 포로들을 치료하고, 먹이고, 감시하려면 재정적으로 여간 부담되는 것이 아니었다. 게다가 프리스트들의 신성력이나 마법사들

의 치료 마법이라는 것이 무한정 쓸 수 있는 힘도 아니었기에 헤르난 진영에는 더 더욱 부담되는 일이었다.

　"방금 크리스토퍼 단장의 의견을 너희도 잘 들었으리라 믿는다. 각자의 생각을 말해 보거라."

　"난 단장의 생각에 찬성."

　"나도 찬성해, 형."

　"저도 그게 좋을 것 같습니다."

　"헤르난 형, 그 방법이 가장 좋은 방법일 것 같아요."

　루이스, 유리, 부케인, 필립이 차례로 대답하자 잠시 고심하던 헤르난은 자신들의 대화를 지켜보고 있던 로즈 검증단의 심사관들을 바라보았다.

　"로이즈 후작, 방금 우리의 대화를 잘 들었으리라 생각하오만……. 후작의 생각은 어떻소?"

　갑작스런 헤르난의 질문에 심사관들의 우두머리인 로이즈 후작은 잠시 생각하더니 곧 고개를 끄덕였다.

　"먼저 용병들의 생명을 소중히 여기시는 전하의 후덕하신 마음에 경의를 표합니다. 그리고 전하께서 말씀하신 사항은 저희 재량껏 처리할 수 있습니다. 하지만 저들을 인솔할 기사단이 이곳까지 오려면 약간의 시일이 걸릴 것이옵니다. 그때까지만 기다려 주신다면 저희가 포로로 잡힌 용병들에 대한 처리를 책임지겠사옵니다."

　로이즈 후작의 대답에 헤르난은 고개를 끄덕였다.

　"처리가 가능하다니 다행이구려. 그래, 기사단이 오려면 얼마나 시간이 걸리겠소? 부상자들을 이송할 마차도 함께 가지고 오면 말이오."

"마차를 준비해 이곳까지 오려면…… 대략 열흘에서 넉넉잡아 보름은 걸려야 도착할 수 있을 겁니다."

그는 자신들이 왔을 때를 기준으로 대답했다.

"음~ 알겠소. 최대한 시일을 단축해 보도록 하시오. 후작도 보아 알겠지만 우리가 가진 군자금이나 식량이 그리 여유있는 편이 아니기에, 포로들을 인솔할 기사단이 늦으면 늦을수록 우리에겐 상당한 부담이 되기 때문이오."

의외로 솔직한 헤르난의 대답에 로이즈 후작이나 심사관들은 순간 의아한 생각이 들지 않을 수 없었다.

이미 아쉬드나 주네티의 진영도 심사관 자격으로 참가했었지만 될 수 있으면 자신들에게 불리한 사항은 철저히 감추려 했고, 또 그런 그들의 행동을 당연하게 생각했다. 후일 자신들에게 불리하게 작용할지도 모르는 문제이니 당연한 반응이라 생각했었는데 헤르난의 말을 듣고 보니 그가 무슨 의도로 이렇게 솔직하게 대답을 하는지 의구심이 생기지 않을 수가 없었다.

"헤르난 전하, 한 가지 여쭈어보고 싶은 말이 있습니다."

"말해 보시오, 헬레네스 백작."

"방금 전하께서 하신 말씀은 차후 전하께 상당히 불리하게 작용할 수도 있는 성질의 말씀이었습니다. 참고로 말씀드리자면 아쉬드 전하나 주네티 전하께서는 본인들에게 불리한 점은 철저하게 감추셨습니다. 그런데 전하께서는 무슨 생각으로 전하께 불리한 현 상황을 밝히신 겁니까?"

군데군데 흰머리가 섞인 근엄한 표정의 헬레네스가 묻자 헤르난은 갑자기 나지막한 웃음을 흘렸다.

"후후후, 그것이 그렇게 이상하게 들렸소? 그럼 이번엔 내가 질문을 하리다. 만약 내가 현재 내 상황을 밝히지 않고 숨겼다면 그대들이 모르고 그냥 지나갔을까?"

"아마… 그렇지는 않았을 겁니다. 전하에 대한 정확한 평가를 내리려면 전하의 현재 상황을 무엇보다 정확하게 알아야만 하기 때문에 어떻게든 전하께서 숨기시는 부분을 알아내려 했을 겁니다."

"나는 감추려 하고 귀하들은 어떻게든 그것을 밝혀내려 하고……. 내가 왜 귀하들과 그런 쓸데없는 신경전으로 시간을 보내야 한단 말이오. 그런 문제가 아니더라도 내가 생각하고 결정해야 할 일이 한두 가지가 아니오. 그런 이유로 숨기지 않고 밝힌 것이오. 지금만 하더라도 혹시 모를 적의 추적과 기습에 대비해 속히 본거지를 옮겨야 하는데, 포로들을 인솔할 기사단이 올 때까지 기다릴 것인가? 아니면 약간의 식량과 약들을 놓고 그냥 철수를 해야 할 것인가? 결정을 내려야 하오. 모든 것이 저들보다 약세인 나로서는 빠른 결정을 내리고 행동으로 옮기는 것만이 불리한 현 상황에서 벗어날 수 있는 유일한 길이기 때문이오."

헤르난의 대답에 심사관들은 고개를 끄덕이면서도 왠지 헤르난이 자신들에게 밝히지 않은 뭔가가 있을 것이란 생각을 지울 수 없었다.

승계 전쟁이 시작되기 전 뜻 모를 미소를 입가에서 지우지 않았던 헤르난의 평소 행동을 아는 사람이라면 누구든 그렇게 생각했을 것이라는데 이견이 없었다. 그렇기에 지금도 헤르난이 자신들에게 뭔가를 숨기고 있다는 생각을 심사관 전원이 하고 있는 것이다.

"전하, 드릴 말씀이 있습니다."

"마담 가이야, 말씀해 보시오."

"다름이 아니라 제가 환자들을 치료할 수 있게 허락해 주시기 바랍니다."

"지금 포로들을 치료하시겠다는 말씀이오?"

"그렇습니다. 약제의 사용도 어느 정도 알고 있고, 또 마법도 사용할 줄 아니 환자들을 치료하는 데 조금이라도 도움이 될 수 있을 거라 생각합니다."

"마담 가이야, 우선 우리 부상자부터 치료를 하는 것이 옳은 일 아니오?"

루이스의 퉁명스런 말에 셀은 부드러운 미소를 지으며 고개를 가만히 저었다.

"전하께서도 잘 아시겠지만 기습 작전이 성공을 거둔 탓에 저희 부상자는 그리 많지 않아요. 그들은 이곳에 계신 프리스트만으로도 충분히 치료할 수 있지만 포로 가운데에는 중상을 입은 사람들도 적지 않은데다 빨리 치료하지 않으면 목숨을 잃는 사람이 나올 거예요. 만약 전하께서 허락을 하신다면 전 그들을 치료해 주고 싶어요."

"으음~"

셀의 말에 헤르난은 긴 한숨을 내쉬었다.

물론 자신도 포로들을 치료해 주고 싶은 생각이 없지는 않았다. 하지만 동생들이나 부하들이 자신을 어떻게 생각할지 몰라 자신이 먼저 그 이야기를 꺼낼 수는 없었다.

"마담 가이야께서 정 그렇게 하고 싶다면 그렇게 하도록 하십시오."

"허락해 주셔서 감사드립니다, 전하."

인사를 한 셸이 회의실을 나가려 하자 쟌도 자리에서 일어나며 입을 열었다.

"회의가 끝난 것이라면 저도 이만……."

"그렇게 하게, 가이야 부단장."

쟌과 셸이 회의장을 빠져나가자 회의실에 있던 심사관들은 쟌 부부에 대해 의견을 나누었다. 그들이 보기에 이 회의실에서 쟌 부부만큼 이질적인 존재도 없었다.

너무 젊고, 또 외모와는 어울리지 않는 실력과 능력을 가진 두 사람의 존재에 대해 꽤나 오래전부터 조사에 들어갔지만 밝혀진 것이라고는 아무것도 없었다.

쟌이라는 청년은 그야말로 하늘에서 뚝 떨어진 사람처럼 갑자기 모습을 드러낸 인물인데다 셸이라는 레이디 역시 하프 엘프라는 것만 알려졌지 그 이외의 것은 아무것도 밝혀낼 수 없었다.

4년 전까지만 하더라도 존재하지 않았던 사람들이 마치 신기루처럼 갑자기 나타났으니 두 사람을 조사하던 사람들이 이상하게 생각하는 것도 무리는 아니었다.

"로이즈 후작, 후작은 지금 즉시 기사단에 연락하도록 하시오. 그리고 포로로 잡힌 용병 가운데 중상자들에 대한 치료는 유리가 마담 가이야와 함께 맡도록 하고, 필립은 이동 계획을 점검하도록 해라. 그리고 크리스토퍼 단장은 용병들에게 충분한 술과 음식을 주어 오늘의 승리를 축하할 수 있도록 하시오. 단장도 오늘만큼은 푹 쉬도록 하시오."

"그렇게 하겠습니다, 전하."

모두 빠져나간 회의실에 홀로 남은 헤르난은 뒷짐을 진 채 황혼으로 물들어가는 하늘을 바라보고 있었다.

　　"후우~ 황제로서의 책임과 의무라……."

57장
분노

"전하, 카멜입니다. 드릴 말씀이 있어 찾아왔습니다."

보통 때와는 분위기가 전혀 다른 카멜의 말에 아쉬드는 고개를 돌려 이상하다는 표정을 지었다. 평소 소가죽 가면을 뒤집어쓴 것처럼 무표정하기만 했던 카멜이 무슨 일 때문인지 한껏 상기되어 있었기 때문이다.

"어서 말해 보시오."

"이런 말씀을 드리게 돼서 죄송스럽습니다만……."

"허어~ 답답하구려. 어서 말을 해보시오."

"당했습니다, 전하!"

"당하다니? 누구에게? 뭘?"

아쉬드의 반문에 그제야 자신이 너무 흥분했음을 깨달은 카멜은 재빨리 흥분을 가라앉힌 채 입을 열었다.

"죄송합니다. 제가 너무 흥분했던 것 같습니다. 저희가 주네티 전하의 성을 공략하는 동안 본성이 헤르난 전하의 공격을 받았답니다."

"헤르난이? 성을 공격했다고? 푸하하하!"

카멜의 대답에 아쉬드는 너무 웃다가 그만 말에서 떨어질 뻔했다. 터져 나오는 웃음을 참지 못해 계속 웃음을 흘리던 아쉬드는 카멜이 딱딱하게 굳어져 있는 것을 발견하고는 천천히 웃음을 그쳤다.

"그래, 결과는 어떻게 되었소? 그리고 우리가 입은 피해는 얼마나 되오?"

"저어~ 그것이……."

"허어! 정말 답답하구려. 속히 대답해 보시오."

"펜샤스 전하께서 저들에게 사로잡히셨고, 본성의 남쪽 성벽이 반 이상 파괴되었답니다. 더구나 상당히 많은 사상자가 발생했답니다."

"지, 지금 뭐라고 했소?"

카멜의 대답에 아쉬드는 순간 할 말을 잃었다.

"대체… 대체 무슨 일이 있었기에 그렇게 많은 피해가 발생했단 말이오?"

"정찰 나갔던 용병들이 성이 파괴된 모습을 보고 급히 연락을 취해 온 것이라 아직 자세한 것은 알 수 없습니다."

"본성과의 거리는?"

"아직도 만 하루는 더 가야 합니다."

"본진은 뒤에 따라오도록 하고, 걸음이 빠른 자들로 따로 별동대를 꾸려 지금 즉시 본성으로 출발할 수 있도록 조치를 취하시오."

"전하, 아직 적의 잔당, 혹은 습격조가 성 주변에 매복하고 있을지도 모릅니다."

"홍! 내가 없을 때를 틈타 성을 공격했다면 저들은 나와 5만의 전력을 당할 수 없기 때문 아니겠소? 기습 따위는 걱정할 필요가 없소."

잔뜩 흥분한 음성이기는 하지만 나름대로 타당성이 있었기에 케산과 루미넨을 불러 별동대를 꾸리라 지시하였다. 대체 헤르난이 어떤 방법으로 본성을 공격했기에 그렇게 막대한 피해를 입을 수 있었는지 전혀 이해가 되지 않았다.

헤르난 측의 병력이 대략 2만 정도 되는 걸로 알고 있는데, 설사 성을 공격했을 때 전 병력이 출동했다 하더라도 성을 수비하는 병력도 2만이었지 않은가.

같은 수의 병력이라면 성을 끼고 수비하는 수비 병력이 월등히 유리한 것은 말할 필요도 없는 명백한 사실이다. 그럼에도 불구하고 아군이 그런 피해를 입었다면 자신이 알지 못하는 뭔가가 있다는 말이 된다. 그런데 문제는 그것이 뭔지 아무리 생각해 봐도 모르겠다는 것이었다.

더구나 왕자들의 신변 경호를 책임지고 있던 이는 비록 검술 실력은 조금 떨어지지만 누구보다 신중하고 냉정한 성격의 아론이 아닌가. 그를 믿었기에 카멜은 안심하고 주네티 성을 공략하기 위해 성을 떠날 수 있었다. 그런데 설마 이런 결과가 벌어져 있을 줄은 그로서도 짐작하기 어려웠다.

그랬기 때문일까? 카멜 역시 한시라도 빨리 성으로 돌아가고 싶은 생각뿐이었다.

잠시 후 8천 명의 별동대 구성이 끝나자 아쉬드와 카멜은 전속력으로 성을 향해 달렸다.

비가 오려는지 별빛조차 사라져 아무것도 보이지 않는 캄캄한 밤이 금세 찾아왔다. 하지만 8천 명의 별동대 가운데에는 마법을 사용할 줄 아는 카멜의 부하들도 섞여 있어 이동하는 데 큰 불편은 없었다.

뛰었다 쉬었다를 반복한 별동대가 녹초가 되었을 때쯤 되어서야 그들은 겨우 성에 도착할 수 있었다.

그들이 성 주위에 도착했을 때 처참하게 허물어진 성벽을 발견하고는 할 말을 잃었다. 보고에서처럼 반파가 아니라 거의 완파 수준의 파괴였다.

무너진 성벽 너머로 수백 명의 용병들이, 한쪽에서는 무너진 성벽의 잔해를 치우고, 한쪽에서는 다시 성벽을 쌓는 작업을 하고 있었다.

그 모습을 지켜보던 아쉬드는 이를 부드득 갈지 않을 수 없었다.

"헤르난, 이 쥐새끼 같은 놈! 감히 내 뒤통수를 쳐? 우두둑! 날 건드린 것이 얼마나 큰 실수를 한 것인지 뼛속 깊이 똑똑히 가르쳐 주마!"

얼마나 이를 갈았던지 턱이 다 아플 지경이었다. 그렇기는 아쉬드 곁에 있던 카멜도 마찬가지였다. 지금껏 용병 생활을 하면서 누군가에게 이렇게 처참하게 뒤통수를 맞아보기는 그로서도 난생처음이었다.

두 사람이 이를 갈고 있을 때 그들에게 다가오는 사람들이 있었다. 고개를 돌려 보니 풀이 잔뜩 죽은 제럴드를 비롯한 왕자들이었다.

그 모습을 보니 안쓰러운 마음이 들기도 했지만, 그렇다고 그들을 위로해 줄 마음은 털끝만큼도 없었다.

"어떻게 된 일이냐?"

굳어진 표정만큼이나 딱딱한 음성이었다. 움찔하고 놀라던 제럴드는 곧 조심스럽게 입을 열었다.

"헤르난 형이 우리 성을 공격……."

"지금 누구한테 형이라는 표현을 쓰는 거냐? 그런 쥐새끼 같은 놈이 네 형이냐?"

귀에 금방이라도 고드름이 얼 것처럼 싸늘하기 이를 데 없는 음성이었다. 제럴드를 비롯한 다른 왕자들은 그 말을 듣는 순간 아쉬드가 보통 화가 난 것이 아님을 깨달을 수 있었다.

지금까지 어떤 경우에도 상대를 비난하는 말은 하지 않았던 아쉬드가 쥐새끼라는 표현을 쓴 것을 보면 그의 분노를 짐작하고도 남음이 있었다.

"헤르난이 우리 성을 공격한 것은 이틀 전 새벽이었어. 갑자기 나타나서……."

"얼마나?"

"한 5천 명 정도 될 거야."

"그럼 겨우 5천 명한테 당했단 말이냐?"

"보인 것은 5천 명밖에 안 되었지만 왠지 복병을 숨겨두었을 것 같아서 함부로 성 밖으로 나갈 수 없었어."

제럴드의 말에 아쉬드는 자신이 성에 있었다 하더라도 별다른 조치를 취하기 힘들었을 것이란 생각이 들었다. 겨우 5천 정도 되는 병력을 가지고 성을 공략하러 왔다고 생각하기에는 무리가 따르니까 말이다.

게다가 상대가 헤르난이었다면 더욱 조심하게 되었을 것이 분명했다.

"그래서?"

"그래서 일단 지켜보기로 했는데 성벽이 파괴되면서 피해가 커지니 더 이상 지켜보고만 있을 수 없었어. 게다가 펜샤스, 그 녀석이 성을 위험에서 구한다고 일부 병력을 끌고 성을 나갔다가 헤르난의 함정에 빠지는 바람에 피해가 더 커졌어."

"제럴드 전하, 아론은 어떻게 되었습니까?"

"겨우 적의 함정에서 빠져나온 용병들의 말에 의하면 적의 화살을 맞았다고 했는데 포로가 되었는지, 목숨을 잃었는지 그 후는 모른다고 했소. 물론 아직 성으로 복귀하지 않은 상태요."

"흐음~"

제럴드의 말에 카멜은 자신도 모르게 신음이 흘러나왔다.

아론은 지난 20년 동안 관계를 유지해 온 부하라기보다는 마음을 털어놓을 수 있는 유일한 동료였다. 그랬던 아론이었는데 지금 그의 생사도 모른다니……. 누군가가 자신의 곁을 떠났다는 생각에 가슴 한구석이 시려왔다.

"성의 피해는?"

"성벽이 반파됐고, 마구간과 무기고, 용병들의 식당이 완전히 파괴되었어. 또 용병들의 숙소도 일부 파괴되었고 말이야."

"병력의 피해는? 정확하게 말해."

"사상자는… 모두 1만 2천 명이야. 사망이 5천여 명, 부상 2천여 명, 그리고 나머지는 모두 적의 함정에 빠져 포로로 사로잡힌 것 같아."

제럴드의 나직한 대답에 아쉬드는 어이가 없었다.

카멜에게 상당한 사상자가 발생했다는 말을 듣긴 했지만, 1만 2천 명의 사상자가 발생했다는 말에는 그 어떤 대꾸도 할 수 없었다.

솔직한 심정을 말하라면 당장이라도 제럴드에게 죄를 물어 처형하고 싶지만 이미 일은 벌어진 후고, 지금은 상황을 수습하는 것이 무엇보다 중요했기에 일단은 참는 수밖에 없었다.

"일단 들어가자."

아쉬드와 카멜이 앞장섰고, 제럴드와 왕자들은 마치 도살장으로 끌려가는 소처럼 힘없이 발걸음을 옮기기 시작했다. 내성으로 향하면서 용병들의 모습을 살펴보니 잔뜩 풀이 죽은 것이 마치 초상집 같은 음울한 분위기였다.

회의실에 들어가 앉은 아쉬드는 뒤이어 따라와 앉는 왕자들의 얼굴을 하나하나 뚫어져라 바라봤다. 아쉬드와 눈길이 마주친 왕자들은 하나같이 어색한 표정을 지으며 고개를 돌려 버렸다.

"헤르난 녀석의 본거지는 어디냐?"

아쉬드의 갑작스러운 질문에 왕자들의 얼굴에는 일제히 영문을 모르겠다는 표정이 떠올랐다. 그 모습에 안색을 더욱 싸늘하게 굳힌 아쉬드가 이번엔 라일리를 쳐다봤다.

"아무리 멍청하다 해도 그렇게 당하고 그 녀석들을 그냥 보냈다는 것은 아니겠지?"

"형이 지금 묻고 싶은 것이 왜 추격대를 보내지 않았느냔 거야?"

"그래, 설마 적의 매복이 두려워 보내지 않았단 대답은 하지 않겠지?"

아쉬드의 질문에 잠시 망설이던 라일리는 곧 대답했다.

"아니, 형 말이 맞아. 매복도 두려웠지만 헤르난이 마음을 그쳐 먹고 되돌아올까 봐 그게 더 두려웠어. 형이 살아 있는 한 승계 전쟁은 계속되겠지만 우리는 아니잖아. 성의 병력도 얼마 남지 않은 상황에서 적을 자극할 필요는 없다고 판단했기 때문에 추격대를 보내지 않았어. 게다가 펜샤스가 수천 명의 추격대로 추격을 해도 당하지 못한 상대를 겨우 몇십 명, 혹은 몇백 명 보낸다고 추격에 성공하겠어?"

어찌 보면 너무나 당당한 라일리의 대답에 아쉬드는 애써 눌러두었던 분노가 다시 고개를 치켜드는 것을 느꼈지만 나름대로 타당성이 있는 의견이었기에 속으로 삭여야 했다.

"좋다. 그 일은 이만 덮어두기로 하지. 그럼 그에 대한 대책은 세워두었느냐?"

질문을 받은 왕자들은 하나같이 고개를 돌렸다. 아쉬드가 더 이상 참지 못하고 분통을 터뜨리려는 순간 누군가가 대답했다.

"헤르난의 본거지를 알아내는 방법은 두 가지. 한 가자는 대규모 병력을 동원하는 방법이고, 또 한 가지는 소규모 정찰조를 운영해 넓은 지역을 수색해 알아내는 방법이야. 전자는 대규모 병력이기에 설사 적에게 기습을 당한다 하더라도 근접해 있는 병력에게 연락을 취할 시간적 여유가 있다는 것이 장점이고, 후자는 소규모 병력을 운영하는 것이기에 적의 기습에 취약하기는 하지만 넓은 지역을 동시에 수색할 수 있기에 헤르난의 본거지를 빠른 시간에 찾을 수 있다는 장점이 있어."

대답을 한 사람은 의외로 게일이었다. 그는 테이블 위에 한 장의 지도를 꺼내고는 말을 이었다.

"이게 그동안 우리가 헤르난의 본거지를 알아내기 위해 정찰조를 보냈던 지역들이야. 하지만 이 지점을 경계로 더 이상은 알아내지 못했던 곳이야. 그리고 이건 내 생각인데, 이 경계선 밑에 있는 여섯 개의 성 가운데 몇 개를 돌아가면서 사용하는 것이 아닌가 생각돼."

"그럼 본거지가 있어야 할 필요가 없잖아."

마치 상대를 조롱하듯 비릿한 미소를 지은 채 열 번째 왕자 리코가 대답하자, 게일은 아무런 감정도 실리지 않은 무심한 눈길로 그를 쳐다보았다.

평소 농담을 잘하던 모습과는 너무나 다른 게일의 모습에 다른 형제들은 순간 당황하지 않을 수 없었다. 리코 역시 다를 리 없었다.

"그럼 왜 우리가 보낸 정찰조가 이 지역에서 연락이 두절되었는지 그 이유를 설명해 주겠느냐?"

눈빛만큼이나 무심한 어투였다. 리코가 어색한 표정으로 대답하지 못하자 아쉬드가 대신 입을 열었다.

"그럼 내가 묻겠다. 네가 말한 대규모 병력과 소규모 병력은 얼마나 되는 것이냐?"

"대규모 병력은 최소 천 명 이상, 소규모 병력은 최소 백 명 이상이야. 이전에 정찰조를 운영할 때 기습당했던 병력들 가운데 30명 미만의 정찰조가 가장 많이 당했어. 그때 당했던 피해도 거의 2천 명이 넘었어."

게일의 말에 왕자들은 미처 몰랐다는 표정을 지었지만, 그 사실을 알고 있었던 카멜은 눈을 가늘게 뜬 채 게일의 뒷말을 기다렸다.

"적의 병력 규모로 봤을 때 저들이 운영할 수 있는 매복조의 규모는 우리와 비슷한 30명, 혹은 조금 더 많은 4, 50명 수준밖에 안 될 거라는 게 내 생각이야. 조금 전에 설명한 대로 소규모 병력이라 해도 백명의 용병으로 정찰조를 운영하면 피해를 최소로 줄일 수 있을 거라 생각해."

"제이슨 단장, 단장의 생각은 어떻소?"

"게일 전하의 의견에 전적으로 찬성합니다. 어차피 저희 기습으로 주네티 전하 쪽은 한동안 움직이기 힘들 겁니다. 게다가 곧 겨울이 시작되니 본격적인 공성전은 불가능하다고 생각하면, 정찰조를 최대한 운영해 헤르난 전하의 본거지부터 찾아내는 것이 우선일 것 같습니다."

카멜의 대답에 아쉬드는 곧 고개를 끄덕였다.

"좋소. 게일, 너는 오늘부터 이전의 업무는 모두 접고 제이슨 단장과 함께 헤르난의 본거지를 찾아내는 데 전력을 다하도록 해라."

"알았어, 형."

"최대한 빨리 성을 보수하고, 모두 월동 준비를 완벽하게 마칠 수 있도록 모든 힘을 기울여라."

아쉬드의 말에 왕자들은 각자의 생각에 빠진 채 고개를 끄덕였다.

*   *   *

"그럼 지금부터 회의를 시작하겠다. 유리, 일단 우리의 재정 상태부터 말해 보거라."

헤르난의 말에 회의실에 있던 사람들은 유리에게로 시선을 돌렸다.

"흠~ 먼저 우리에게 들어온 군자금의 대부분은 용병들의 고용과 식량, 무기 구입, 수리, 그리고 의복과 약품을 구입하는 데 들어갔어. 며칠 전에 있었던 전투 전까지는 매복조를 운영하다가 부상당한 용병들에게 들어간 것이 다야. 그리고 지금 남은 군자금은… 70만 코렌이 전부야."

"흐음~"

유리의 대답에 헤르난은 깊은 신음을 토했다.

"우리가 용병들을 운영하는 데 한 달 동안 소요되는 자금이 얼마나 되지?"

"최대한으로 줄인다면 약 120만 코렌 정도 들어가. 하지만 곧 겨울이 닥치니 용병들의 방한 비용 역시 만만치 않게 들어갈 거야."

"내년 5월 말까지 네가 생각하기에 예상되는 소요 자금은 얼마나 될 것 같으냐?"

"아무리 적게 잡아도 1천 2, 3백만 코렌은 있어야 하지 않을까 싶어."

유리의 대답에 헤르난의 얼굴에 당장 그늘이 드리워졌다. 말이 좋아 천만 코렌이지 그렇게 많은 돈을 대체 어디서 조달한단 말인가?

헤르난은 애써 태연한 표정을 지으며 부케인을 바라보았다.

"아무래도 할아버지께 조금 더 부탁을 해봐야 할 것 같구나. 부케인, 할아버지께는 네가 연락해 보도록 하거라. 아니다, 그동안 연락도 제대로 드리지 못했으니 연락은 내가 취하도록 하마. 루이스, 병력 운용에 문제는 없느냐?"

"아직까지는. 참, 병력을 더 고용할 생각은 없겠지?"

"너도 알다시피 군자금이 모자라지 않느냐?"

"그럼 나도 할아버지한테 부탁을 좀 해볼까?"

"헤르난 형, 나도 외가에 부탁해 볼게."

"나도 그럴게."

헤르난의 대답에 루이스, 유리, 부케인이 차례로 대답했다.

"고맙구나. 하지만 무리하게 부탁하지는 말도록 해라."

말은 그렇게 하면서도 헤르난은 더 이상 들어올 군자금이 없을 거란 생각을 지울 수 없었다. 그들에게서 유입될 수 있는 자금이란 자금은 이미 초기에 다 투입되었기 때문에 더 이상 나올 자금이 있을 리 만무했다.

"필립, 앞으로의 계획에 대해 말해 보거라."

"일전에 크리스토퍼 단장, 부단장들과 상의해 본 결과, 아쉬드 형이나 주네티 형 쪽을 공격하려고 해. 그렇다고 꼭 형들의 성을 공략하겠다는 것은 아니고, 그저 적의 정찰조를 색출하거나 봄에 있을 전투에 대비해 용병들에게 충분한 실전을 경험하게 하는 것이 좋을 것 같다는 생각이 들어서 말이야."

"그래? 그럼 크리스토퍼 단장과 상의해서 그렇게 하도록 하거라. 그리고…… 틀림없이 아쉬드 형은 어떻게든 우리의 본거지를 알아내기 위해 이전보다 훨씬 강화된 정찰조를 투입할 거다. 우리가 아쉬드 형의 전력에 피해를 입힌 것은 사실이지만 아직까지 전력상 열세인 것은 사실이니 절대 무리하지는 말도록 하거라. 알겠니?"

"명심할게, 형."

분명한 어조로 대답하는 필립의 변화된 모습에 헤르난은 빙그레 미소를 지었다.

"그럼 회의는 이것으로 마치도록 하지. 이따 저녁 식사 때 보도록 합시다."

헤르난의 말에 자신이 맡은 일을 처리하기 위해 왕자들은 일제히 회의실을 떠났다. 그리고 쟌과 셀도 밖으로 나가 개인 훈련에 열중했고, 그리 떨어지지 않은 곳에서 세 기사와 용병단의 수많은 조장들이 개인 훈련에 열을 올리고 있었다.

그런 상황이니 조원들이 편하게 쉴 수 있을 리 만무했다.

누가 훈련을 하라고 지시한 사람은 없었지만 조금이라도 실력을 쌓는 것만이 스스로의 생명을 지킬 수 있는 유일한 방법임을 알기에, 쌀쌀한 날씨임에도 자신의 무기를 움켜쥐고 휘두를 수밖에 없었다.

정신을 집중하기 위해 잠시 단전호흡을 하고 있던 쟌은 셀의 부름을 듣고 눈을 떴다.

"날 불렀어?"

"네, 반가운 사람이 찾아왔어요."

셀이 부드러운 미소를 지으며 한 말에 쟌은 어리둥절하지 않을 수 없었다. 반가운 사람이 대체 누구를 지칭하는 말인지 전혀 짐작되지 않았던 것이다.

쟌이 얼떨떨한 표정을 감추지 못하고 있을 때 누군가 다가와 인사를 했다.

"그동안 잘 지냈나, 쟌?"

반가운 듯 웃음을 지으면서 다가온 사람은 뜻밖에도 폴렌 시에서 헤어졌던 알카레스였다. 아니, 그뿐만이 아니었다.

"마스터, 저희도 왔습니다. 그동안 안녕하셨습니까?"

정중하게 인사를 한 사람은 자신이 제자로 받아들인 조나단 후델스와 엘튼 보리스였다. 고개를 끄덕여 인사를 받으면서도 쟌의 예리한 눈은 두 사람을 샅샅이 훑고 있었다.

불과 1년 하고도 몇 개월밖에 떨어져 있지 않았지만 조나단의 전신에서 예전의 그 불량스러웠던 분위기는 전혀 찾아볼 수 없었다.

담담한 미소를 짓고 있는 것이나 빈틈이 많이 사라진 자세를 보면 자신이 떠난 후에도 꽤나 열심히 훈련을 했던 모양이었다. 그렇기는 엘튼 역시 마찬가지였다.

그렇지 않아도 육중했던 체격은 더욱 거대해졌지만 상하체가 골고루 발달한 것이 역시 예전과는 달라진 모습이었다. 게다가 특별하게 주문을 한 것인지 투 핸드 소드를 등에 메고 있었다.

"알, 자네가 여기엔 무슨 일로 온 것인가?"

"자네가 고생한다는 말을 듣고 자넬 돕기 위해 왔네."

"자네가? 레이디 사브리나는 어떻게…… 아니, 이젠 흐레즈 부인인가? 그녀는 어떻게 하고 여길 왔단 말인가?"

쟌이 예리하게 자신의 왼 손가락에 끼고 있는 결혼반지를 보고 말을 정정하자 잠시 쓴웃음을 짓지 않을 수 없었다.

"그 이야기는 잠시 후에 하기로 하고, 내가 이렇게 온 것은 자네에게 전할 물건이 있기 때문이네."

"전할 물건이라니?"

쟌이 어리둥절한 표정을 감추지 못하자 알은 빙그레 미소를 지은 채 품에서 한 통의 편지를 꺼내 쟌에게 내밀었다. 편지의 겉봉을 확인했지만 아무런 특징도 찾아볼 수 없었다.

의문이 가득한 얼굴로 봉투를 개봉한 쟌은 곧 낯익은 필체를 발견할 수 있었다.

〈쟌에게.

아마도 이 편지가 공식적으로 쟌에게 보내는 마지막 편지가 되지 않을까 싶어.

전황이 어떻게 진행되고 있는지 정말 궁금하지만 쟌이 잘해주고 있을 거라 믿고 마지막 군자금을 보내. 그리고 양 왕국에서 쓸 만하다고 알려진 용병들을 같이 보내니 마지막까지 잘해주길 바라.

전신 알바도네의 영광과 축복이 그대와 함께하길 빌게.

추신:승계 전쟁이 끝나면 전쟁 결과와는 상관없이 꼭 날 찾아와 주길 바라. 물론 셸, 알과 함께 말이야. 그때 당신에게 꼭 고맙다는 인사를 하고 싶어.〉

편지를 읽은 후 그 안을 보니 5백만 코렌짜리 수표 네 장이 곱게 들어 있었다.

"어떻게 하겠나? 헤르난 전하를 뵙고 자네가 직접 이 수표를 전달하겠나? 아니면 내가 대신 전달할까?"

"자네가 대신 전달해 주겠나? 아무래도 나는 제국 사람이 아니라서 만나기가 좀 껄끄럽군."

"알겠네. 여기서 잠시만 기다려 주게. 술이라도 한잔하면서 자네가 지내온 이야기를 듣고 싶군."

"어서 다녀오게."

알의 환송을 받으며 쟌은 그 자리를 벗어났고, 그런 쟌의 뒷모습을 보고 있던 알에게 말을 건네는 사람이 있었다.

"전 아는 척도 하지 않을 건가요?"

고개를 돌려보니 웬 눈부시게 아름다운 여인이 자신을 바라보며 빙그레 미소를 짓고 있었다.

"누구신지……?"

"호호호. 정말 내가 누군지 모르겠어요, 알?"

여인이 자신의 애칭까지 부르며 친숙한 듯 말하자 알은 더욱 영문을 모르겠다는 표정을 지었다.

'대체 누군데 나를 아는 척하는 거지? 나를 알이라고 부르는 사람이라 해봐야 전에 카타리나 공주님을 모시고 함께 여행했던 사람들뿐인데 말이야. 함께 여행을 했던 사람?!'

"혹시… 레이디 셀레니온느 쥬벨?"

"후후후, 이제야 내가 누군지 눈치 챈 모양이군요. 하지만 앞으로는 마담 가이야라 불러주세요."

"마담 가이야라면?"

"얼마 전 쟌과 결혼했어요, 알."

너무나 눈부시게 변한 셀의 모습에 알은 그저 입만 벌리고 있을 뿐 아무런 말도 하지 못했다.

그러는 사이 오랫동안 떨어졌다 만난 사 형제는 당장 대련부터 시작하고 있었다.

올리비에의 파상적인 공격을 노련하게 막아내며 조나단은 눈부시게 성장한 올리비에의 실력에 놀라움을 감추지 못했다. 쟌을 만나기 전에도 용병으로 상당한 명성을 날리고 있었기에 아직까지는 조나단의 실력이 조금 상회하고 있었지만, 이런 속도로 성장한다면 곧 자신의 실력을 넘어설 것임을 조나단은 직감적으로 알아차렸다.

예전 같았으면 그런 올리비에의 성장에 질투라도 느꼈을 테지만 지금은 달랐다. 검을 사용할 줄 아는 사람으로서 순수하게 상대의 실력을 인정하고 받아들이게 된 것이다.

"후후후, 사제의 실력이 정말 눈부시게 늘었군. 이제 이 사형은 자네의 상대가 못 되겠어."

"과찬이십니다. 그동안 전 마스터 곁에서 집중적으로 훈련을 받지 않았습니까? 이 정도도 실력이 늘지 않았다면 마스터께서 절 그냥 두셨겠습니까?"

"하긴 마음에 들지 않는 것을 마스터께서 절대 그냥 두고 보실 리가 없겠지."

"그보다 여기엔 무슨 일로 오신 겁니까? 단순히 마스터께 인사를 드리러 오신 것 같지는 않은데 말입니다."

"마스터 곁에서 그분을 돕기 위해 온 것이네. 마스터께서 먼저 우리에게 아무런 사심 없이 베풀어주셨으니 이번에는 우리가 마스터께 보은을 해야 할 차례 아닌가?"

조나단의 말에 올리비에는 그답지 않게 긴 한숨을 내쉬었다. 쟌이 보통 사람이었다면 이런 걱정을 할 필요도 없겠지만 그 성질머리가 어디 가겠는가?

올리비에가 그런 걱정을 하고 있을 때 셸은 알에게 벨파스 부녀의 안부를 물었다.

"벨파스 씨와 마담 호레즈께서는 잘 지내고 계시나요?"

"물론이오. 장인께서는 쟌에 대한 칭찬을 하루도 하지 않는 날이 없어 은근히 질투를 느끼고 있는 중이라오."

"말없이 폴렌 시를 떠나 쟌은 벨파스 씨를 완쾌시키지 못하고 온 것을 두고두고 걱정하고 있었는데, 잘 지내고 계신다니 정말 다행이군요. 그럼 벨파스 씨의 병은?"

"물론 완쾌되셨소. 신전의 프리스트들도 장인의 병이 완쾌된 것을 보고는 신의 축복과 은총이라 입을 모았을 정도였다오. 지금은 예전과 전혀 다름없이 건강히 생활하고 계시오. 오히려 너무 건강해지셔서 아내가 걱정할 정도라오."

담담한 미소를 지은 채 대답하는 알의 태도에서는 예전 그에게선 찾아볼 수 없었던 중후함을 느낄 수 있었다. 조금은 낯선 분위기였지만 전에도 기사도가 몸에 배어 있던 알이기에 그리 어색하지는 않았다.

두 사람이 이런 저런 이야기를 나누고 있을 때 쟌이 돌아왔다. 하지만 혼자 온 것이 아니었다. 그의 뒤로 헤르난과 필립, 로고스가 함께 따라오고 있었다.

"인사드리게, 제국의 제2왕자이신 헤르난 전하시네."

"바리타스 왕국의 근위 기사인 알카레스 반 호레즈가 제국의 헤르난 전하를 만나뵙게 되어 무상의 영광이옵니다."

근위 기사였던 탓일까? 그의 인사에는 일반 용병에게서 찾아볼 수 없는 정중함과 기품이 묻어 있었다.

"이렇게 만나게 되어 반갑네. 그래, 카타리나 왕자비께서는 안녕하신가?"

"그렇습니다, 전하."

"매번 이렇게 도움을 받으니 뭐라 고마움을 표현해야 좋을지 모르겠군."

"조금 전 오랜만에 쟌을 만난 탓에 잊고 전하지 못했습니다. 이걸 받아주십시오."

조심스럽게 품에서 꺼낸 것은 편지 봉투였고, 그것을 헤르난에게 공손하게 바쳤다. 봉투를 받아 든 로고스가 이상이 없는 것을 확인하고서야 헤르난에게 넘겼다.

의아한 표정으로 봉투를 열던 헤르난의 표정이 이상하게 변했다.

"이게 뭔가?"

"전하께서 하시는 일에 미력하게나마 도움이 되었으면 하는 마음에서 가져온 것입니다."

"하지만 6백만 코렌은 결코 미력한 도움이 아니지 않은가? 만약 내가 모르는 저의가 있는 것이라면 받고 싶지 않군."

헤르난의 말에 주위에 있던 사람들은 깜짝 놀랐다.

조금 전만 하더라도 카타리나가 전해온 2천만 코렌의 군자금을 받고 얼마나 기뻐했던가? 그런데 또 6백만 코렌이라는 엄청난 돈이 들어오다니…… 헤르난의 말처럼 그 저의가 의심스러운 것을 감출 수 없었다.

"제 장인이신 벨파스 씨에 대한 이야기를 들으신 적이 있는지 모르겠지만……."

이야기가 길어질 것 같다는 느낌을 받은 헤르난은 우선 알의 말부터 잘랐다.

"왠지 이야기가 길어질 것 같군. 여기서 이럴 것이 아니라 함께 안으로 들어가세. 그리고 그쪽에 있는 사람들도 쟌과 관련이 있는 사람들인가?"

"그, 그렇습니다, 전하. 저희는 마스터의 제자들입니다."

"그래? 그럼 함께 들어가도록 하지."

잔뜩 긴장한 조나단의 대답을 들은 헤르난은 고개를 끄덕이고는 앞장서서 걸음을 옮겼다. 그 모습을 지켜보던 알은 곁에 있던 쟌에게 입을 열었다.

"생각보다 상당히 소탈한 분 같군."

"그럴지도 모르지."

묘한 쟌의 대답에 알은 미소를 지었다.

"혹시 카타리나님처럼 자네를 만났기 때문에 저렇게 변하신 것은 아닌가?"

"제국의 왕자가 겨우 용병 따위를 만난다고 변하겠나? 그건 자네가 너무 넘겨짚은 거야."

"후후후, 과연 그럴까?"

"이 사람, 그동안 안 봤더니 꽤나 실없어졌구먼. 어서 가세."

잠시 후 그들은 회의실에서 급하게 차린 음식을 들면서 담소를 나누었다. 담소라 해봐야 쟌이 카비렌 벨파스를 어떻게 도왔는지, 알이 일방적으로 이야기하는 것이었지만 말이다.

간간이 왕자들의 질문이 이어지기는 했지만 짤막한 설명을 하고는 곧 본래의 이야기로 돌아갔다.

"그런 사건이 있은 후 장인이신 벨파스 씨는 억울하게 빼앗겼던 재산의 대부분을 되찾을 수 있었습니다. 원래의 재산과 쟌이 놓고 간 재산을 합쳐 대규모 상단을 조직하신 벨파스 씨는 예전보다 몇 배나 크게 상회를 키우셨습니다. 제가 헤르난 전하께 드린 그 돈은 그렇게 해서 벌어들인 수익금 중 일부를 가지고 온 것입니다."

"그렇다면 결국 이 돈은 쟌 때문에 가져왔단 말인가?"

"그렇습니다, 헤르난 전하."

"아무리 그래도 내가 받기에 이 돈은 너무 많은 것 같군."

"정 그러시다면 나중에 벨파스 상단이 제국 전역을 돌아다니면서 상행위를 할 수 있도록 자유 통행증이나 하나 만들어주시면 감사하겠습니다."

지금도 시청에 신고만 하면 어디든 다닐 수 있는 통행증을 만들 수 있는데 뭐가 자유 통행증이란 말인가.

"알겠네. 자네 장인에게 이 돈은 군자금으로 소중히 쓰겠다고 전해주게."

"꼭 전하겠습니다, 전하."

"그리고 내가 들으니 다른 용병들과 함께 왔다고 하던데, 같이 온 용병들의 수는 얼마나 되는가?"

"2천 명 정도 됩니다."

"뭐? 2천 명이나 된단 말인가?"

"그렇습니다, 전하."

담담한 알의 대구에 헤르난을 비롯한 왕자들은 깜짝 놀랐다. 말이 용병 2천이지 그들을 고용하려면, 아니, 그들을 불러 모으는 것만 해도 정말 대단한 일이 아닐 수 없었다.

"하지만 이름난 용병들은 대부분 1년 전에 이미 고용된지라 모은 이들의 실력은 별 볼일 없습니다. 그래도 전하의 진영에서 싸우기를 원하니 받아주시면 감사하겠습니다."

창가에서 알과 함께 왔다는 용병들을 살피던 헤르난은 곧 뭔가 이상한 것을 느낄 수 있었다.

용병들은 두 무리로 나누어져 있었는데 누가 그렇게 지시를 했다기보다는 자연스럽게 나누어진 모양이었다.

1천 5백 명 정도의 용병들은 주위를 둘러보는 등 자유 분방하게 서거나 앉아 있었지만 5백 명 정도 되는 용병들은 마치 스스로를 정규군이라고 여기는지 오와 열을 맞춰 서 있었다. 게다가 그들에게선 거의 기사에 준하는 예기가 느껴졌다.

아마도 자신의 예상이 틀리지 않는다면 두 왕국은 자신의 승리를 위해 양쪽 왕국의 마지막 밑천까지 턴 것이 분명해 보였다.

막대한 군자금에 병력까지.

상대의 지나친 호의에 부담이 느껴지지 않는 것은 아니지만 일단은 기쁘고, 고맙다는 생각이 먼저 들었다. 게다가 애초에 지원하기로 한 8천만 코렌보다 2천만 코렌이나 더 지원을 했으니, 아마도 지금쯤 두 왕국은 쓰러지기 일보 직전일지도 모른다는 생각이 들었다.

"카타리나님께 고맙단 인사라도 드려야 할 텐데……."

"전하의 뜻이 그러시다면 그라시아스님께 말씀을 하시면 카타리나 왕자비님과 연락을 할 수 있으실 겁니다."

"그라시아스님, 호레즈 경의 말대로 카타리나님과 연락이 언제든 가능합니까?"

"물론입니다, 전하."

"그렇다면 며칠 내로 부탁을 드리겠습니다."

"그렇게 하도록 하십시오, 전하."

헤르난의 말에 오웬은 고개를 끄덕였다.

"오늘의 이 기쁨을 어떻게 표현해야 좋을지 모르겠구려. 만약 내가 황제가 된다면, 그리고 샤프란 왕국과 바리타스 왕국이 트레슈나 제국에 적대 행위를 하지 않는다면 제국으로부터 영원한 독립을 보장하겠소. 트레슈나 제국의 왕자, 나 헤르난의 이름을 걸고 맹세하겠소."

헤르난의 난데없는 말에 알과 그 자리에 배석한 룰렌 가리언 공작과 파렉스 스웰턴 공작, 그리고 궁정 마법사 오웬 그라시아스의 눈이 동시에 휘둥그레졌다.

두 왕국에서 엄청난 군자금과 병력을 지원하는 것이 바로 한시적이나마 자신들 왕국의 자치권을 보장받기 위해서가 아니었던가? 그런데 독립이라니……. 비록 뜻밖의 말에 놀라기는 했지만 이거야말로 기분 좋은 놀람이 아니겠는가.

조금은 의외라는 표정으로 쳐다보는 쟌과는 달리 셸은 잘되었다는 표정으로 미소를 짓고 있었다.

"저, 전하, 그 말씀이 사실이옵니까?"

"왜, 내 말을 믿지 못하겠소?"

"아, 아니옵니다. 제, 제가 너무 다, 당황한 나머지 크나큰 결례를 저질렀습니다. 용서하시옵소서."

파렉스는 서둘러 용서를 빌었다.

"괜찮소. 그리고 공작이 원한다면 각서를 써줄 용의도 있소. 그렇게 하면 날 믿겠소?"

"아니옵니다, 전하. 그보다 이 기쁜 소식을 꼭 본국에 알리고 싶습니다. 허락해 주시겠습니까?"

그렇지 않아도 산적처럼 보이던 얼굴이 잔뜩 흥분한 듯 붉게 상기되자 무서워 보이기까지 했다.

"연락을 하고 싶다면 그렇게 하도록 하시오. 하지만……."

헤르난이 말꼬리를 흐리자 파렉스의 얼굴에는 곧 긴장감이 어렸다.

"미안하지만 그 사실은 국왕 내외와 카타리나 왕자비만 알고 있도록 하면 안 되겠소? 물론 승계 전쟁이 끝난 후에는 알려져도 상관이 없소만……."

"헤르난 전하, 그 연유를 알 수 있겠습니까?"

"다름이 아니라 두 왕국에 생기는 변화를 주시하는 사람 가운데 아쉬드 형이나 주네티 녀석과 연결되어 있는 자들이 있을지 모르기 때문이오. 승계 전쟁이 끝난 후라면 모르겠지만 만약 그전에 밝혀진다면 두 왕국에 어떤 불이익이 돌아갈지도 모르는 일 아니겠소? 나는 그것을 염려했기 때문에 한 말이었소."

"아~ 알겠습니다, 전하. 저의 생각이 짧았습니다. 양국의 국왕 폐하와 카타리나 왕자비께만 알리도록 하겠습니다."

"그렇게 해주면 고맙겠소. 그럼 먼 곳에서 찾아온 반가운 손님도 있고, 또 이렇게 모이기도 쉬운 일이 아니니 함께 식사라도 하도록 합시다."

58장
포로

"주네티 형, 아쉬드 형의 성을 감시하고 있던 정찰조가 재밌는 소식을 전해왔어."

그렇지 않아도 얼마 전에 있었던 아쉬드의 기습으로 생각지도 않은 피해를 입게 된 주네티는 벌써 며칠째 기분이 엉망이었다.

그런 탓인지 대꾸하는 주네티의 음성은 퉁명스럽기 이를 데 없었다.

"소식? 무슨 소식인데 재밌다는 거지?"

예상치 않았던 헬라인의 말에, 회의실에 모여 있던 왕자들은 일제히 눈빛을 빛내며 그의 입만을 쳐다보았다.

사실 주네티뿐만 아니라 기분이 엉망인 것은 다른 왕자들 역시 마찬가지였다. 아쉬드의 기습으로 용병들이 다치고 죽은 것도 기분 나쁜 일이지만, 무엇보다 아쉬드가 그 많은 병력을 이끌고 기습할 때까지 까맣게 모르고 있었다는 사실이 더 기분을 나쁘게 만든 주 요인이었다.

"그러니까 아쉬드 형이 우리를 기습한 바로 그 다음날 아쉬드 형의 성이 공격을 받았대."

"누가? 설마 헤르난 형이?"

주네티뿐만 아니라 회의실에 모여 있던 모든 사람, 특히 타마룬의 깊은 눈빛이 더욱 깊게 가라앉았다.

"그렇대."

"어떻게 된 것인지 좀 더 자세히 말해 봐라."

헤르난의 재촉에 헬라인은 자신이 들었던 보고대로 설명하기 시작했다.

눈빛을 반짝이며 헬라인의 설명을 듣던 왕자들은 펜샤스가 추격대를 지휘해 기습했던 용병들을 추격하다가 그들의 함정에 빠져 엄청난 피해를 입고, 그마저 적의 포로가 되었다는 말에 박장대소하며 기뻐했다. 하지만 주네티만큼은 웃음을 터뜨리지 않았다. 그리고 또 한 사람, 타마룬 역시 평소와는 달리 딱딱하게 굳은 얼굴로 헬라인의 설명을 듣고 있었다.

배를 잡고 웃음을 터뜨리던 왕자들은 주네티가 잔뜩 굳은 얼굴로 있자 차차 웃음을 거두지 않을 수 없었다.

"왜 그래 형? 아쉬드 형이 잘난 척하고 우릴 공격했다가 헤르난 형한테 본거지를 공격당했다잖아. 게다가 펜샤스 녀석이 평소 얼마나 잘난 척했어? 보나마나 잘난 척하며 나섰다가 헤르난 형한테 사로잡혔을게 분명해. 그러니 얼마나 고소해?"

열세 번째 왕자 케밀런의 대구에 주네티는 한심하다는 표정으로 그의 얼굴을 빤히 쳐다보았다. 갑자기 그런 시선을 받게 되자 케밀런은 무안함을 이기지 못해 곧 얼굴이 벌겋게 변했다.

"넌 아쉬드 형이 당한 것만 가지고 기뻐하는지 모르겠지만, 솔직히 난 우리보다 전력이 앞서는 아쉬드 형의 본거지를 유린할 수 있을 정도의 전력을 헤르난 형이 가지고 있다는 것이 더 신경 쓰인다. 너희도 생각을 해봐라. 지금까지 헤르난 형에게 신경 쓴 적이 단 한 번이라도 있었냐? 그랬던 헤르난 형이 아쉬드 형의 본거지를 기습했다니…… 게다가 우린 지금까지도 헤르난 형의 본거지조차 모르고 있지 않느냐?"

"저희가 지금까지 수집한 정보로는 아쉬드 전하께서 고용하신 용병들의 수는 7만, 일전에 우리를 공격하기 위해 5만이 출동했으니 본성에 남은 용병은 2만입니다. 하지만 헤르난 전하께서 고용한 용병을 모두 합친다 하더라도 2만 정도입니다. 2만이 지키는 성을 2만으로 공격한다는 것은 상식적으로 생각해 봐도 진정 어리석은 작전이 아닐 수 없습니다. 그런데… 만 명이 넘는 사상자를 내고, 펜샤스 전하까지 포로로 잡혔다는 것은 보통 문제가 아닙니다."

"뮤겔 단장, 그게 그렇게 중요한 문제요?"

"물론입니다, 제롬 전하. 성에 있으면 안전하다는 것을 누가 모르겠습니까? 그런데 펜샤스 전하는 왜 그런 유리하고 안전한 성에서 나와 헤르난 전하를 추격했던 것일까요? 더 이상 성에 있을 수 없었던 이유가 있었던 것은 아닐까요? 저는 그게 더 신경 쓰입니다."

타마룬의 말에 왕자들은 일제히 자신들만의 생각에 빠져들었다. 하지만 어떻게 생각해 봐도 방금 타마룬이 말한 범위에서 벗어날 수 없었다.

펜샤스는 왜 안전한 성에서 벗어나 함정이 있을지도 모르는데, 적을 쫓아가야 했을까? 대체 헤르난에게 고용된 용병들은 어떤 작전을 펼쳤기에 상대에게 만 명 이상의 피해를 입힐 수 있었을까? 나름대로 고민해 보았지만 무슨 일이 있었는지 도무지 알 도리가 없었다.

"어찌 되었건 아쉬드 형이 큰 피해를 입었다니 우리로선 반가운 일이라 할 수도 있지. 하지만 이제는 헤르난 형까지 신경을 써야 하니 그리 반가운 일만도 아닌 것 같다. 앞으로 남은 기간은 불과 8개월 정도, 그 사이에 반드시 전황을 우리에게 유리한 상황으로 만들어야 한다. 어떻게 하면 우리가 이 승계 전쟁에서 승리를 거둘 수 있을지, 너희도 신중하게 생각해 봐라. 앞으로 일주일 후 다시 회의를 할 테니 좋은 의견을 많이 제시하기 바란다."

주네티의 말에 왕자들의 얼굴에는 난감함이 어려 있었다.

앞으로 있을 회의에서 좋은 의견을 제시하라고 했지만, 지금껏 그런 것에는 한 번도 신경 쓰지 않았던 왕자들이 이제 와서 무슨 의견을 제시하겠는가. 그렇기는 헬라인 역시 다른 왕자들과 다를 바가 없었다.

비록 헬라인이 정보와 작전을 맡고 있지만 그것은 그가 정보를 수집하거나 작전을 세우는 데 탁월한 능력이 있기 때문이 아니었다. 그저 남들보다 그와 관련된 서적을 한두 권 더 읽어봤다는 이유만으로 작전을 세우고 정보를 수집하는 중책을 맡게 된 것이다.

난감한 표정을 지으며 회의실을 빠져나가는 왕자들을 바라보던 주네티는 한숨이 절로 나왔다.

"뮤겔 단장, 좋은 의견이 나올 것 같소?"

"글쎄요? 제 생각을 말하라 하신다면 전 아니라 말씀드리고 싶습니다."

"휴우~ 나도 그럴 거라 생각을 하오."

"전하, 그것도 문제이지만 전 일전에 있었던 아쉬드 전하의 기습 공격을 조금은 심각하게 생각해 봐야 할 것 같습니다."

뜻하지 않은 타마룬의 말에 주네티는 영문을 모르겠다는 표정으로 그의 얼굴을 쳐다봤다.

"그게 무슨 말이오?"

"전하께서는 이상한 점을 느끼지 못하셨습니까?"

"답답하구려. 하고 싶은 말이 뭔지 어서 해보구려."

"당시 저희는 양쪽 성문과 성벽이 파괴되는 상당한 피해를 입었습니다. 만약 공성병기에 의한 공격이 조금만 더 지속되었다면 저희도 아쉬드 전하의 성이 당한 것처럼 상당한 피해를 입었을 것입니다. 그런데 왜 공격을 멈추고 물러간 것일까요? 전하께서는 그 점에 대해 생각해 보신 적이 있으십니까? 제가 생각할 때는……."

잠시 자신 앞에 놓여 있던 술잔을 들어 목을 축인 타마룬은 곧 말을 이었다.

"혹시 저들에게 우리가 모르는 전력이 있는 것은 아닐까 하는 생각이 듭니다. 숨겨진 그 전력을 믿기에 언제든 우리에게 큰 피해를 입히거나, 더 나아가 승리를 거둘 수 있기 때문에 자신들의 피해를 최소화시키기 위해 후퇴를 했다는 느낌을 지울 수 없습니다."

그런 사실은 주네티 역시 느끼고 있었다. 하지만 타마룬이 말한 숨겨진 전력이 무엇인지는 전혀 짐작되는 바가 없었다.

그 전력이 무엇인지 생각하면 할수록 머리만 아파왔지만 그것을 밝혀내지 못하는 한 자신들의 미래는 어두울 수밖에 없을 거란 생각이 머리 속을 떠나지 않았다.

"혹시 아쉬드 형 진영에 침투시킨 용병들은 없소?"

"몇 명이 있긴 합니다만 대부분 직책이 낮은 자들이라 전하께서 원하는 정보를 얻긴 힘드실 겁니다."

"무슨 수를 써서라도 그 숨겨진 전력이 무엇인지 채근해 알아내라 하시오."

"말씀대로 지시를 하긴 했지만 소득이 있을 것이란 희망을 걸진 마십시오."

"그리고 헤르난 형의 본거지를 알아내도록 하시오. 아마도 아쉬드 형 역시 가만히 있지 않을 것이오. 될 수 있으면 아쉬드 형과는 부딪치지 않도록 하시오. 내 짐작이 틀리지 않다면 지금쯤 아쉬드 형은 독이 오를 대로 올라 있을 거요."

"알겠습니다, 전하."

인사를 한 후 회의실에서 빠져나온 타마룬은 생각에 잠겨 복도를 걸었다.

그도 아쉬드가 숨겨놓은 전력이 무엇일까 생각해 보았다. 냉정하게 말해 풍부한 자금으로 용병을 고용하는 것 말고는 아쉬드가 할 줄 아는 것이 없다는 게 타마룬의 판단이었다.

그렇게 생각해 보면 그가 숨겨놓았을 전력에 직, 간접적으로 카멜이 관련되어 있을 거란 생각이 들었다. 카멜이 누구인가. 소드 마스터로 유명한 용병이기도 하지만 6클래스의 마법 실력을 가진 마법사가 아닌가?

아마도 숨겨놓은 전력이라는 것이 마법과 관련된 힘 같은데, 그것이 무엇인지 전혀 짐작되지 않는다는 것이 바로 문제였다.

가장 쉽게 생각할 수 있는 것이 바로 마법 물품을 사용하는 것이지만 그것을 전력이라고 믿기에는 꺼림칙한 뭔가가 있었다. 대체 카멜 녀석은 무엇을 숨기고 있는 것일까?

며칠째 계속된 찜찜함 때문에 좀처럼 표정 변화가 없었던 타마룬의 얼굴에도 희미한 짜증스러움이 자리잡고 있었다.

*   *   *

"대장님, 정찰조로 보이는 자들의 흔적을 찾았다는 보고가 들어왔습니다."

"정찰조의 규모는?"

"약 20여 명쯤 되어 보인다고 했습니다."

부하의 보고에 대장으로 불렸던 40대 후반의 용병은 하품과 동시에 머리를 긁적였다.

성을 출발한 지도 벌써 한 달이나 지났는데 처음 만난 적이 겨우 스무 명 남짓하다니……. 하품이 나오다 못해 짜증이 날 지경이었다.

자신이야 직접 싸울 일이 없으니 적이 나타나든 말든 신경 쓰지 않았지만 부하들은 연일 계속되는 정찰과 수색 때문에 극도로 신경이 날카로운 상태였다. 다시 말하자면 몸을 풀 수 있는 기회를 누구보다 간절하게 원했다.

자신이 데리고 있는 용병들은 자그마치 7백여 명이나 되는데, 나타난 적은 겨우 스무 명에 불과하니 어떻게 처리해야 좋을지 몰랐다.

"일단 주위를 포위하고 그들과 접촉하는 자들이 있는지 감시하라고 해라."

"알겠습니다."

*   *   *

2백여 명의 용병이 자신들을 포위했다는 사실을 까맣게 모르는 20여 명의 정찰조는 자연적으로 생긴 숲 사이의 공터에서 간단히 식사를 마친 후 휴식을 취하고 있었다.

"조장님, 이미 정해진 정찰 범위를 벗어난 것 같은데 이만 복귀하는 것이 어떻겠습니까?"

"복귀?"

반문하는 사내의 얼굴에는 못마땅한 기색이 역력했다.

정찰조를 자원해서 맡은 것은 전공을 세우기 위함이지, 이렇게 산책을 하듯 돌아다니기 위해서가 아니었다. 당연히 그의 대꾸도 짜증스러울 수밖에 없었다.

"앞으로 10킬로미터쯤 더 전진했다가 성으로 복귀한다."

"조장님, 그건 너무 위험합니다. 앞서 이 지역을 수색했던 다른 정찰조에서 적의 대규모 병력을 발견했다는 보고가 이미 몇 차례 있었습

니다."

"시끄럽다. 너희는 그냥 내가 하라는 대로만 하면 된다."

"하지만……."

"지휘는 내가 하고, 너희는 내 명령대로만 움직이면 된단 말이다."

"그래도 이 지역이 위험한 것은 사실……."

"지금 항명하는 것인가?"

사내가 벌떡 일어서며 내뱉은 말에 근처에 모여 있던 용병들의 표정이 거의 동시에 변했다.

"비록 귀하가 조장이라고는 하지만 부당한 명령은 따르지 않아도 된다는 용병계의 철칙마저 깰 생각이오?"

"명령에 불복한 자는 즉결 처분한다는 크리스토퍼 단장님의 말씀을 무시하는 것인가?"

냉랭한 사내의 말에 용병들 역시 자리를 박차고 일어나 사내와 대치 상태가 되었다.

사내와 용병들 사이에 팽팽한 긴장감이 흘렀고, 어느 한쪽도 물러설 기세가 조금도 보이지 않았다.

상황이 점점 심각하게 변하자 조장이라 불렸던 사내는 조금씩 켕겨오는 것을 느끼면서 곁눈질을 했지만, 어느 누구도 자신의 편에 서 주는 사람은 없었다.

"케니 조장, 내가 듣기로 귀하도 용병단의 단장으로 지냈다고 들었소. 그런데 왜 그렇게 무리한 명령을 내리는 거요? 혹시 전공이라도 쌓을 생각인 거요?"

한 용병의 말에 조장, 케니에 대한 적의가 더욱 커졌다.

그렇지 않아도 통상적인 정찰조의 정찰 범위를 훨씬 넘어선 것만으로도 조원들의 불만을 사고 있었는데, 그것이 케니의 개인적인 욕심 때문이라면 조원들이 그냥 참고 있을 리 만무했다.

"좋다. 이대로 성으로 복귀한다. 하지만 너희 행동은 분명히 단장님께 정식으로 보고하도록 하겠다."

"흥! 마음대로 해보쇼."

"제길, 정말 밥맛 떨어지게 만드는 인간이군."

"형이 부단장이라고 자기도 부단장인 줄 착각하는군."

"그러게나 말이야. 이러다 재수없게 적이라도 만나면 어쩌려고 여기까지 오느냐 말이야. 퉤!"

용병들은 저마다 불만을 터뜨리면서 성으로 복귀할 준비를 하기 시작했다.

조원들 대부분이 적게는 서너 번에서 많게는 열 번 이상 정찰이나 매복을 한 경험이 있기 때문에 이동 준비는 신속하게 끝마칠 수 있었다.

불만에 찬 케니의 지시에 따라 용병들이 막 걸음을 떼어놓았을 때였다.

"잠깐! 그 자리에서 꼼짝도 하지 마라."

우렁찬 음성과 함께 대머리 사내가 숲에서 모습을 드러냈다. 동시에 약 20여 명의 용병들이 각자의 무기를 움켜잡은 채 걸어나오고 있었다.

갑작스러운 사태에 용병들은 물론 케니 역시 깜짝 놀라 얼어붙은 듯그 자리에서 꼼짝도 못했다.

케니가 원했던 것은 자신이 위험하지 않은 범위 내에서 전공을 세우는 것이지, 생명을 바치면서까지 공을 세우고 싶은 마음은 전혀 없었다. 흥분한 가슴을 진정시키고 있을 때 대머리 용병이 입을 열었다.

"쥐새끼 같은 놈들, 또 무슨 얍삽한 짓을 하려고 여기서 얼쩡거리는 것이냐?"

대머리 용병의 말에 같이 모습을 드러낸 용병들도 살벌한 표정을 지었다.

재빨리 둘러본 케니는 나타난 자들이 이들뿐임을 깨닫고는 놀란 가슴을 겨우 진정시키며 무기를 뽑아 들었다.

"홍! 주둥아리만 산 놈이군. 우리의 흔적을 감추기 위해서라도 너희는 그만 죽어줘야겠다."

"가소로운 놈, 네놈들만으로 우리 모두를 죽일 수 있을 것 같으냐?"

대머리 용병의 말이 끝나자마자 정찰조의 뒤편에서 다시 20여 명의 용병들이 모습을 드러냈다.

적의 수가 갑자기 두 배 가까이 늘어나자 케니는 불안한 마음으로 주위를 둘러봤지만, 나타난 용병들을 제외한다면 별다른 기척은 느낄 수 없었다. 그러나 절대 안심할 수 없는 상황이라 일단 침을 삼키며 흥분된 가슴을 진정시켰다. 그리고는 뒤에 있던 조원들에게 자신의 뜻을 전달했다.

"저들의 수가 비록 우리보다 많기는 하지만 물리치지 못할 정도는 아니다. 그러나 주위에 얼마나 많은 적들이 더 매복하고 있을지 모르니 신속하게 이 자리를 벗어나 성으로 복귀한다. 각자의 성명은 스스로 알아서 챙기도록."

케니의 말에 용병들의 눈에는 분노의 빛이 역력했다.

자신들이 이런 처지가 된 게 누구 때문인데 이제 와서 각자 알아서 목숨을 챙기라고 한단 말인가? 하지만 이미 벌어진 상황이니 그들에게 별다른 도리가 있을 리 만무했다.

재빨리 눈빛을 교환한 용병들은 누가 먼저라고 할 것도 없이 아직 포위망이 형성되지 않은 듯 보이는 곳을 향해 달려갔다. 그런 용병들의 모습을 지켜보던 대머리 용병은 비릿한 미소를 지었다. 그뿐만이 아니라 뒤쪽에 서 있던 용병들 역시 가소롭다는 표정을 지으며 달아나는 용병들을 그저 바라보고만 있었다.

용병들이 숲 속으로 들어간 지 불과 서너 호흡도 하기 전 날카로운 금속음과 함께 비명 소리가 들려왔다. 그 소리에 케니는 어금니를 깨물어야만 했다.

아마도 숲 주위는 이미 완전히 포위된 것 같았다. 그렇다면 어떻게 할 것인가 빨리 결정을 내려야만 했다.

항복이냐? 아니면 자신의 운을 믿고 도주를 할 것인가?

자신이 항복을 한다 하더라도 저들이 자신을 살려줄지 의문이었고, 또한 무작정 도주를 한다는 것은 너무나 위험한 일이었다.

케니가 결정을 내리지 못하고 있을 때 여전히 비릿한 미소를 짓고 있던 대머리 용병이 입을 열었다.

"흐흐흐, 결정하셨나?"

상대의 말에 다시 한 번 주위를 둘러보던 케니의 눈은 절망의 빛으로 가득했다.

40여 명이던 적의 수가 어느새 100여 명으로 늘어나 있었다. 자신이 설사 소드 마스터, 아니, 그보다 더 뛰어난 검술 실력을 가진 존재라 하더라도 무사히 이 자리를 벗어나기는 절대 불가능했다.

판단이 내려지자 케니는 곧바로 행동으로 옮겼다. 그는 장검을 검집에 넣은 채 자신 앞에 던져 놓고는 항복의 표시로 양손을 들어 올렸다.

자신의 말에 케니가 너무나 쉽게 항복을 하자 대머리 용병은 어이가 없었다.

아무리 용병들이 주군에 대한 충성심이 떨어진다고는 하지만 그렇다고 자존심마저 없는 것은 아니었다. 더구나 지금처럼 순순히 상대에게 포로로 잡힌 사실은 승계 전쟁이 끝난 후에도 평생 동안 꼬리표처럼 따라다닐 것이다.

다시 말해 용병으로서 가장 치욕적인 과거가 되는 셈이다. 그럼에도 불구하고 순순히 항복을 하는 케니의 행동은 쉽게 이해할 수 없는 뭔가가 있었다.

케니의 무장을 완전히 해제시킨 대머리 용병은 상대가 누군지 너무나 궁금했다.

"네 이름은 뭐냐?"

대머리 사내의 질문에 케니가 막 입을 열려고 할 때였다.

"케니 샤겔스, 헤르난 왕자께서 거느리고 있는 용병단의 부단장인 제론 샤겔스의 동생이다. 바리타스 왕국의 블루 드래곤 용병단이란 허접한 용병단의 단장을 지내기도 했지만 살인미수 죄로 지금은 감방에 처박혀 있어야 할 놈이지. 그런데 어떻게 풀려난 거지?"

누군가 자신의 신상에 대해 훤히 알고 있어 깜짝 놀라 음성이 들린 곳으로 고개를 돌려보니, 그곳에는 우람한 체격을 가진 건장한 용병 하나가 자신을 바라보고 서 있었다.

"레이디 아샤?"

"킥킥킥! 대장의 그 우아한 별명을 함부로 부르다니……."

"후후후, 그러게나 말이야."

"하하하, 세상에서 제일 듣기 싫어하는 말을, 그것도 면전에 대놓고 하다니……."

"낄낄낄, 죽으려고 작정을 했구먼."

케니의 반문에, 제국과 바리타스 왕국 사이에 있던 숲에서 쟌 일행과 잠시 만난 적이 있던 스켈린 아샤의 얼굴이 치미는 분노를 참지 못해 눈 깜짝할 사이에 시뻘겋게 변했다.

"닥쳐!"

자신의 치욕적인 별명을, 그것도 부하들 앞에서 듣게 된 스켈린의 얼굴은 파이어 볼처럼 붉어졌다.

"너희 샤겔스 형제 놈들은 세 놈 가운데 단 한 놈도 마음에 드는 놈이 없어. 그렇지 않아도 언제 따끔한 맛을 한 번 보여주려고 했는데 마침 잘됐다. 네놈의 머리통을 예쁘게 잘라 네 형에게 보내주마."

으스스한 스켈린의 말에 케니는 전신에서 소름이 돋았다. 하필이면 재수없게 자신들 형제와 앙숙인 스켈린에게 걸릴 게 뭐란 말인가?

케니가 지독하게 운도 없는 자신의 운명을 원망하고 있을 때 숲에서 50여 명의 용병들이 걸어나왔다. 그런 그들의 손에는 선혈로 범벅이 된 무기가 걸려 있었다.

"어떻게 됐나?"

"도주하던 스물세 명의 용병들을 모두 처리했습니다."

"포로는?"

"반항이 너무 심해 어쩔 수 없었습니다."

태연한 표정으로 대답하는 용병의 얼굴을 쳐다보던 스켈린은 한숨이 절로 나왔다.

'그저 사람을 죽이는 것밖에 모르는 놈들! 그 단순한 성격 때문에 부려먹기는 쉽다만 정보 정도는 캐내고 죽이면 될 것을 다짜고짜 죽여 버리다니……. 휴우~'

한숨을 쉬던 스켈린의 뇌리에 케니가 제론의 동생이라는 사실이 스쳐 지나갔다.

솔직히 이 자리에서 케니를 죽여 버리고 없던 일로 할 수도 있지만 보는 눈도 많고, 또 자신들에게 도움이 될지도 모르는 정보를 가지고 있을 수도 있기에 일단은 치미는 살기를 참아야만 했다.

적어도 겉으로 보기엔 조금 전과 하나도 달라진 게 없는 스켈린이었다.

"흐흐흐, 어떻게 죽여줄까? 예쁘게 토막을 내줄까? 아니면 삶아줄까? 그것도 아니면 노릇노릇하게 구워줄까? 그 외에도 교수형도 있고, 익사, 압사 등등 많은 방법이 있다. 이런 방법이 마음에 들지 않는다면 나무에 거꾸로 매달아 머리에 상처를 내 온몸의 피를 모조리 뽑아내는 방법도 있다. 특별하게 원하는 방법이 있으면 어디 말해 봐라. 가능하면 네가 원하는 방법을 들어주도록 할 테니까 말이다. 흐흐흐."

모골이 송연한 스켈린의 말에 케니는 몸서리를 쳤다.

자신이 아까 왜 순순히 항복했는지 정말 스스로를 죽이고 싶은 생각 뿐이었다. 밧줄에 묶이고 있는 케니의 모습을 보던 스켈린은 부하들에 게 야영 준비를 하라 지시했다.

"오늘은 이곳에서 야영을 하도록 한다. 속히 야영 준비를 하도록 해 라."

스켈린의 명령에 주위에 있던 용병들은 신속하게 야영 준비를 하기 시작했는데 그중 몇몇은 스켈린이 케니를 어떻게 처리할지가 궁금한 듯 두 사람을 힐끔거리고 있었다.

뉘엿뉘엿 지고 있는 태양을 잠시 바라보던 스켈린은 포박되어 있는 케니에게 말을 건넸다.

"흐흐흐, 마지막으로 보는 태양일지 모르니 실컷 봐둬라. 그러면서 어떻게 죽을 것인지 생각해 두는 것이 좋을 거다."

"닥쳐라, 아샤. 너 같은 놈에게 포로로 잡혀 죽는 게 눈을 감지 못할 정도로 억울하기는 하지만 후회는 없다. 날 더 이상 모욕하지 말고 어 서 죽여라."

"흐흐흐, 네 형 제론에 비하면 애송이에 불과한 녀석이 감히 내 앞에 서 허세를 떨 생각이냐? 건방진 말을 하기 전에 떨리는 다리나 감추는 것이 어떠냐?"

스켈린의 말에 깜짝 놀란 케니가 고개를 숙여 보니 스켈린의 말처럼 언제부턴가 자신도 모르게 가늘게 다리를 떨고 있었다. 순간적으로 치 민 수치심 때문에 빨리 죽이라고 말하긴 했지만 사실 죽고 싶은 마음 은 눈곱만큼도 없었다.

시간이 지나면 멈출 것 같았던 떨림은 시간이 지날수록 오히려 더해

만 갔다.

그 모습을 비웃던 스켈린은 곧 누군가를 불렀다.

"페란, 성으로 연락을 넣어라."

"잠시만 기다리십시오."

바닥에 마법 통신진을 그린 후 수정구를 놓은 페란은 마법 통신의 스펠을 캐스팅했다.

[페란이구나. 그래, 무슨 일이냐?]

"스승님, 단장님께 보고 드릴 사항이 발생해 연락을 드렸습니다."

[그래? 단장님은 지금 이곳에 계시지 않는데 잠시만 기다려라. 내가 곧… 잠깐, 라일리 전하께서 직접 하실 말씀이 있다는구나.]

"옛? 저희 대장을 바꿔 드리겠습니다."

[아샤 대장인가?]

"그렇습니다, 라일리 전하."

[무슨 일인가?]

"이동하던 중 헤르난 전하의 정찰조와 가벼운 접촉이 있었습니다."

[그래? 결과는?]

"정찰조의 조원들은 모두 사살했고, 조장은 다행히도 생포할 수 있었습니다."

[겨우 그런 일 때문에 제이슨 단장을 찾았단 말인가?]

조금은 짜증스러운 표정을 짓는 라일리의 얼굴을 보고는 스켈린은 최대한 공손한 음성으로 대답했다.

"사로잡힌 조장이 헤르난 전하 진영의 부단장으로 있는 샤겔스 단장의 친동생인 케니 샤겔스이기에 연락을 드린 겁니다, 전하. 그리고 얼마 전 저희가 입수한 정보에 의하면 케니 샤겔스는 형인 제론 샤겔스의 부관으로 지내고 있었기 때문에 고급 정보를 상당히 알고 있을 것으로 예상됩니다. 그래서 케니 샤겔스의 처리에 대한 지시를 내려주셨으면 해 연락을 드렸습니다. 어떻게 하면 좋겠습니까?"

[그렇다면 아직 정보를 알아내지 못했단 말인가?]

"예, 만약 자세한 조사가 필요하다면 아무래도 본성에서 직접 취조하는 것이 좋지 않을까 해서 아직 조사는 시작하지 않았습니다."

[본성까지 끌고 올 필요도 없네. 필요한 정보를 알아낸 후 그 자리에서 그냥 처리해 버리게. 제이슨 단장한테는 내가 연락해 놓지. 그럼 수고하게.]

"알겠습니다, 라일리 전하."

"라, 라일리 전하! 드릴 말씀이 있습니다. 만약 저를 살려주신다면 전하의 진영에 투항해 전하를 위해 제 모든 것을 바치겠습니다. 그러니 전하, 저에게도 기회를 주십시오."

마법 통신이 끝났을지 모른다는 생각에 케니는 다급하게 고함에 가까운 큰 소리로 라일리를 불렀다.

"전하, 제 말을 들어주십시오. 헤르난 전하의 본거지를 가르쳐 드릴 수 있습니다. 또한 라일리 전하께서 원하시는 정보는 뭐든지 알려 드리겠습니다!"

마치 영원처럼 느껴지는 시간이었다.

[방금 한 말 책임질 수 있는가?]

"책임지겠습니다. 뭐든지 말씀하십시오. 전하께서 원하시는 정보는 그것이 무엇이든 전부 말씀드리겠습니다."

지금 케니에게 들리는 라일리의 음성은 사랑과 은혜의 신, 카르메스의 음성처럼 들렸다. 어떻게든 라일리의 마음을 되돌려야만 했다. 실낱같은 희망을 걸고 외친 자신의 말이 아마도 라일리의 마음을 바꾸게 만든 것 같았다.

그렇기에 라일리의 말을 기다리는 케니는 지금 정말 피가 바싹바싹 마르는 듯한 절박한 심정이었다.

[아샤 대장, 나머지는 그대가 알아서 처리한 후 나에게 보고하도록.]

"알겠습니다, 라일리 전하."

수정 구슬에서 빛이 사라졌다.

안도의 한숨을 내쉬는 케니의 모습을 바라보던 스켈린은 무슨 생각을 하는지 비릿한 미소를 지우지 않고 있었다.

테이블 위에 늘어놓은 음식은 보지도 않은 채 깍지를 끼고는 의자에 깊숙이 몸을 묻었다.

"어때? 생각은 해봤나?"

"휴우~ 무슨 정보를 원하시오?"

"정보라니? 그게 무슨 말이야?"

자신의 말에 눈을 동그랗게 뜨고 반문하는 스켈린의 태도에 케니는 갑자기 마음 한구석에서부터 생겨난 먹구름이 순식간에 커지는 것을 느꼈다.

"내가 말한 생각이란 어떻게 죽을 것인가 생각을 해봤느냔 말이다. 그런데 정보라니 그게 무슨 소리냐?"

"무, 무슨 소리를 하는 거요?! 조금 전 라일리 전하께서 원하는 정보를 내가 제공하겠다 했고, 전하께서도 허락하시지 않으셨소?"

"허락? 라일리 전하께서 언제 너를 살려두라고 하셨다는 거지? 나는 너를 잘 처리하고, 보고하란 말밖에는 들은 것이 없는데 말이야. 이봐, 자네. 전하께서 이 녀석을 살려두라는 말씀을 하신 것을 들었나?"

"천만에요. 그저 잘 처리하라는 말씀밖에는 기억나지 않습니다, 대장."

"나도 그렇게 들었는데 이 자식이 무슨 헛소리를 하는 거야? 헛소리 그만 하고 어떻게 죽을지나 빨리 결정해. 그래도 모르는 사이는 아니니 목만은 예쁘게 포장해서 네 형에게 곱게 보내주마."

비릿한 미소를 지으며 말하는 스켈린을 멍한 시선으로 쳐다보던 케니는 스켈린이 지금 무슨 소리를 하는 것인지 영문을 몰라 어리둥절한 표정을 지었다. 농담을 하는 것처럼 보이지도 않고, 그렇다고 자신을 죽일 것처럼 느껴지지도 않았다.

"대체… 대체 내게 원하는 것이 뭐요? 원하는 것이 뭔지 말해 보시오."

"헤르난 전하께서는 지금 어디 계시냐?"

"그건 나도 모르오."

"뭐?"

케니의 대답이 뜻밖이었기 때문일까?

스켈린의 전신에서 스산한 살기가 뿜어져 나오기 시작했다. 그 모습을 발견한 케니는 다급하게 다시 입을 열었다.

"거짓말을 하는 것이 아니오. 내가 설명을……."

"닥쳐라! 본거지를 모른다니……. 네놈이 나를 희롱하는 것이 아니라면 뭐냐?"

"잠시만 내 이야기를 들어주시오. 헤르난 전하가 고용하신 용병은 모두 합쳐 봐야 겨우 2만 명밖에 안 된단 말이오. 때문에 아쉬드 전하나 주네티 전하의 공격이라도 받게 된다면 심각한 타격을 입을 수밖에 없는 상황이란 말이오. 때문에 헤르난 전하는 부정기적으로 병력을 계속해서 이동시키고 있소."

"부정기적으로 병력을 이동시킨다? 그래서 그동안 헤르난 전하의 본진을 발견할 수 없었군 그래. 그렇다면 본진으로 복귀는 어떤 방법으로 하지?"

"일단 수색을 나갈 당시의 성으로 복귀를 하오. 그러면 그곳에서 기다리고 있던 용병이 우리를 이동한 성으로 안내를 하게 되오."

"만약 약속한 기간 내에 집결하지 못한다면?"

"2차 집결지가 있소. 그곳은 매복조가 항시 감시를 하는 곳이라 어떻게든 성으로 귀환할 수 있소. 그리고 일정 기간 안에 귀환하지 못하는 용병들은 적의 공격을 받아 사망한 것으로 판단하게 되오."

케니는 묻지 않은 부분까지 설명해 주었다.

"얼마 전 아쉬드 전하의 성을 공격했을 때 무슨 방법을 사용했기에 그렇게 조용하게 이동할 수 있었지?"

"그보다… 이 줄이나 풀고 이야기를 하면 안 되겠소?"

희미한 미소를 지으며 입을 여는 케니의 태도에 스켈론은 다시 비릿한 웃음을 지었다.

"아직 네 녀석의 목숨은 내 손아귀에 있다는 사실을 잊지 않았으면 좋겠군. 그리고 묻는 말에나 순순히 대답하는 것이 조금이라도 더 목숨을 연장하는 길임을 명심해라."

비록 웃음을 띤 얼굴이었지만 케니에게는 가슴 떨리도록 살벌한 말이 아닐 수 없었다.

"우리가 별다른 저항 없이 아쉬드 전하의 성까지 갈 수 있었던 것은 마법사들의 도움이 있었기 때문이오."

"마법사?"

"그렇소. 헤르난 전하께서 데리고 오신 자들인데, 대체 어디에서 그렇게 많은 마법사들을 데려올 수 있었는지 아는 사람은 수뇌부 몇 명뿐이오."

"마법사들의 수가 그렇게 많단 말인가?"

"약 100명 정도 되는데 모두 상당한 수준의 마법사들인 것으로 알고 있소."

케니는 목숨을 구하기 위해 기밀이라 할 수 있는 수준의 정보를 조금의 죄책감도 없이 털어놓았다. 케니의 말을 부관에게 메모하도록 시킨 스켈린은 자신이 궁금하게 생각했던 것을 질문했고, 그때마다 케니는 자신이 아는 범위 내에서 최대한 자세하게 설명했다.

"그리고 저번에 보니 공성병기를 조립해서 공격하더군. 그건 누구 아이디어인가?"

"쟌 가이야 부단장이 헤르난 전하에게 강력하게 건의해서 트레뷰세를 분해, 조립하는 훈련을 상당 기간 했다 알고 있소."

"쟌 가이야 부단장? 쟌 가이야라면 근위 기사단의 무술 마스터로 내정되었다는 자를 말하는 것인가?"

"그렇소. 게다가 판클라치온 대회에서 너클 마스터가 된 올리비에

렌죠라는 자의 스승이기도 하오."

"흐음~"

침음성을 토해내던 스켈린은 문득 일반적인 상식을 파괴한 쟌 가이야라는 사내에 대해 호기심이 생겼다.

"그에 대해 자세하게 말해 봐라."

스켈린의 말에 케니는 대체 쟌의 무엇이 적에게까지 관심을 끌게 만드는 것인지 도무지 알 수가 없었다. 쟌에게 지독한 적개심과 질투를 느꼈지만 지금 중요한 것은 자신의 목숨을 구하는 일이기에 일단은 그에 대해 설명을 해주었다.

"그러니까 그가 용병들을 훈련시키고, 본거지를 자주 옮기도록 만든 주인공이란 말인가? 게다가 헤르난 전하께 군자금까지 조달해 준 인물이란 말이지?"

"그렇소. 그가 어디에서, 또 어떤 방법으로 막대한 군자금을 끌어들였는지는 모르지만, 거의 1억 코렌에 이르는 엄청난 군자금을 조달했소."

"지, 지금 1억 코렌이라고 했느냐?"

"그렇소."

너무나 엄청난 금액에 스켈린은 벌린 입을 다물 수 없었다.

1억 코렌이라면 아쉬드가 동원한 군자금과 비교해도 별 차이가 없을 정도로 엄청난 금액이었다. 대체 어디에서 그렇게 엄청난 군자금을 동원할 수 있단 말인가?

혼란해진 머리를 흔들어 정신을 가다듬은 스켈린은 어떻게 하든 이 사실을 아쉬드를 비롯한 수뇌부에 빨리 알려야겠다고 생각했다.

"더구나 아쉬드 전하가 주네티 전하를 공격하기 위해 성을 떠나셨을 때 기습을 해야 한다고 주장한 사람도 바로 그 쟌 가이야요."

"그러니까 네 녀석의 말은 그 쟌 가이야란 사내만 어떻게 처리한다면 헤르난 전하께 막대한 전력 손실을 입힐 수도 있다는 말이냐?"

"그렇소. 쟌 가이야만 헤르난 전하 곁에 없다면 헤르난 전하는 절대 아쉬드 전하의 상대가 될 수 없다는 것이 내 생각이오."

"누가 네 녀석의 생각을 물어보았느냐? 흐흐흐, 그렇단 말이지. 부관, 메모는 잘했겠지?"

"물론입니다, 대장."

"우리 중에 누구의 걸음이 가장 빠른가?"

"아마 게링 녀석 걸음이 제일 빠를 겁니다."

"대기시켜 놓도록. 그리고 자넨 메모한 것을 보고서로 다시 꾸며주게."

"알겠습니다, 대장."

부관이 물러가자 스켈린은 느긋하게 의자에 몸을 묻으며 케니를 쳐다봤다.

"왜 이렇게 순순히 정보를 털어놓은 것이지? 원하는 것이 있나?"

"물론이오. 날 살려주시오. 만약 나를 살려준다면 그대들이 쟌 가이야를 처치하는 일을 돕겠소. 내 말을 믿어주시오."

뜻하지 않은 케니의 말에 스켈린의 얼굴에 의외라는 표정이 떠올랐다.

"쟌 가이야를 처치하는 일을 돕겠다고? 내가 네 녀석의 말을 믿을 것 같으냐?"

"정말이오. 내 말을 믿어주시오."

"내가 네 녀석을 살려준다고 치자. 그렇다고 네 녀석이 왜 쟌 가이 야를 처치하는 것을 돕는다는 것이냐?"

"내가 이런 제의를 한 것은……. 그 자식에게 씻을 수 없는 원한이 있기 때문이오."

"원한이라……."

눈을 지그시 감은 스켈린은 쟌이 케니에게 대체 무슨 짓을 했기에 자신의 형까지 몸담고 있는 헤르난의 전력에 치명적인 1급 정보를 제공하는 것인지 생각해 보았다. 하지만 쟌 정도의 능력이 있는 자가 겨우 케니 같은 녀석에게 아무런 이유 없이 해코지했을 리 없을 거라는 생각밖에 들지 않았다.

스켈린이 좀처럼 입을 열지 않자 조바심을 느낀 케니는 자신과 쟌 사이에 있었던 일을 설명했다. 적당히 각색을 하고, 또 살을 붙여서 말이다.

스켈린은 케니의 말을 듣는 순간, 그가 거짓말을 하고 있다는 것을 눈치 챘지만 아무 말도 하지 않았다.

"호오~ 그러니까 네 말은 정작 사건을 일으킨 사람은 쟌 가이야란 자인데, 그것이 발각되자 파렴치하게도 너에게 모든 죄를 덮어씌워 버렸단 말이냐?"

"그렇소. 당시 나는 그 자식의 누명을 쓰고 억울하게 감옥에 갇혔었소. 다행히 형님이 손을 써줘서 이렇게 나올 수 있었지만 그 자식한테 복수를 하지 않고는 억울해서 도저히 견딜 수 없을 정도요."

"그런 나쁜 놈을 봤나! 꽤나 억울했겠군."

스켈린이 자신을 동정하는 말을 하자 케니는 안도의 한숨을 쉬며 '쟌 욕하기'에 열을 올렸다.

"내 억울함이야 어떻게 말로 다할 수 있겠소? 내가 이런 제의를 한 것도 작게는 그 자식을 어떻게든 혼내주고 싶은 마음에서 시작한 것이 지만, 크게는 눈엣가시 같은 그놈을 처치해 아쉐드 전하께서 대업을 이루시는 데 커다란 도움이 될 것 같아서 하는 말이오."

상인 밑에서 용병 생활을 한 탓인지는 모르지만 그 매끄러운 혀만큼은 인정을 해주어야 할 것 같았다.

자신의 복수심 때문에 꺼낸 말이 결국은 아쉐드가 황제가 되는데 걸림돌이 되기 때문에 없애야 한다는 말로 결론을 맺었다. 만약 중간부터 들은 사람이 있다면 케니가 아쉐드 측 용병이라 생각할 정도였다.

"그래, 네 말대로 쟌 가이야란 자를 무사히 처치했다고 치자. 뭔가 네가 원하는 것이 있을 것 같은데……. 그게 뭐지?"

그 말에서 상대가 자신을 죽이지 않을 것이란 판단을 내린 케니는 자신의 진심을 몰라주는 상대가 원망스럽다는 표정을 지으며 입을 열었다.

"정말 나는 원하는 것이 없소. 그 쟌이란 놈만 혼내줄 수 있다면 내 영혼마저……."

"왜 말꼬리를 흐리는 거지? 드디어 원하는 것이 생각났나?"

"이런 말을 하는 것이 염치없기는 하지만 만약 쟌이란 놈을 죽인다면… 그놈의 마누라를 내 노예로 주시오."

"쟌 가이야의 아내를 노예로 달라?"

게슴츠레 눈을 뜬 스켈린의 시선을 피하며 대답했다.

"그놈에게 당했던 것을 그놈의 마누라에게라도 대신 풀어야만 이 울분이 조금이라도 풀릴 것 같소."

'쓰레기 같은 놈. 쟌 가이야의 아내가 제법 인물이 반반한 모양이군.'

스켈린은 치미는 욕설을 억누르며 천천히 몸을 일으켜 세웠다.

"이제 중요한 문제만 남았군. 쟌 가이야를 어떻게 함정으로 유인할 거지?"

상대의 질문에 케니는 침을 꿀꺽 삼켰다.

어떻게 대답을 하느냐에 따라 자신이 무사히 이 자리에서 벗어날 수 있느냐가 결정되기에 저절로 긴장이 되었다.

"성으로 복귀를 하면, 나는 아쉬드 전하 정찰조의 공격을 받아 매복조 가운데 일부는 사망했고, 나머지는 포로로 잡혔다고 할거요. 그들에게 포로로 잡혔다가 경계가 허술한 틈을 타 탈출을 했다고 보고할 거요. 정찰조의 규모는 스물에서 서른 명 정도인데 많은 수의 정찰조가 헤르난 전하의 본거지를 알기 위해 이 지역을 샅샅이 뒤지고 있다는 보고를 하는 거요."

"그런 보고에 쟌 가이야가 움직일까?"

"내 예상이 틀리지 않는다면 포로를 구출하고 아쉬드 전하의 정찰조를 적당히 제거하기 위해, 틀림없이 쟌 가이야란 놈이 움직일 거요."

"그렇게 생각하는 이유는?"

"첫째, 크리스토퍼 단장은 전체 용병들을 통솔해야 하기 때문에 움직일 수 없고 둘째, 그 밑에 있는 세 부단장 가운데 그놈의 실력이 가장 뛰어나기 때문이고 셋째, 그놈은 특이하게도 소수로 움직이는 것을 좋아하기 때문이오.”

“소수로 움직이는 것을 좋아한다? 확실한가?”

“그렇소이다. 내가 알기로 그놈이 수색에 참가한 것이 꽤 여러 번이었지만 어느 순간에도 결코 열 명을 넘은 적이 없었다고 들었소. 내가 극심한 부상을 입은 채 성으로 복귀해 정찰조의 기습을 받은 곳이 이곳이라 한다면, 그놈은 틀림없이 정확한 정보를 얻기 위해 이 지역으로 올 것이 분명하오. 그때 그놈을 기습한다면 충분히 처치할 수 있을 것이오.”

“흐음~”

나름대로 생각을 해보던 스켈린은 마지막으로 확인하듯 다시 질문했다.

“너를 풀어줬을 때 네가 약속을 지킨다고 우리가 어떻게 믿을 수 있지?”

“답답하구려. 어떻게 하면 내 말을 믿겠소? 돌아가신 우리 부모님의 이름이라도 걸고 맹세를 해야만 믿을 수 있겠소?”

케니는 종잡을 수 없는 스켈린의 태도 때문에 정말 눈물이라도 쏟고 싶은 심정이었다.

“대장, 부름을 받고 왔습니다.”

갑자기 들린 음성에 스켈린과 케니의 시선이 동시에 옆으로 향했다. 그들의 눈길이 머문 곳에는 훤칠하게 큰 사람이, 아니, 엘프 한 명이 서 있었다.

진한 녹색의 긴 머릿결을 가진 엘프는 조금 전 들었던 부드러운 음성과는 달리 꽤나 무표정한 얼굴을 하고 있었다. 180은 훨씬 넘을 것 같은 키에 슬림한 체격이라 바람만 불어도 날아갈 것처럼 보였다.

롱 보우를 어깨에 둘러맨 채 라이트 레더에 평범한 롱 소드를 들고 있는 게링의 모습은 용병이라기보다는 음유시인에 더 가까워 보였다. 그것도 환상적인 아름다움을 지닌 엘프 음유시인 말이다.

스켈린은 부관이 건네준 봉투를 다시 게링에게 내밀었다.

"이 편지를 제이슨 단장님이나 라일리 전하께 전달하고 어떻게 처리하는 것이 좋을지 지시를 내려달라고 부탁드리게."

"그렇게만 전하면 됩니까?"

"그렇네."

"알겠습니다. 그럼 전 이만 출발하겠습니다."

"부탁하겠네."

가볍게 고개를 숙인 게링은 곧 빠르게 어둠 속으로 사라졌다. 고개를 비틀어 목 근육을 푼 스켈린은 부관에게 지시를 내렸다.

"일단 단장님의 지시가 있을 때까지 저 녀석을 가둬두도록 하게. 아마 아침쯤이면 단장님께 연락이 올 것이네."

"알겠습니다, 대장."

지시를 받은 부관은 곧 주위에 있던 용병들에게 명령을 내려 케니를 끌고 가도록 했다.

"이런, 음식이 다 식어버렸군."

"다시 데워오도록 시킬까요?"

"아니네. 그보다 가져온 술 가운데 남은 것이 있나?"

"예, 하지만 한 병밖에 남지 않았습니다."

"쩝, 그런가? 할 수 없지. 가져오도록 하고 자네도 같이 한잔하세."

"아닙니다."

"같이 한잔하자니까. 어쩌면 같이 마실 수 있는 것도 오늘이 마지막 인지 모르니까."

스켈린의 말에 잠시 의아한 표정을 짓던 부관은 곧 고개를 끄덕였다.

새벽이 되어서야 잠이 들었던 케니는 누군가가 거칠게 자신을 흔들어 깨우기에 눈을 떠야 했다.

"누, 누구?"

"일어나. 단장님께서 오셨다."

그 말에 정신을 차린 케니는 자신이 묶였다는 것을 잊고 재빨리 일어나려다 앞으로 고꾸라질 뻔했다. 케니의 뒷덜미를 잡아 일으켜 세운 스켈린의 부관은 거칠게 앞으로 케니의 몸을 밀었다.

정신없이 내몰리던 케니는 곧 흡사 가면을 쓴 것처럼 무표정한 표정을 짓고 있던 사내 앞으로 끌려갔다.

"이자가 샤겔스 부단장의 동생이란 잔가?"

"그렇습니다, 단장님."

"배신을 할지도 모른다고……."

"예, 때문에 단장님께서 도움을 주십사 하는 뜻에서 보고를 드린 겁니다."

스켈린의 말에 잠시 케니를 바라보던 카멜은 역시나 무표정한 얼굴로 품에서 작은 수정 하나를 꺼내 들었다.

"이자를 꿇어 앉혀라."

퍽!

카멜의 말을 기다렸다는 듯이 뒤에 서 있던 부관이 케니의 종아리를 걷어찼다. 맥없이 무릎을 꿇은 케니의 머리를 움켜잡은 카멜은 수정 조각을 그의 이마에 대고 나직하게 룬어를 캐스팅하기 시작했다.

"일으켜 세워라."

카멜의 말에 스켈린은 그의 멱살을 잡고 단번에 일으켰다.

자신에게 무슨 일이 생긴지 몰라 어리둥절해 있는 케니에게 카멜이 설명해 주었다.

"너의 머리 속에 배신을 방지하는 수정 조각을 집어넣었다. 만약 네가 배신을 하려고 마음을 먹는다면 그 순간 수정 조각은 폭발하게 될 것이다. 이는 6클래스의 마법사인 내가 개발한 마법으로 만약 다른 자가 그 수정을 제거하려 하면 역시 그 순간에도 폭발하게 될 것이다."

"제, 제이슨님……."

"그러나 네가 충실히 약속을 이행한다면 승계 전쟁 후에 수정 조각을 제거해 줌은 물론 네 소원인 쟌 가이야의 아내를 너에게 노예로 주도록 하겠다. 내 말을 똑똑히 명심하는 것이 좋을 거다."

"물론입니다, 제이슨님."

"아샤 대장, 그만 풀어주게."

"알겠습니다."

대거를 꺼내 케니를 묶고 있던 줄을 끊고는 팔을 움켜잡고 나직하게 알을 꺼냈다.

"허튼 수작할 생각 말고 조용히 따라와라."

드디어 살았구나, 하는 생각에 케니는 순순히 스켈린이 이끄는 대로 발걸음을 떼었다. 스켈린은 야영지 밖으로 나서자 갑자기 인상을 서늘하게 굳혔다.

"그런데 좀 이상하지 않을까?"

"이상하다니? 뭐가 말이오?"

"포로로 잡혔다가 탈출했다는 사람이 이렇게 멀쩡하다는 것 말이야. 누가 봐도 이상하게 생각할 거야."

"성으로 들어가기 전 적당한 상처를 낼 생각이오."

"그래? 성까지 얼마나 걸릴 것 같은가?"

"4, 5일 정도 걸릴 거요."

"그렇다면……."

"큭!"

케니는 짧은 신음을 토하고는 고개를 숙여 자신의 배를 쳐다보았다. 왼쪽 갈비뼈 바로 아래에 대거가 거의 손잡이까지 박혀 있었다.

"왜?"

"어설프게 네가 상처를 내는 것보다는 내가 상처를 만들어주는 것이 더 나을 것 같아서. 그만 가봐라."

"크윽……."

"아마 뽑지 않는 것이 좋을 거다. 비록 장기는 상하지 않았지만 함부로 뽑았다간 출혈 과다로 죽을 수도 있거든. 살고 싶으면 허튼 수작 말고 그대로 성으로 복귀해라."

"이, 이 은혜는… 잊지 않고…… 갚아주겠소."

"얼마든지."

옆구리를 움켜잡은 케니가 비틀거리는 걸음으로 멀어져 가는 모습을 비웃음을 지으며 바라보던 스켈린은 그의 모습이 사라지자 미련없이 돌아섰다.

59장
점검

휘이잉~

옷깃을 스치고 지나가는 바람이 유난히도 차게 느껴져 자신도 모르게 옷깃을 여미게 되는 계절이다.

10월 말임에도 성 주위는 온통 순백의 눈으로 덮여 있었다.

활활 타오르는 벽난로가 실내의 공기를 훈훈하게 만들고 있을 때 하나의 테이블에서 각기 다른 일을 하고 있는 두 사람이 있었다.

무엇인가를 열심히 적고 있는 쟌과 한 잔의 차를 마시면서 그런 쟌을 바라보고 있는 셀.

부드러운 미소를 짓고 있던 셀은 필기하는 데 여념이 없는 쟌에게 물었다.

"쟌, 벌써 며칠째 필기만 하고 있던데, 무엇을 그렇게 열심히 쓰고 있는 건가요?"

"어? 이거?"

"그래요."

"별거 아니야."

대답을 하는 쟌의 얼굴에는 왠지 어색함이 어려 있었다.

쟌에게서는 좀처럼 찾아볼 수 없는 표정이기에 셀은 호기심이 생겼다.

"쟌이 그렇게 말하니 더 궁금해요. 비밀이 아니라면 가르쳐 주지 않을래요?"

"진짜 별것 아니야. 그냥 그동안 내가 익혀왔던 비격을 체계적으로 정리해 보려고 적고 있었던 거야. 조나단이나 엘튼, 올리비에 녀석들을 가르치지 않았으면 모르지만 이미 가르친 이상 누군가에게 그 녀석들이 당하는 꼴은 도저히 볼 수 없을 것 같아."

"그럼 그들에게 줄 책을 만들고 있는 거예요?"

"책이라니? 그렇게 거창한 것이 아니라니까."

손사래까지 치며 고개를 젓는 쟌의 행동에 셀은 그저 미소를 지을 뿐이었다.

비록 쟌은 아니라고 말하지만 때로는 곁에 있는 자신마저 잊을 정도로 집중하고 있었다. 일찍이 본 적이 없는 모습이었다. 설명이 필요한 곳에는 그림과 작은 글씨로 빽빽하게 설명해 놓는 등, 여간 신경 쓰는 것이 아니었다. 더구나 글을 쓰기 시작한 것도 이미 열흘 정도가 지났는데, 아직도 쓸 것이 많은지 쟌은 멈출 생각을 하지 않았다. 또 그가 쓴 것만 해도 벌써 백 장이 넘었다.

"제가 잠깐 봐도 될까요?"

"물론이야. 하지만 내가 워낙 글씨를 못 써서 아마 알아보기 힘들 거야."

쟌의 말에 미소를 짓던 셸은 앞장부터 읽기 시작했고, 그런 셸의 모습을 잠시 바라보던 쟌은 곧 다시 쓰기 시작했다.

실내에서 들리는 소리라고는 장작이 타며 내는 소리와 쟌이 글을 쓰는 소리, 그리고 셸이 종이를 넘기는 소리뿐이었다.

얼마나 시간이 지났을까?

저녁놀이 온 세상을 붉게 물들였다.

쟌이 필기해 놓은 곳까지 읽은 셸의 얼굴에는 감탄의 기색이 뚜렷하게 떠올랐다.

지금껏 이렇게 체계적이고 독특한 무술 지침서는 한 번도 본 적이 없었다. 가장 앞쪽에는 호흡을 통한 마나 축적법과 기본적인 체력을 키울 수 있는 각종 자세에 대해 자세한 설명이 적혀 있었다.

그 다음에는 각종 무기술에 대한 특징과 설명이 짧지만 자세히 적혀 있고, 축적한 마나를 효과적으로 활용하는 방법이 가장 많은 부분을 차지하고 있었다. 단순히 손발을 이렇게 저렇게 움직이라는 것이 아니라 인체가 지닌 힘의 한계를 넘어서는 길을 제시하고 있었다.

일반적인 무술 지침서는 거의 모두 검을 움직이는 방법만을 기록해 놓은 것이기에, 그 방법을 모두 익힌 다음부터는 반복해서 검술을 수련함으로써 소드 마스터의 수준에 도달하게 되는 것이다. 하지만 쟌의 무술 지침서는 검술과 마나 축적을 동시에 진행하기 때문에 이전의 어떤 무술 지침서보다 훨씬 짧은 시간 안에 소드 마스터가 될 수 있는 방법을 제시하고 있는 것이다.

그 내용 속에는 이미지 트레이닝을 하는 방법과 정신 통일을 하는 법, 그리고 혹독한 체력 훈련을 체계적으로 하는 방법도 들어 있었다.

"아직도 추가해야 할 내용이 많은가요?"

"아니, 거의 다 정리했어. 그런데 볼 만했어?"

"볼 만한 정도가 아니었어요. 정말 놀라운 내용이었어요. 그런데 내가 본 내용이 맞는지 모르겠어요."

"뭐가?"

"쟌이 쓴 무술 지침서에 따르면 어릴 때부터 무술 지침서대로 무술을 익혀야만 어린 나이에 소드 마스터가 될 수 있다고 적혀 있는데, 그렇다면 나이가 좀 든 사람은 소드 마스터가 될 수 없는 건가요?"

"아니, 그렇지 않아. 나한테 배운 세 기사 녀석 있잖아. 그 녀석들도 각자 나름대로 훈련을 쌓아 몸 안에 마나를 축적하고 있었어. 다만 효율적인 활용 방법을 몰라 지금의 단계에 머물고 있는 거야. 하지만 지금은 그 방법을 알았으니 곧 소드 마스터가 될 수 있겠지. 다시 말하면 어린아이는 모든 것을 쉽게 받아들일 수 있지만 나이가 들면 고칠 수 없는 버릇 같은 것이 생겨 무술을 익히더라도 마스터가 되기는 하늘에서 별을 따기보다 더 힘들어."

쟌의 설명에 셀은 잘 이해가 되지 않는지 고개를 갸웃거렸다. 그 모습을 본 쟌은 엷은 미소를 지었다.

"이해가 잘 안 돼?"

"물론 쟌이 익힌 방법과 같지는 않지만 어렸을 때부터 지속적으로 훈련을 한 기사들 가운데에는 드물지만 소드 마스터가 된 사람도 있어요. 그럼 그 사람들은 잘못된 방법으로 훈련을 했다는 말인가요?"

"잘못되었다고는 하지 않았어. 다만 효율적인 방법이 아니란 거지. 아마 이곳의 소드 마스터들은 자신이 어떻게 소드 마스터가 되는지 정확하게 아는 사람이 없을걸. 대부분 우연한 기회에, 또 어떻게 하다 보니 자신이 소드 마스터의 경지에 올랐을 거야. 내가 쓴 이 지침서대로 훈련을 하게 된다면 짧게는 1년, 아무리 재질이 안 따라줘도 5년 안에 마나를 느끼고 또 마나를 자신이 마음먹은 대로 통제할 수 있게 될 거야."

"그렇다면 쟌이 생각하기에 소드 마스터라 부를 수 있을 정도의 수준에 이르려면 얼마나 훈련을 해야 하나요?"

"소드 마스터? 최소 15년 이상은 걸리지 않을까? 물론 검술에 소질이 있는 사람이 충실하게 훈련을 한다는 조건이 있기는 하지만 말이야."

쟌의 말에 셸은 할 말을 잃었다.

시멘루이나 대륙 전체에는 서너 개의 제국과 20여 개의 왕국이 존재한다. 그리고 그 제국과 왕국에는 소드 마스터가 존재한다. 하지만 그 수는 20명이 채 되지 않는데다가, 소드 마스터라 불리는 사람들은 모두 최소 40대 후반인 자들이 대부분이다. 그런데 겨우 15년 만에, 검술을 익힌 자들이 꿈에서도 그린다는 소드 마스터가 될 수 있다니……. 놀라지 않을 수가 없었다.

만약 한 왕국에서 20여 명의 소드 마스터가 나온다면 제아무리 병력이 많다 하더라도 상대의 군수뇌부를 괴멸시키는 것은 그야말로 어린

애의 팔목을 비트는 것만큼 간단한 일일 것이다. 단순히 군수뇌부뿐만이 아니라 수도에 잠입해 왕족이나 황족 전체를 몰살시키는 것도 충분히 가능한 일이었다.

소드 마스터가 된다는 것. 그것은 개인에게도 영광이겠지만 그가 속한 국가에도 막대한 전력이 되는 것이다. 그런데 그런 소드 마스터가—물론 소질이 있어야 한다는 가정 하에 하는 말이지만—훈련을 통해 무한히 양산될 수 있다면 이것은 대륙의 판도를 바꿀 만한 대단한 사건이 아닐 수 없다.

물론 셸이 놀라는 이유를 모르는 것은 아니지만 그렇다고 그녀의 생각이 잘못되었다고 지적하고 싶지도 않았다. 소드 마스터에 대한 개념이 자신과 달라도 너무나 달랐기에 별달리 할 말도 없었기 때문이다.

만약 이들의 검술이 발전에 발전을 거듭한다면, 미래에는 소드 마스터란 자들이 길을 걸으면 발에 차일 만큼 흔해질지도 모른다. 물론 그때가 되면 소드 마스터에 대한 새로운 정의(精義)가 내려지겠지만, 아마도 그때쯤이면 자신의 제자들—조나단, 엘튼, 올리비에—의 제자들도 더욱 발전할 것이라 생각하니 제자들의 장래에 대해 그리 큰 걱정이 되지는 않았다.

"쟌, 당신이라는 사람은 알면 알수록 정말 주위 사람들을 놀라게 만드는 사람 같아요."

"그렇지 않아. 만약 엘프에게 인간이 모르는 방법이 있어 인간보다 훨씬 빠르게 마법을 익힐 수 있다면, 그걸 모르는 인간은 엘프를 부러워하다가 어떻게든 그 방법을 알아내려고 할 거야. 내 경우가 바로 그래. 내가 살던 세계의 무술을 익히는 방법이 더 체계적이고 효과적이었기 때문에 사람들이 날 보고 놀라는 거야. 이들도 나처럼 어렸을 때부터 훈련을 했다면 나만큼, 아니, 어쩌면 나보다 더 높은 수준의 무술을 익혔을지도 모르는 일이지."

쟌의 말에 셀은 그저 빙그레 미소 지을 뿐이었다.

말을 마친 쟌은 근육이 뻐근한지 목 근육을 몇 번 움직이더니 자리에서 일어나 가볍게 몸을 움직이기 시작했다. 하지만 마음에 들지 않는지 곧 인상을 썼다.

"제길, 겨우 며칠 글만 썼다고 벌써 몸이 굳어졌나? 셀, 답답한데 같이 바람 쐬러 가지 않을래?"

"그렇게 해요, 쟌."

"그대로 나가려고?"

"예? 쟌, 벌써 잊었나요? 엘프는 계절의 영향을 거의 받지 않아요."

"하지만 셀은 하프 엘프잖아. 그래서……."

"하프 엘프도 엘프예요. 더구나 각성을 하고 난 후에는 계절의 변화를 느낄 수는 있지만 인간만큼 절실하게 더위나 추위를 느끼지는 않아요."

"그렇다면 다행이고. 그럼 나가실까요, 부인?"

"가이아님께서 원하신다면 기꺼이 따르겠어요."

얼마나 자주 이렇게 닭살스러운 행동을 했는지 이제는 손발이 척척 맞는 수준에 이르렀다.

어제 내린 눈 때문에 모두 자신의 숙소에서 쉬고 있을 거란 쟌의 예상과는 달리 용병 대부분이 연병장의 눈을 치우고는 저마다의 훈련에 여념이 없었다. 자신들 곁으로 쟌과 셀이 지나가는 것을 알고나 있는 것인지, 혼자 무기를 휘두르거나 아니면 서너 명씩 편을 갈라 혼전을 가상한 훈련을 하고 있었다.

훈련을 하고 있는 용병들 사이에는 올리비에와 세 기사도 포함되어 있었다. 그동안 진전이 있었는지 올리비에는 가볍게 모닝스타와 스콜피온 테일을 휘두르고 있었고, 세 기사는 가부좌를 튼 채 단전호흡에 집중하고 있었다.

"오랜만에 저 녀석들과 대련이라도 해볼까?"

올리비에 쪽을 바라보던 쟌은 갑자기 장난기 가득한 미소를 짓더니 한쪽에 쌓여 있던 눈을 뭉쳐 몇 개의 눈덩이를 만들기 시작했다. 그리고는 올리비에 등이 있는 곳을 향해 힘껏 집어 던졌다.

나름대로 훈련에 몰두하고 있던 올리비에는 갑작스레 뒤쪽에서 느껴지는 위기감에 황급히 옆으로 물러섰다. 하지만 반응이 약간 늦어 눈덩이가 어깨를 스치고 말았다.

"헉!"

올리비에는 그래도 움직이고 있었기 때문에 피하기 쉬웠지만 눈을 감은 채 가부좌를 틀고 있던 세 사람은 그야말로 혼이 달아날 만큼 깜짝 놀랐다.

"누가 감히?!"

얼굴이 벌겋게 변할 정도로 화를 내던 세 사람은 눈덩이를 던졌다 받았다 하며 짓궂은 표정을 짓고 있는 쟌의 모습을 발견하고는 어색한 표정을 지었다.

"마, 마스터, 어쩐 일이십니까?"

"오래간만에 대련이라도 한번 해볼까?"

쟌의 말에 올리비에를 비롯한 네 사람은 눈빛을 반짝였다.

이미 어느 정도 레벨에 올라선 그들이기에 일반 용병이나 기사들은 그들의 대련 상대가 될 수 없었다. 대련 상대는 오직 서로뿐. 하지만 부상의 우려 때문에 함부로 대련조차 할 수 없었다.

쟌에게 대련 상대를 부탁하고 싶었지만 요즘 그의 얼굴을 보기 힘들기도 했고, 또 괜히 그의 심기를 불편하게 했을 때 돌아올 보복(?)도 두려웠기에 함부로 부탁할 수도 없었다. 그런데 쟌이 먼저 제의를 해주니 그들에게 그 말이 얼마나 반가웠겠는가?

"마스터, 정말이십니까?"

"이것들! 스승이 하는 말은 팥으로 메주를 쑨다고 해도 믿어야지, 어디서 감히 의심을 하는 거야?"

쟌의 말에 네 사람은 찔끔해하면서도 쟌이 말한 '메주'라는 것이 무엇인지 궁금해했다.

"빨리 가서 목검이나 가지고 와. 그동안 실력이 얼마나 늘었기에 내 말을 이렇게 우습게 여기는지 어디 확인해 봐야겠다."

쟌의 말에 네 사람은 찔끔하기는 했지만 자신들의 지금 실력을 정확하게 알고 싶은 생각에 희희낙락했다. 올리비에가 목검을 가지러 간 사이 세 사람은 굳은 근육을 풀며 대련 준비를 했다. 그사이에 조나단과 엘튼이 다가왔다.

"마스터, 그동안 안녕하셨습니까?"

"오랜만이군. 참! 마침 잘 왔어."

"예?"

"안 본 사이에 실력이 얼마나 늘었는지 확인해야겠다. 준비하도록."

"알겠습니다, 마스터."

조나단과 엘튼이 쟌의 말에 아무런 의문도 제기하지 않고 대련 준비를 하는 모습을 지켜보며, 세 기사는 무엇이 그들로 하여금 쟌의 말을 따르게 하는 것인지 궁금했다. 물론 쟌의 실력이 뛰어나다는 것은 그들도 알고 있었지만 조나단을 비롯한 세 사람이 쟌을 따르는 것에는 자신들과는 다른 이유가 있는 것 같았다.

얼마 지나지 않아 올리비에가 목검을 잔뜩 들고 나타났다.

"사형들께서도 오셨군요."

"마스터께 인사를 드리러 왔는데 갑자기 실력 테스트를 하겠다고 하시는군."

"그랬군요."

"조나단부터 시작한다."

올리비에가 대꾸를 하는 동안 그가 가져온 목검들 중 마음에 드는 목검을 든 조나단이 가볍게 몇 번 휘둘러 보고는 쟌 앞에 섰다. 그리고는 가볍게 고개를 숙였다.

"마스터, 한 수 가르쳐 주시길 바랍니다."

"어디, 들어와 봐."

쟌의 말에 조나단은 당장 자세를 낮추고 목검이 지면을 향하게 한 채 쟌을 쳐다봤다, 아니, 노려봤다. 강렬한 적개심으로 가득 찬 조나단의 눈을 보고는 쟌은 흡족한 마음이 들었다.

솔직히 말해 지금 자신 앞에 있는 여섯 명 가운데 가장 재질이 떨어지는 사람이 바로 조나단이었다.

　나이가 많아 무술을 연마할 시기도 지났을뿐더러 잘못된 수련으로 근육과 뼈가 상당히 뒤틀려 있었다. 당시에는 조나단 패거리를 활용하기 위해 그를 훈련시킨 것이었는데, 조나단 역시 지독하게 노력을 기울였다. 아마 노력한 것으로만 따진다면 다른 다섯 사람이 감히 비교도 되지 않을 정도였다.

　한동안 쟌을 노려보던 조나단은 천천히 쟌과 호흡을 일치시키다 막 들숨을 내뱉는 순간 지면을 박차고 앞으로 달려나갔다. 동시에 쟌의 하체를 향해 힘차게 목검을 휘둘렀다.

　휙— 딱!

　요란한 소리와 함께 조나단의 공격은 간단하게 막혔지만, 그의 공세는 잠시도 멈춰지지 않았다. 상하로 쏟아지는 그의 공격은 알고 있어도 막기 힘들 정도로 쾌속했다.

　그의 공세에는 자신이 용병 생활을 하면서 깨우친 것과 쟌에게서 배운 속도를 위주로 한 예검에 힘을 위주로 한 격검의 묘리까지 섞여 있었다.

　조나단의 공격을 차례대로 막아내던 쟌은 다시 한 번 안타까운 마음이 들었다. 조금만 빨리 자신을 만났더라면 장족의 발전을 했을 것이란 생각이 들었기 때문이다.

　쟌이 그런 생각을 하는 동안에도 조나단의 공세는 끊이지 않고 계속되었다. 하지만 그뿐이었다. 아직까지는 축적된 마나를 활용하는 것이 상당히 떨어졌다.

　평가가 내려지자 조금 강한 공격을 해 조나단을 물러서게 만들었다.

애써 호흡을 가다듬고 있는 조나단을 보며 담담하게 입을 열었다.

"검술에 대한 이해는 이미 충분하다. 앞으로는 단전호흡에 좀 더 신경 쓰도록."

"감사드립니다, 마스터."

"다음은 엘튼, 나와라."

쟌의 말이 끝나자 조나단이 물러섬과 동시에 우람한 체격을 가진 엘튼이 자신만큼이나 기다란 목검을 들고 나섰다.

쟌을 향해 잠시 인사를 한 후 바로 공격 자세를 취했다.

자신이 어떻게 공격할 것인지를 미리 생각해 둔 듯 엘튼은 곧 공세를 취했고, 생긴 것만큼이나 시원시원하고 강력한 공격이었다. 그러나 검술에 대한 이해가 부족해 다음번 공격이 뻔히 눈에 들어왔다. 몇 번의 공격을 더 받아봤지만 역시 공격이 너무 뻔했다.

공격을 빗나가게 한 쟌은 목검을 내려 대련을 멈췄다.

"넌 힘이 좋고 장신이라는 장점이 있지만 섬세한 면이 많이 부족하다. 네 사형에게서 섬세한 부분을 좀 더 다듬도록. 단전호흡도 신경 쓰고."

"감사합니다, 마스터."

"올리비에, 준비해라."

올리비에도 두 사형들처럼 쟌과 대련을 했고, 뒤를 이어 슈뢰더, 드보아, 기레스트도 차례로 쟌과 대련했다. 뒤에 대련한 세 사람이 앞의 세 사람과 다른 점은 좀 더 격렬하고 다양한 공격을 했다는 점이었다.

조나단과 그의 사제들은 쟌이 기사들과 겨루는 모습을 유심히 지켜보며 자신들과 다른 점이 무엇인지 살피고 있었다.

기레스트를 마지막으로 쟌은 모든 대련을 마쳤다.

"기존에 비해 비약적으로 실력이 는 것은 사실이지만 아직까지도 단전호흡에 대한 이해와 숙련도가 떨어진다. 검을 한 번 더 휘두르는 것도 중요하지만, 어느 정도 실력에 오른 이상 지금부터는 깨달음이 실력 향상에 중대한 영향을 미친다는 것을 명심하도록. 단전호흡이 바로 그 깨달음을 얻는 가장 확실한 방법이다. 그리고 슈뢰더, 드보아, 기레스트는 머지않아 자신이 어느새 소드 마스터가 되었음을 스스로 느낄 수 있을 것이다."

쟌의 말에 세 사람의 얼굴에는 환희의 기색이 완연했다. 쟌도 그들의 기쁨을 이해하지 못하는 것은 아니지만 그들이 나태해질 것을 우려해 따끔한 충고도 잊지 않았다.

"소드 마스터가 검술의 끝이 아니다. 아니, 어찌 보면 앞으로 인간의 능력으로 이룰 수 있는 수없이 많은 경지 가운데 가장 초보적인 경지일지도 모르지. 나의 스승님께서 말씀하시길, 어느 한계를 지나면 수천 킬로미터 떨어진 곳을 불과 하루도 못 되어 다녀올 수도 있고, 또 수백 미터 밖의 사람도 단지 생각만으로 죽일 수 있다고 하셨다. 쉽게 말해, 지금까지 너희가 익힌 것은 인간의 한계는 고사하고 원래 가지고 태어난 능력을 제대로 활용하지도 못하는, 그런 허접한 것임을 절대 잊지 마라. 나 역시 어렸을 때부터 지금까지 훈련을 계속해 왔지만 아직까지 인간의 한계가 무엇이고, 또 어디까지인지 깨달은 적이 한 번도 없었다. 자만하지 않고 꾸준히 훈련을 계속한다면 너희도 내가 경험한, 아니, 내가 경험해 보지 못한 경지에 오르게 될 것이다."

쟌의 말에 여섯 명의 사내는 경외심이 가득한 눈으로 그를 바라보았다.

 자신들의 막내동생보다도 어린 청년이었지만, 그 실력만은 자신들이 평생 노력한다 해도 따라잡을 수 있을지 의문일 정도였다. 그런데 그런 경지가 겨우 초보에 허접한 경지라니 좀처럼 믿기 힘들었다. 자신들이 과연 할 수 있을까 하는 의구심보다는, 나도 언젠가는 쟌과 같은 수준에 이룰 수 있다는 도전 욕구가 싹트기 시작했다.

 "조나단."

 "예, 마스터."

 "너희 셋은 내일 아침 식사 후 나를 찾아오도록."

 "알겠습니다, 마스터."

 조나단의 대답을 들으며 쟌은 셀과 함께 그 자리를 떠났다.

 멀어져 가는 그들의 뒷모습을 바라보던 드보아가 혼잣말처럼 중얼거렸다.

 "대체 어렸을 때부터 무슨 훈련을 했기에 저렇게 강해질 수 있었을까?"

 "글쎄? 하여튼 마스터는 정말 인간인지 의심스러울 정도로 강한 분이야. 그렇지 않소, 발라키 백작?"

 기레스트의 질문에 슈뢰더는 무슨 생각을 하는지 듣지 못한 듯 아무런 대꾸도 하지 않았다.

 "무슨 생각을 그렇게 하시오?"

 "응? 유로웰 백작이구려. 그런데 뭐라고 했소?"

 "마스터의 무술 실력이 정말 놀라울 정도라고 했소."

"그야 예전부터 알고 있었던 사실 아니오."

"그렇긴 해도 대련 중에 단 한 번의 공격도 성공시키지 못할 줄은 미처 예상하지 못했던 일이었소."

"사실 나도 조금 전 대련을 생각하고 있었는데, 내 자세에 그렇게 많은 문제점이 있는 줄은 처음 알았소. 더구나 단점을 고치기보다는 장점을 더 키우란 마스터의 말씀이 솔직히 더 충격이었소. 물론 장점을 키우라는 말은 하기는 쉽지만 단점을 고치지 말라니 과연 어떤 마스터가 그런 말을 하겠소?"

"그래도 지적받은 단점을 고친다면 좀 더 실력이 향상될 것 같은데…… 자네는 그렇게 생각하지 않나?"

기레스트의 말에 드보아가 고개를 갸웃거리자 옆에 있던 조나단이 대신 대답했다.

"아마 단점을 고치는 데 들이는 시간과 노력을 장점을 키우는 데 쓰라는 말씀인 것 같습니다, 유로웰 백작님."

"그걸 자네가 어떻게 아는가?"

"예전에, 그러니까 마스터를 만나고 얼마 되지 않았을 때 조금 전처럼 한차례 대련을 한 후 마스터께서는 단점과 장점을 지적해 주셨습니다. 그래서 저는 개인 훈련을 할 때 단점을 고치기 위해 많은 시간 노력했습니다. 그때 마스터께서 저에게 뭐라고 하셨는지 아십니까?"

"아마도 절대 쉽게 가르쳐 주시진 않았을 거야."

드보아의 말에 조나단의 얼굴에 쓴웃음이 떠올랐다.

"맞습니다. 신관에게 치료를 받아야 할 정도로 마스터께 엄청나게 얻어맞았습니다. 그리고 하시는 말씀이 '야! 임마, 누가 단점 따위를 고치는 데 그렇게 많은 시간과 노력을 들이라고 했어? 그럴 시간이 있으면 차라리 장점을 키우란 말이야! 단점 따위는 파묻혀 보이지도 않을 정도로 장점을 키우면 될 것 아니야. 한 번만 더 그 따위 멍청한 짓을 하면 석 달 열흘 동안 침대에 누워 살도록 만들어줄 테니까 알아서 해' 라고 하셨습니다. 침대에서 끙끙거리는 환자에게 말입니다."

쓴웃음을 짓고 있는 조나단과는 달리 나머지 다섯 사내는 마치 얼음물이라도 뒤집어쓴 듯 온몸을 떨고 있었다. 절대 허튼소리를 하지 않는 쟌이고 보면 정말 그럴 것이란 생각이 뇌리를 떠나지 않았다.

"그 일이 있고 난 후 제가 가만히 생각해 보니 마스터께서 지적하신 단점은 어렸을 때부터 받은 훈련에서 생겨난 잘못된 버릇 같은 것이었습니다. 게다가 용병 생활을 거치며 그 버릇이 완전히 돈에 젖어버려 거의 고치기가 불가능한 것들이었습니다. 당시의 저로서는, 물론 지금도 마찬가지지만 다른 방법이 없었습니다. 해서 택한 방법이 장점을 더욱 향상시키는 것이었습니다. 그러다 보니 단점 가운데 일부가 어느새 없어졌더군요. 그때 깨닫게 되었습니다. 마스터께서 말씀하신 장점을 키우라는 말씀은 단점을 포기하란 말씀이 아니라, 장점을 극대화시키다 보면 자연스럽게 단점이 장점에 묻혀 사라진다는 말씀이셨습니다."

조나단의 말에 다섯 사내는 그제야 이해가 되는지 고개를 끄덕였다.

"마스터의 말씀에 그렇게 깊은 뜻이 있었는지 미처 몰랐군. 그런데 정말 단점이 사라지던가?"

"물론입니다, 루돌프 백작님."

조나단의 대답에 다섯 사람은 제각기 조금 전 쟌이 대련 후 자신들에게 지적했던 장점과 단점에 대해 생각하기 시작했다.

3층, 자신의 방에서 쟌이 대결하는 모습을 지켜보던 헤르난은 자신의 예상대로 쉽게 상대를 제압하는 쟌의 모습에 빙그레 미소를 지었다.

자신이 쟌을 만나게 된 것은 진정 신의 가호라 하지 않을 수 없었다. 아무런 희망도 없었던 상태에서, 비록 지금도 상대보다 월등한 전력을 가지게 된 것은 아니지만 그래도 희망을 걸 수 있는 근거가 생기지 않았는가. 만약 쟌이 여자였다면 당장 청혼을 했을 거란 생각마저 들 정도로 그가 너무나도 고마웠다.

그가 막 그런 생각을 하고 있을 때 방문이 와락 열리며 조금은 상기된 표정으로 필립과 로고스가 뛰어들어 왔다. 그들의 표정을 보아하니 무슨 일이 생긴 모양이었다.

"무슨 일인데 그런 표정으로 날 찾아온 거냐, 필립?"

"형, 문제가 생겼어!"

"문제? 흥분하지 말고 차근차근 말해 봐라."

"아쉬드 형의 성 방향으로 정찰을 나갔던 정찰조 가운데 일부가 돌아오지 않았어."

"일부라니? 정확하게 얼마나 돌아오지 않은 거지?"

"정확하게는 87명입니다. 세 개 정찰조가 돌아오지 못했습니다, 전하."

"크리스토퍼 단장, 그들의 복귀 일이 언제였소?"

"최종 복귀 일이 이미 10일 이상 지났습니다. 다른 정찰조의 보고에 의하면 두 정찰조의 흔적은 발견되었답니다. 그들의 신원을 파악한 후 시신은 그곳에 묻었지만 나머지 한 개 정찰조는 완전히 사라져 버려 흔적도 찾지 못했다고 합니다."

"사라진 정찰조의 신원 파악은 했소?"

"그게…… 샤젤스 부단장의 동생인 케니 샤젤스가 정찰조의 조장이었습니다."

"샤젤스 부단장의 동생?"

"그렇습니다, 전하. 평소에도 남들보다 정찰 거리가 멀어 조원들의 원성을 사고 있었던 모양입니다만 아마 이번에도 다른 정찰조보다 멀리 정찰을 나갔던 모양입니다. 적의 공격을 받고 전멸하지 않았나 짐작됩니다만……."

"부단장에게 연락은 해주었소?"

"오는 길에 알려주기는 했습니다, 전하."

"상당히 걱정하겠군."

혼잣말처럼 중얼거리던 헤르난에게 로고스가 조심스럽게 입을 열었다.

"전하, 드릴 말씀이 있습니다."

"무슨 일이오?"

"그렇지 않아도 샤젤스 부단장이 동생의 시신이라도 찾아야 한다고 전하께 말씀을 드려달라고 했습니다만……."

"단장 생각은?"

"허락할 수도, 그렇다고 허락하지 않을 수도 없는 상황입니다. 다른 사람도 아닌 하나뿐인 동생이니……."

그 말에 헤르난 역시 난감한 표정을 짓지 않을 수 없었다.

자신만 하더라도 필립이 위험하다는 소식을 듣게 된다면 당장 필립을 구하기 위해 달려갈 것이기 때문이었다.

"그렇다면 회의에서 결정을 하도록 합시다."

"알겠습니다, 전하."

로고스가 물러가는 것을 본 헤르난은 회의에서 무슨 말을 해야 할지 생각하기 시작했다.

그 모습을 곁에서 지켜보던 필립은 자신의 형이 승계 전쟁 후에 정말 많이 변했다는 것을 새삼 느꼈다. 다른 사람의 일에는 관심조차 없었던 그가 설마 다른 사람의 불행에 저렇게 고심하게 될 줄이야 누가 짐작이나 했겠는가?

잠시 후 생각을 정리했는지 헤르난이 자리에서 일어났다.

"필립, 회의실로 가자."

헤르난의 말에 필립이 따라나섰고, 회의실에 도착하고 보니 이미 다른 왕자들과 로고스, 그리고 세 부단장이 자신들을 기다리고 있었다.

자리에 앉으며 헤르난이 입을 열었다.

"무슨 일 때문에 모였는지는 이미 알고 있을 테니 다시 말하지는 않겠소. 샤겔스 부단장의 건의를 어떻게 처리했으면 좋을지 의견을 제시해 주기 바라오."

"비록 케니 샤겔스 조장이 샤겔스 부단장의 동생이라고는 하지만 너무나 위험한 일입니다. 샤겔스 부단장에겐 안된 일이지만 그의 건의를 각하(却下)시켜야 된다고 생각합니다."

부단장 피욘느의 말에 제론의 얼굴에 당장 어둠이 깃들었다. 물론 피욘느가 자신을 걱정해서 하는 말임을 모르는 것은 아니었다. 더구나 누가 생각을 해봐도 케니가 지금까지 살아 있을 것이라고는 믿기 힘든 상황이었다.

"저도 케니 녀석이 살아 있을 확률은 거의 없다는 것을 모르는 것은 아닙니다. 하지만 그 녀석은 제 동생입니다. 그 녀석은 태어났을 때 부모님이 돌아가셔서 부모님의 사랑 한 번도 받아보지 못하고 자랐습니다. 그 녀석을 잘 돌봐주라는 부모님의 부탁을 받은 저로서는 그 녀석의 시신이라도 찾아야 마음이 편하겠습니다."

잠시 말을 끊었던 제론은 간절한 표정으로 곧 헤르난을 쳐다봤다.

"전하, 무리한 부탁이라는 것을 모르는 것이 아닙니다만 동생 녀석의 생사라도, 만약 죽었다면 시신이라도 찾고 싶습니다. 그러니 부디 허락해 주시기 바랍니다."

"만약 내가 허락하지 않는다면……."

"전하께는 죄송하지만 탈퇴하는 한이 있더라도 동생을 찾으러 가야겠습니다."

제론의 얼굴에는 헤르난에 대한 미안함도 있었지만, 그보다는 케니를 걱정하는 근심이 더욱 진하게 떠올라 있었다.

"전하, 허락해 주십시오. 제가 샤겔스 부단장과 함께 가겠습니다."

쟌의 말에 사람들의 시선이 일제히 그에게 쏠렸다.

"가이야 부단장이 가겠단 말이오?"

"포로를 구출하러 가는 것도 아니고 단지 생사를 확인하러 가는 것이라면 그리 어려운 일이 아니라고 생각됩니다. 샤겔스 부단장의 실력과 제 실력이라면 설사 적을 만난다 하더라도 쉽게 도망칠 수 있을 겁

니다."

로고스의 질문에 쟌은 덤덤한 음성으로 대답했다.

쟌의 실력을 로고스와 비교해도 그리 떨어지지 않는다고 알고 있던 왕자들은 쟌과 제론의 생명을 위험하게 만들 상황은 만나지 않을 것이란 생각이 들었다.

쟌의 대답에 곁에 앉아 있던 셸은 갑자기 불안한 생각이 들었다. 무엇 때문에 그런 생각이 든 것인지는 모르지만 왠지 불길한 느낌을 떨쳐 버릴 수 없었다.

"쟌, 저도 같이 갈게요."

"셸이? 셸은 그냥 성에 있는 것이……."

"아니에요. 꼭 같이 가요."

"하하하, 왜 그렇게 불안해 하는 거야? 아무 일도 없을 거야. 왕복한다고 해도 열흘이면 충분히 갔다 올 수 있어. 그러니 셸은 걱정하지 말고 성에서 날 기다리도록 해. 게다가 계속 노숙을 해야 하는데, 난 셸이 그런 고생을 하는 것이 싫어. 그러니까 성에 있도록 해."

"마담 가이야, 가이야 부단장의 말대로 성에 계시도록 하시오. 가이야 부단장이 날 도와주는 것만 해도 미안한 마음을 갖지 않을 수 없는데, 부인마저 고생을 하면 내 마음이 편치 않을 것 같소이다. 그러니 성에 계셔주시오."

제론마저 쟌의 말을 거들고 나서자 셸은 더 이상 쟌을 따라나서겠다고 고집 부릴 수 없었다.

"알겠어요. 저는 남도록 하죠."

셸의 대답에 헤르난은 고개를 끄덕이며 입을 열었다.

"그럼 출발은 언제 하겠나?"

"회의가 끝난 후 바로 출발하도록 하겠습니다."

"인원은?"

"걸음이 빠른 자로 10여 명을 추려 가겠습니다, 전하."

"그럼 샤겔스 부단장의 동생 소식을 알아보고, 적의 정찰즈가 어디까지 진출했는지도 살펴보게."

"알겠습니다, 단장님."

60장
골렘

"휴우~"

털썩!

긴 한숨을 내쉬던 제론은 꽤나 지친 듯 그 자리에 털썩 주저앉았다.

"이 녀석은 대체 무슨 생각으로 여기까지 정찰을 온 거지? 통상적인 정찰 거리를 훨씬 넘어섰잖아."

미안한 마음에 혼잣말처럼 중얼거렸지만 모두 근처에서 쉬고 있었기에 제론의 말을 듣지 못한 사람은 아무도 없었다. 그리고 그들 가운데에는 쟌과 그의 세 제자도 끼어 있었다.

그들이 성을 출발한 지도 벌써 이틀이 지났다.

일반적인 정찰조 임무를 수행하는 중이었다면 이동한 거리가 지금의 절반도 되지 않았겠지만 사라진 정찰조를 찾기 위해 출발한 것이기에 꽤나 먼 거리를 올 수 있었다.

"그런데 이 방향이 맞는지 모르겠군."

"아마 맞을 겁니다, 샤겔스 부단장."

"자네가 그걸 어떻게 아는가?"

제론의 반문에 대답을 했던 중년 용병은 잠시 난처한 표정을 짓다가 곧 다시 대답했다.

"일전에 케니 조장과 함께 정찰을 나간 적이 있는데, 그때도 정해진 정찰 범위를 벗어나 아쉬드 전하의 성 가까이까지 가려 했던 것을 조원들이 반대해 돌아온 적이 있었습니다. 그때도 아쉬드 전하의 성과 일직선 방향으로 이동을 했으니 아마 이번에도 그럴 겁니다. 그리고 이전에도 그런 행동을 했다고 다른 조원들이 말하는 것을 들은 적이 있습니다."

"대체 무슨 이유로 그런 행동을 했는지 자넨 아나?"

중년 용병의 대답에 제론은 황당하단 표정을 짓지 않을 수 없었다. 설마 대답을 들으리라고는 생각하지 않았는데 중년 용병은 조금 난처한 표정으로 대답했다.

"일전에 같이 술을 마신 적이 있습니다. 그때 들으니 케니 조장이 누명으로 감옥에 갇힌 적이 있다고 하더군요. 아직 사실이 밝혀지지 않았기 때문에 자신의 무죄를 증명하지 못하면 꼼짝없이 사형을 당하게 된다고 했습니다. 그래서 면죄부를 받을 수 있을 만한 전공(戰功)을 쌓지 않으면 안 된다는 말을 하더군요. 아마 그 때문에 매번 자원해서 무리하게 정찰을 나가는 것이 아닌가 짐작할 뿐이었습니다."

설명을 들은 제론은 너무나 황당하고, 또 미안한 마음이 들어 잔을 볼 면목조차 없었다.

"그러니까… 케니 녀석이 그런 말을 했단 말인가?"

"예. 무슨 문제라도……?"

고개를 갸웃거리는 중년 사내의 반문에 제론은 아무 말도 할 수 없었다.

"가이야 부단장, 뭐라 사과를 해야 좋을지 모르겠군."

"귀하와는 상관없는 일이니 나에게 미안해할 필요 없소."

비록 무덤덤한 어투였지만 제론이 보기엔 불쾌해한다는 느낌이 들었다.

"그 녀석이 자랄 때 내가 녀석에게 좀 더 신경을 썼어야 했는데 그렇지 못해 여러 사람에게 피해를 입히는군. 조장이라는 녀석이 조원들을 위험에 빠뜨리게 만든 것만 하더라도 조장의 자격이 없는 일인데, 더구나 자신의 죄를 누명이라고 하다니……. 케니 녀석은 인간으로서도 세상을 살 자격이 없는 망나니이네."

제론의 음성에는 진한 자책감이 어려 있었다.

잠시 그를 바라보던 쟌은 곧 자리에서 일어났다.

"아마 멀지 않은 곳에 그가 있을 거요. 그러니 어서 찾아 성으로 복귀하도록 합시다."

쟌의 말에 일행은 다시 이동하기 시작했다.

*　　　　　*　　　　　*

"크윽!"

옆구리를 움켜잡고 걸음을 옮기던 사내는 상처에서 전해지는 고통을 더 이상 참지 못하고 쓰러지고 말았다.

그가 쓰러지고 5분쯤 지났을 때 근처 나무에서 뛰어내리는 검은 그림자들이 있었다. 30대 중반쯤으로 보이는 두 용병은 쓰러진 자를 살펴봤지만 그가 누군지 알 도리가 없었다.

그들이 잠시 고민에 쌓여 있을 때 그들에게 다가온 우람한 체격의 두 용병이 있었다. 트롤 형제라 불리는 케로스와 샤를이었다.

"무슨 일이냐?"

"이자가 부상을 입은 채 오다가 이곳에 쓰러졌는데 누군지 몰라 조장님들을 기다리고 있던 중입니다."

조원의 말에 발끝으로 사내를 뒤집은 샤를은 정신을 잃고 있는 사람이 케니임을 금세 알아보고는 재빨리 상처를 살피기 시작했다.

다른 곳에는 아무런 상처가 없어 보였지만 옆구리의 상처는 제법 깊어 보였다.

"형, 내가 대거를 뽑으면 빨리 힐링 포션을 상처에 뿌리도록 해. 상처가 제법 깊어."

"알았다."

"찻!"

기합 소리와 함께 샤를이 힘차게 대거를 뽑자마자 상처에서 선혈이 분수처럼 뿜어져 나왔다. 미리 힐링 포션 병을 꺼내 들고 있던 케로스는 재빨리 상처에 힐링 포션을 아예 병째 들이부었고, 입을 쩍 벌리고 있던 상처는 눈에 띌 정도로 빠르게 아물기 시작했다.

샤를이 케니를 돌보고 있는 동안 케로스는 다른 용병들과 함께 들것을 만들기 시작했다.

"어떨 것 같으냐?"

"글쎄… 내가 보기엔 옆구리에 난 상처 말고 다른 상처는 보이지 않는데, 부상을 입은 지 얼마나 지났는지 그걸 알 수 없어. 대략 4, 5일은 지난 것 같은데 말이야. 성으로 옮기면 마법사나 프리스트의 도움을 받을 수 있으니 일단 성으로 옮겨야지."

"너희는 지금 즉시 이 자를 성으로 옮기도록."

"알겠습니다, 조장."

용병들이 케니를 들것에 싣고 가는 모습을 지켜보는 샤를의 표정은 꽤나 착잡해 보였다.

"재수없으면 우리가 저런 꼴이 될 수도 있겠지?"

"걱정 마라, 아우야. 내가 있지 않느냐? 무슨 일이 있어도 너를 위험하게 만들지 않을 테니 걱정은 붙들어 매라. 그리고 우리 형제를 위험하게 만들 일이 뭐가 있겠느냐? 전쟁이 끝나고, 우린 많은 돈을 벌어 고향으로 가면 끝나는 일이다."

"무사히 고향으로 돌아갈 수 있을까?"

"바보 같은 녀석. 우리에겐 마스터가 계시지 않느냐? 마스터의 능력이라면 틀림없이 승계 전쟁에서 승리를 거둘 수 있을 것이고, 그렇게 되면 우린 많은 돈을 벌어 무사히 고향으로 돌아갈 수 있을 것이다. 그러니 걱정하지 말고 마스터께 배운 거나 열심히 연습해 두어라."

"알았어, 형."

케로스의 말에 샤를도 곧 원래의 표정으로 돌아왔다.

　　　　*　　　　*　　　　*

"샤겔스 부단장의 동생이 돌아왔다고?"

"응, 형. 방금 성에 돌아왔는데 부상이 꽤 심하대."

"가보자."

부케인의 말에 헤르난은 거의 뛰듯 복도를 지나 케니가 누워 있는 방으로 향했다. 방에는 이미 다른 왕자들과 발탄 교단의 프리스트들이 와 있었다.

"이런, 교황께서도 와 계셨군요."

"어서 오십시오, 전하. 오랜만에 뵙는군요."

에르난데스의 인사에 헤르난은 조금 어색한 표정을 지었다.

프리스트들이 전쟁에 직접 참여하지 않는 이상 부상자가 생겼을 때나 얼굴을 대하는 처지였다.

"환자는?"

"부상을 당하고 성으로 복귀하는 동안 선혈을 상당히 흘린 모양입니다. 신성력으로 치료하기는 했지만 정상적인 생활을 하려면 상당한 시일이 필요할 것 같습니다."

"생명에는 지장이 없습니까?"

"물론입니다, 전하."

에르난데스의 대답을 들은 헤르난은 즉시 곁에 있던 유리를 쳐다봤다.

"샤겔스 조장을 찾으러 나간 가이야 부단장에게 복구 명령은 내렸니?"

"아니, 아직."

"그라시아스님께 말씀을 드려 당장 복귀하라고 마법 통신을 보내도록 해라."

"알았어, 형."

유리가 방에서 나가는 순간 정신을 잃고 있던 케니의 눈꺼풀이 마치 경련이라도 난 듯 파르르 떨렸다.

'쟌이란 놈이 날 찾기 위해 성을 떠났다고? 생각지도 않은 행운이군. 내가 단단히 주의를 주었으니 어설픈 공격 따위는 하지 않겠지? 게다가 마검사인 카멜 제이슨까지 와 있었으니 그놈이 빠져나갈 구멍은 털끝만큼도 없다. 이번만큼은……'

케니의 생각은 더 이상 이어질 수 없었다.

"전하, 환자가 깨어나려는 모양입니다."

"오~ 샤겔스 조장, 그래 정신이 좀 드나?"

"으음~"

눈을 뜬 케니의 눈에 가장 먼저 들어온 사람은 걱정스러운 표정으로 자신을 바라보고 있던 헤르난이었다.

"저, 전하."

"날 알아보겠는가?"

"전하, 죄송합니다. 적의 기습을 받아……."

"아니네. 자세한 이야기는 나중에 하기로 하고 우선은 치료에 전념하도록 하게. 크리스토퍼 단장, 샤겔스 조장을 일단 쉬도록 조치하고 자세한 것은 치료가 어느 정도 된 후에 묻도록 하시오."

"알겠습니다, 전하."

두 사람이 이야기를 나누는 동안 주위 사람들을 둘러보던 케니는 왜 형의 모습이 보이지 않는 것인지 이상했다.

"단장님, 저의 형은 지금 어디에 있습니까?"

"샤겔스 부단장은……."

"정찰이라도 나간 겁니까?"

"그게 아니라 자네를 찾기 위해 정찰을 나가 있는 중이네."

로고스의 대답에 케니는 갑자기 누가 얼음물을 들이부은 것처럼 온몸이 싸늘하게 식는 것을 느꼈다.

"그럼 설마… 가이야 부단장과 함께?"

"그렇네. 너무 위험한 정찰이라 가이야 부단장이 동행을 했네. 10여 명의 용병들과 함께 말이네."

로고스의 대답에 케니의 얼굴은 창백하게 변했다.

"왜 그러나?"

"제가 정찰을 나간 곳은 이미 아쉬드 전하께 고용된 용병들이 매복하고 있었습니다. 저희에게 기습당한 것을 보복하기 위해서인지 상당한 지점까지 남하해 있었습니다. 그러니 형님께 연락해 당장 돌아오라고 해주십시오."

말을 하는 케니의 음성에는 조급함이 가득했다.

그의 뇌리에서 쟌의 이름은 이미 사라진 지 오래였다.

케니에게 있어 제론이란 존재는 단순히 자신의 형이 아니라 아버지이기도 했고, 친구이기도 한 유일무이한 존재였다. 제일 큰형인 디폰은 케니가 어렸을 때 집을 나가 버려 얼굴조차 몇 번 본 적이 없었다.

무섭고 말도 통하지 않는 큰형보다는 무뚝뚝하기는 했지만 제론이 훨씬 좋았다. 말없이 자신을 지켜봐 주기도 하고, 또 고민이 있을 땐 그것을 해결해 주기 위해 노력하는 제론이 케니에게는 유일한 버팀목 이었다. 그런데 그런 제론이 죽음의 함정이 펼쳐져 있는 곳으로 향했다니…….

케니는 자신이 계획한 복수가 엉뚱하게 형을 죽음으로 몰아넣을지도 모른다는 생각에 미칠 것만 같았다.

"그라시아스님이 마법 통신으로 연락을 할 것이니 걱정할 필요 없네. 그리고 가이야 부단장이나 샤겔스 부단장이 남에게 쉽게 당할 사람들은 아니지 않은가?"

"그게…… 저와 정찰조를 공격했던 자들 가운데 카멜 제이슨도 있는 것 같았기에 걱정이 돼서……."

"뭐? 카멜 제이슨이 있었단 말인가?"

케니의 말에 그 방에 모여 있던 사람들 가운데 놀라지 않은 사람이 없었다.

3대 용병왕이란 이름이 갖는 의미는 너무나 무거운 것이었다. 정식 기사로 받아들이겠다는 황제의 제의조차 거부한 그들의 실력은 제국 3대 기사단의 기사단장들과 동급으로 여겨질 정도니 놀람은 당연한 것이다.

그런 자가 버티고 있는 곳이라면 아무리 쟌과 제론이라 하더라도 목숨이 위험할 것이 분명했다.

"필립, 네가 그라시아스님을 찾아 어서 이 소식을 전하고 한시라도 빨리 성으로 복귀하라고 전해라."

"알았어, 형."

필립이 달려가는 것을 보며 헤르난은 불안한 마음을 떨치지 못하는 가운데 갑자기 이상한 생각이 들었다. 왜 그런 생각이 드는지 몰라 주위 사람들을 둘러보다가 그 이유를 겨우 알 수 있었다.

"마담 가이야를 본 사람이 있나?"

"마담 가이야?"

"그래, 두 부단장이 성을 떠난 후 마담 가이야를 본 사람이 있느냔 말이다."

헤르난의 질문에 사람들은 일제히 꿀 먹은 벙어리로 변해 버렸다. 자신들은 지금껏 모르고 지내온 것을 헤르난의 말을 듣고서야 겨우 깨닫게 된 것이다.

"모두 본 적이 없는가? 대체 그녀는 어디에 있는 거지? 당장 사람을 풀어 그녀를 찾도록……."

"마담 가이야는 부군을 따라갔습니다, 전하."

늙수그레한 음성과 함께 오웬이 방 안으로 들어왔다.

"아니 그라시아스님이 이곳엔 무슨 일로?"

"보고 드려야 할 일이 있어 이렇게 왔습니다."

"무슨 일입니까?"

"두 가지인데 하나는 현재 두 부단장과 연락이 전혀 되지 않는다는 겁니다."

"예?"

오웬의 말에 사람들의 눈이 일제히 휘둥그레졌다.

"그게 무슨 말입니까? 그럼 마법 통신이 되지 않을 때도 있는 겁니까?"

"그렇습니다, 전하. 물론 알고 계시겠지만 세계에는 마나가 균등하고 균일하게 존재하고 있습니다. 그렇기에 저희 마법사들이 마나를 이용해 마법을 사용할 수 있는 것이지요. 그런데 균형이 깨져 마나가 불균등한 상태가 되면 마법을 사용할 수 없는 것입니다. 이건 제 생각이지만 아마도 두 부단장이 간 곳에 마나의 상태를 불안정하게 만들어 마법의 사용을 불가능하게 만드는 안티 마나 존이 있는 것 같습니다."

참을성있게 오웬의 설명을 듣던 헤르난은 절망적인 상황에 할 말을 잊었다.

"그리고 또 한 가지, 그래도 다행인 점은 조금 전 대답을 드린 것처럼 마담 가이야가 부군인 가이야 부단장을 좇아갔다는 것입니다."

오웬의 말을 듣고 보니 조금 전 방으로 들어오면서 그렇게 대답을 한 것 같았다.

"마담 가이야가 좇아간 것이 다행이라니요? 그렇다면 그녀까지 위험에 빠진 것 아닙니까?"

"그렇게 생각할 수도 있지만 한 가지 잊고 계시는 것이 있군요."

"무슨 말인지? 답답하니 어서 대답을 해주십시오."

"허허허, 그녀 역시 6클래스 급의 마법사입니다. 만약 그 지역에 안티 마나 존이 설치되어 있다면 누구보다 먼저 그 사실을 알게 될 것입니다. 마나를 체내에 축적하는 기사나 용병들과는 달리 체외의 마나를 사용하는 마법사는 그런 사실을 누구보다 먼저 알게 됩니다. 게다가 제가 그런 사실을 그녀에게 알려주었으니 곧 조치를 취할 겁니다."

"그러셨군요. 정말 잘하셨습니다."

"허허허, 무슨 말씀을…… 무사하게 빠져나와야 할 텐데. 조금 걱정이 되는군요."

오웬의 말에 안심하던 사람들은 그의 마지막 말에 다시 얼굴에 그림자를 드리웠다.

＊   ＊   ＊

오웬의 연락을 받은 셀은 드디어 자신이 우려했던 상황이 발생한 것을 깨닫고는, 쟌을 찾기 위해 자신이 소환할 수 있는 최대한의 실프를 소환해 주위로 흩어져 쟌 일행을 찾도록 명령했다.

그렇지 않아도 마나의 상태가 이상하다고 생각했었는데, 설마 그것이 상대가 펼쳐 놓은 안티 마나 존 때문이라고는 생각도 못했던 자신의 방심을 탓하지 않을 수 없었다.

오웬과 연락을 취하기 위해 잠시 걸음을 멈춘 것뿐인데 쟌 일행의 모습은 그새 사라지고 없었다.

불안한 마음을 감추지 못하고 있을 때 이미 돌아왔어야 할 실프들이 하나도 돌아오지 않았다는 것을 확인한 셀은 자신이 너무 흥분해 안티 마나 존 내에서는 실프들이 존재할 수 없다는 사실조차 잊어버린 것을 깨달았다.

심호흡을 몇 번 해 흥분한 가슴을 진정시키며 레비테이션의 스펠을 캐스팅했다.

"레비테이션!"

시동어와 함께 셀의 몸이 서서히 어두워지기 시작한 허공으로 떠올랐다.

주위 숲에는 이미 땅거미가 지고 있었지만 엘프 특유의 시력으로 사물을 분간하는 데는 문제가 없었다. 그런 셀의 눈에 1킬로미터 앞에서 이동하고 있는 쟌 일행의 모습이 보였다. 하지만 셀의 눈에 보인 것은 쟌 일행뿐만이 아니었다.

숲 사이사이에 매복해 있는 엄청난 수의 용병들도 함께 보였던 것이다. 하지만 그보다 셀의 눈길을 끈 것은 조잡한 실력으로 조각해 놓은 거대한 석상이었다. 인간의 이목구비를 대략 조각해 놓은 듯 보이는 석상이 숲 양쪽에 서 있었다.

이곳은 예로부터 황제의 후계자가 되려는 자들의 전쟁터로 이용되던 곳이었다. 이런 곳에, 그것도 숲 속에 석상을 세운다는 것은 상식적으로 이해가 되지 않는 일 아닌가?

불길한 생각이 다시 한 번 뇌리를 스치고 지나갔다.

"설마?"

순간 쟌 일행 주위에 매복하고 있던 용병들의 공격이 시작되었다. 처음엔 당황하던 쟌 일행도 곧 맞대응하기 시작했지만 공격하는 적의 수가 많아도 너무 많았다.

재빨리 지상으로 내려온 셀은 쟌이 있는 곳을 향해 달려갔다. 동시에 바람의 최상급 정령인 실레스틴을 소환했다.

숲에서 누가 엘프와 속도 경쟁을 하겠는가? 하지만 셀은 지금 자신의 발걸음이 너무나 느리게만 여겨졌다.

셀이 쟌과 가까워졌을 때 가장 먼저 들은 소리는 소름 끼치는 금속음과 처절한 인간의 비명 소리였다. 비명 소리에 가슴이 덜컥 내려앉은 셀은 다급한 음성으로 실레스틴에게 명령을 내렸다.

"실레스틴, 블레이드 오브 윈드!"

셀의 명령에 독수리 모양을 하고 있던 실레스틴은 힘차게 날갯짓을 했다. 그러자 대거의 모습을 한 바람의 칼날들이 포위를 하고 있던 용병들의 뒤쪽으로 쏟아졌다.

"큭!"

"윽!"

"켁!"

갖가지 비명 소리와 함께 포위망은 단숨에 흐트러졌고, 그 틈을 타 셀은 간신히 쟌에게 다가설 수 있었다. 둥글게 원진 형태를 이루고 있던 쟌 일행 주위에는 이미 10여 명의 용병이 목숨을 잃은 채 쓰러져 있었다.

황급히 쟌의 모습을 살펴보니 옷과 손에 피가 묻은 것을 제외하면 다행히도 상처를 입지는 않은 것 같았다. 재빨리 레이피어를 꺼내 정면을 방비하며 쟌에게 물었다.

"쟌, 어디 다친 곳은 없나요?"

"아니, 셀이 이곳에는 어떻게?"

놀라는 쟌의 표정에는 아랑곳하지 않은 채 자신이 전달해야 될 정보부터 셀은 이야기하기 시작했다.

"일단 제 말부터 들어주세요. 먼저 샤겔스 부단장님의 동생은 성으로 무사히 복귀했어요. 부상이 없는 것은 아니지만 생명에는 지장이 없대요. 둘째, 지금 이곳에는 상당한 병력이 포진되어 있어요. 그리고 그 가운데에는 마검사라 불리는 카멜 제이슨도 포함되어 있어요. 셋째, 제 예상이 빗나가길 빌어야겠지만 저들이 보유한 병력 가운데에는 스톤 골렘이 있을지도 모르니 조심해야만 해요."

"스톤 골렘?"

쟌이 한 번도 들어보지 못한 단어에 어리둥절해 하고 있을 때 누군가가 앞으로 나서며 쟌 일행을 향해 아는 척했다.

"하하하! 아니, 이게 누구신가? 항상 잘난 척하느라 정신없던 제론 님 아니신가? 2년 만인가? 설마 이런 자리에서 네 녀석을 만나게 될 줄이야. 알바도네의 가호가 정말 나에게 머무시는 것 같지 않으냐?"

"으음~ 여기서 레이디 아샤를 만나게 되다니 정말 내 인생 최악의 순간이군. 게다가 마검사라 불리는 카멜 제이슨까지 있을지 모른다고?"

터져 나오려는 한숨을 억지로 참았다.

이렇게 비관적인 상황에서 들추지 않아도 될 내용을 말해 자신들의 전력을 약화시킬 필요는 없기 때문이다. 하지만 자신들은 고작 10여 명에 불과한데 상대는 최소 100명 이상이니 절망적인 상황이 아닐 수 없었다.

주위를 둘러보는 제론의 눈은 이내 자포자기하는 빛이 가득했다. 그도 그럴 것이 자신이 보기에도 현재 자신들을 포위하고 있는 자들의 포진은 거의 완벽해 보였다. 게다가 조금 전 부딪쳐 본 결과 하나같이 상당한 실력을 가지고 있었다.

물론 일 대 일의 대결이라면 어렵지 않게 상대할 수 있겠지만 이들이 다수의 이점을 포기하고 정정당당하게 자신들을 공격하지는 않을 것이니 자신들에게 남은 것은 이제 한 가지뿐이었다.

제론이 그런 생각을 하고 있을 때 스켈린은 의미를 알 수 없는 미소를 지은 채 제론을 쳐다보고 있었다.

"제론, 아주 훌륭한 동생을 두었더구나."

"무슨 개소리냐?"

"자신의 복수를 하기 위해 설마 자신의 형까지 부록으로 끼워 넘기리라고는 상상도 못했거든. 그건 그렇고 누가 쟌 가이야냐?"

"나다."

대답을 한 청년은 째진 눈을 제외하고는 모든 것이 너무나 평범한 청년이었다.

믿지 못하겠다는 표정을 짓던 스켈린은 어디선가 그를 본 적이 있다는 생각이 들었고, 곁에 서 있는 셸의 모습을 발견하는 순간 그제야 어디서 그들을 봤었는지 똑똑히 기억할 수 있었다. 그만큼 셸의 아름다움은 충격적이었다.

"누군가 했더니 제국의 길목에서 만난 적이 있던 친구였군. 안녕하셨소? 레이디……."

"마담 가이야라고 불러주세요."

"마담이라면 결혼을 하셨단 말이오? 그것도 저 별 볼일 없는 친구와 말이오?"

"말조심하세요. 쟌은 당신이 함부로 무시해도 좋을 만한 사람이 아니에요."

"실례했구려. 하지만 오늘 제론 녀석과 쟌이란 청년이 목숨을 잃고, 당신은 노예가 되어 케니란 녀석에게 주어질 것이란 사실은 변함이 없소. 그러니 무의미한 반항은······."

"방금 뭐라고 했느냐? 케니가 뭘 어떻게 했다고?"

"조금 전 내가 말한 것을 듣지 못했나? 저기 있는 쟌이란 청년에 대한 복수심 때문에 우리에게 상당한 고급 정보를 넘겼고, 그를 제거해 달라는 부탁까지 했다. 그래서 이곳에서 저 청년을 기다리고 있었는데 뜻밖에 네 녀석과 저 마담까지 나타나 주니 나로서는 눈물나도록 고마운 일이지."

스켈린의 말에 쟌과 셀, 그리고 제론의 얼굴은 순간적으로 일그러졌다.

"이 망할 녀석이······."

제론은 설마 케니가 이런 생각을 하고 있을 줄은 상상도 못했기에 충격이 클 수밖에 없었다.

"가이야 부단장, 그리고 마담 가이야. 뭐라 드릴 말씀이 없소. 설마 케니 녀석이 이런 짓까지 할 줄은 꿈에도 몰랐소. 비록 죽은 뒤에도 두 사람에게는 용서를 빌겠소."

"사과나 용서는 우선 이 자리를 벗어난 후의 일이오. 일단 이 자리에서 벗어나도록 합시다."

고개조차 돌리지 않는 쟌이었지만 그의 음성 어디에도 자신을 원망하는 듯한 감정은 배어 있지 않았다.

"제이슨 단장, 이제 그만 등장할 때도 되지 않았나?"

쟌은 돌연 스켈린 뒤쪽을 향해 조금은 큰 소리로 외쳤고, 마치 그 말을 기다린 사람처럼 누군가가 걸어나왔다.

"포위된 상황에서도 그렇게 침착함을 유지하다니······. 절대 평범한 자는 아니군. 그대가 쟌 가이야인가?"

"그렇다. 내가 쟌 가이야다."

"3대 용병왕 수준에 도달한 용병은 더 이상 없을 거라 생각했었는데 이렇게 내 눈으로 직접 보게 될 줄은 미처 몰랐군. 그것도 이렇게 젊은 친구가 말이야."

"내가 젊은 것이 아니라 귀하들이 늙은 거지."

쟌의 대꾸에 소가죽처럼 무표정하던 카멜의 얼굴에 비로소 표정이라는 것이 생겼다. 하지만 그것은 분노가 아니었다. 호기심에 가까운 관심이었다.

"늙었다? 그럴 수도 있겠지. 하지만 경험이나 연륜을 무시하다가는 큰코 다치는 수가 있지."

"큰코? 후후후, 미안하군. 내 코는 작거든. 게다가 힘없는 늙은이들은 항상 경험이나 연륜을 들먹이지. 하지만 도전하는 젊음은 앞을 가로막는 어떤 불가능도 가능케 만드는 저돌적인 힘이 있거든. 그리고 늙은이들은 그런 젊음을 늘 부러워하지. 후후후, 어때? 그대는 그렇지 않은가?"

묘한 표정이었다.

입 주위는 웃고 있었지만 눈 주위는 딱딱하게 굳어 있어 보는 사람으로 하여금 불편하게 만드는 뭔가가 있었다.

다시금 딱딱하게 굳은 카멜의 얼굴에서는 보는 사람의 기분을 오싹하게 만드는 서늘한 기운이 풍겼다.

"어디 실력도 그 날카로운 혀만큼이나 뛰어난지 볼까?"

카멜이 한 걸음 앞으로 나서자 용병들은 반대로 뒤로 물러서 그가 싸울 수 있는 공간을 만들어주었다. 쟌 역시 한 걸음 앞으로 나서자 일행도 몇 걸음 뒤로 물러섰다.

잠시 서로의 얼굴을 쳐다보던 두 사람은 곧 자신들의 무기를 뽑아 들었다.

쟌이 목검 속에서 진검을 꺼내 들자 잠시 눈빛을 반짝이던 카멜은 곧 뽑아 든 롱 소드를 가슴 앞에 세우고는 쟌이 눈치 채지 못하도록 조심스럽게 스펠을 캐스팅하기 시작했다. 하지만 그런 카멜의 기습 작전은 초조한 시선으로 두 사람의 대결을 지켜보던 셀에 의해 금세 발각되었다.

"쟌, 조심해요. 마법 공격을 준비하고 있어요."

셀의 경고에 쟌은 상대가 마검사임을 다시 한 번 상기해야 했다.

"에잇! 매직…… 헉!"

매직 미사일의 시동어를 외치려던 카멜은 뭔가 작은 물체가 자신의 미간을 향해 날아드는 것을 발견하고는 황급히 몸을 뒤로 뉘었다. 동시에 가슴 앞에 세워두었던 롱 소드로 그 물체를 쳐냈다.

챙!

날카로운 금속음과 함께 카멜이 쳐냈던 물체는 뜻밖에 멀리 날아가지 않고 쟌의 왼손 끝에서 빙글빙글 돌고 있었다. 덕분에 카멜은 그 물체의 모양을 똑똑히 확인할 수 있었다.

머리카락만큼이나 가늘고 긴 사슬에 팔각뿔 모양의 쇠붙이가 매달려 있었는데, 아마 조금 전 자신의 머리를 향해 날아온 것이 바로 그것이었던 모양이다.

방심하고 있지 않았음에도 불구하고 겨우 막을 수 있을 만큼 상대의 공격은 날카롭고 또한 매서웠다. 상대가 어린 청년이란 생각을 곧장 머리에서 지워 버렸다.

카멜의 태도가 신중해진 것을 느낀 쟌은 아쉬운 마음을 접어야만 했다. 물론 자신의 공격이 성공하리라 확신했던 것은 아니지만 그래도 성공했다면, 아니, 부상이라도 입혔다면 그만큼 자신들이 탈출하는데 유리해지기 때문이다.

위잉~ 웡~ 휘리리릭~

쟌의 왼손에서 돌아가던 유성추는 곧 속도를 높여 사람들의 시선에서 자신의 모습을 감추었다.

한 손으로는 검을 들고 다른 한 손으로는 유성추를 돌리는 쟌의 모습은 카멜을 비롯한 용병들에게는 지금껏 단 한 번도 본 적이 없는 모습이었다. 저렇게 해서 제대로 된 공격이 가능할까 하는 생각을 버릴 수 없게 만드는 묘한 자세였다.

대치 상황이 잠시 계속되었고 긴장감 때문에 용병들이 침도 제대로 삼키기 힘들어할 때쯤 이번에는 쟌의 공격이 시작되었다.

자세를 낮춘 채 카멜 곁으로 다가온 쟌은 그대로 왼손을 뻗었고, 엄청난 속도로 회전하던 유성추는 쟌의 손길이 향하는 방향으로 날아갔다. 이미 유성추가 가진 특성을 어느 정도 파악한 카멜은 유연한 동작으로 옆으로 몸을 피한 후 쟌의 어깨를 향해 롱 소드를 휘둘렀다.

그런 상태에서 쟌이 취할 수 있는 방법이라고는 검을 들어 상대의 공격을 막거나 몸을 피하는 것뿐이었다. 하지만 자세가 불안정하다 보니 몸을 피하는 것보다는 검을 들어 방어하는 것이 더 좋을 듯 보였다. 그러나 너무나 빨라 보이는 카멜의 공격을 과연 한 손으로 막을 수 있을지 의문이 아닐 수 없었다.

"헉!"

챙!

쟌의 어깨를 공격하던 카멜은 갑자기 날아든 서너 개의 유엽비도를 발견하고 정말 혼이 달아날 정도로 깜짝 놀랐다. 게다가 롱 소드에 부딪칠 때의 충격은 장난이 아니었다.

만약 사람이 맞았다면 완전히 몸속에 박힐 정도로 강한 힘이 유엽비도에는 실려 있었다.

황급히 뒤로 물러나는 카멜을 발견하자 쟌은 재빨리 유성추를 회수하고는 검을 왼손에 들고, 오른손에 네 자루의 유엽비도를 꺼내 손가락 사이에 꼈다. 그리고는 가늘게 눈을 뜬 채 카멜을 노려보고 있었다.

상식을 벗어나는 쟌의 공격과 방어에 카멜은 할 말을 잃었다. 게다가 지금은 아예 유엽비도를 손가락 사이에 껴 언제든 그것을 날려 공격할 수 있다는 것을 노골적으로 드러내고 있었다. 게다가 왼손에 검을 들고 있다는 것은 왼손으로도 검을 사용할 수 있다는 것을 증명하는 게 아니겠는가?

지금까지 살아오면서 갖가지 상대와 싸워봤지만 쟌과 같은 상대는 처음이었다.

난생처음 보는 무기와 난생처음 보는 싸움 방식.

지금과 같은 상황에는 어울리지 않지만 쟌과 싸우는 것이 정말 즐겁다는 생각이 갑자기 들었다. 이제 또 어떤 모습을 자신에게 보여줄 것인가? 기대까지 되었다.

이번엔 카멜이 먼저 공격을 하였다. 그것도 마법 공격이었다.

"파이어 볼!"

세 개의 파이어 볼이 카멜의 시동어와 함께 쟌에게로 날아갔다. 삼각 대형을 이룬 채 날아드는 파이어 볼을 발견한 쟌은 재빨리 산보를 밟으며 몸을 피했다. 하지만 카멜의 의지를 담은 파이어 볼들은 완만한 곡선을 그리며 다시 쟌에게로 날아들었다.

"차앗! 산화!"

순간 쟌의 발이 10여 개로 변하더니 그대로 파이어 볼을 걷어찼다.

파파파~팡~

퍼퍼펑~

압축된 공기가 터져 나가며 쟌에게로 날아들던 파이어 볼이 그대로 공중에서 폭발해 버렸다. 난생처음 보는 광경에 용병들이 벌린 입을 다물지 못하고 있을 때, 그대로 지면을 박찬 쟌은 놀란 표정을 감추지 못하고 있는 카멜의 전면으로 뛰어들며 왼손을 휘둘렀다.

자신의 옆구리로 날아드는 쟌의 검을 가까스로 막은 카멜은 쉴 틈도 없이 날아드는 쟌의 오른손 공격에 황급히 뒤로 물러서야 했다. 하지만 쟌의 공격은 끝난 것이 아니었다.

"난격!"

파파파~팡~

찌이익~

10여 개로 나누어진 쟌의 주먹 사이에 낀 유엽비도를 완전히 피하지 못한 카멜은 하드 레더의 가슴 부분에 선명하게 남아 있는 유엽비도의 흔적을 발견하고는 식은땀을 흘려야 했다.

쟌은 승부를 결정지을 수 있는 공격을 하기 위해 좀 더 카멜의 품 안으로 뛰어들려고 했지만 카멜 역시 그리 만만한 상대가 아니었다.

"매직 미사일!"

대여섯 개의 매직 미사일이 눈 깜빡할 사이에 날아오자 쟌은 미처 피할 사이도 없었다. 황급히 오른손에 마나를 집중시켜 다시 한 번 난격을 펼쳤다.

파파파~팡!

퍼퍼퍼~펑!

압축된 공기가 터지는 소리와 매직 미사일이 공중에서 폭발하며 일으킨 흙먼지 때문에 용병들은 두 사람의 모습을 순간적으로 놓쳐 버렸다.

잠시 후 흙먼지가 가라앉았을 때 발견된 두 사람은 검을 맞댄 상태에서 서로를 밀어붙이고 있었다.

"제법이군."

"그대도 괜찮은 실력을 가지고 있군. 과연 마검사라 불릴 만해."

"이제 슬슬 끝내야 하지 않을까? 기다리는 사람이 많아서 말이야."

"과연 그럴 수 있을까?"

"굳이 내가 직접 상대할 필요도 없이 자네를 사로잡을 방법이 나에겐 있네."

"스톤 골렘이라는 것을 꽤나 믿는 모양이군."

"이미 그것을 본 모양이군. 그렇다면 더욱 자네들을 그냥 보내줄 수 없게 됐군."

"자만하지 않는 것이 좋아. 내게도 이 상황을 역전시킬 방법이 있으니까."

"방법? 후후후, 그 방법이 뭔지는 모르지만 너무 과신하는 것은 좋지 않아. 젊은이들은 자신의 실력을 너무 과대 포장하는 경우가 흔해서 말이야."

"믿어도 좋을 거야."

대답과 함께 재빨리 자신의 검에서 오른손을 뗀 쟌은 곧 카멜의 가슴에 손바닥을 붙였다. 그리고는 싱긋 미소를 지었다.

별로 보기 좋은 미소도 아니었지만, 왠지 그 미소를 발견하는 순간 카멜은 불길한 느낌이 드는 것을 떨칠 수 없었다.

"격공장!"

쟌의 외침과 동시에 카멜은 심장에 엄청난 충격을 느끼며 뒤로 날아갔다.

"단장님!"

헤르난에게 포로로 잡힌 아론을 제외한 케산과 루미넨은 재빨리 달려나가 카멜의 몸을 받아 들었다. 역시나 카멜은 기절한 상태였고, 입에서 선혈을 쏟고 있는 것이 내장에 엄청난 충격을 받은 모양이었다.

"뭣들 하고 있느냐? 저 자식들을 어서 죽여라."

루미넨의 말에 대기하고 있던 용병들은 제각기 비명 같은 기합을 지르며 달려들었다.

카멜에게 강한 충격을 주기 위해 가지고 있던 마나의 반 이상을 순간적으로 소모해 쟌은 잠시 비틀거렸다. 그 모습에 안색이 창백해진 셸은 황급히 쟌을 원진의 중앙에 집어넣음과 동시에 이미 소환해 놓은 실레스틴에게 공격 명령을 내렸다.

"실레스틴, 블러드 애로우!"

대기하고 있던 실레스틴이 강하게 날갯짓을 하자 가늘게 쪼개진 공기덩어리들이 용병들을 향해 엄청난 속도로 날아갔다.

비록 이들이 잔을 해치우기 위해 실력이 뛰어난 자들만으로 뽑았다고는 하지만 최상급 바람의 정령의 공격을 막을 사람은 그리 많지 않았다. 게다가 지금은 어둠이 깔린 저녁, 색도 형태도 알아보기 힘든 바람의 화살을 어떻게 막겠는가?

"크아악~"

"큭!"

한꺼번에 10여 명의 용병이 온몸에 구멍이 뚫린 채 뒤로 날아갔다. 잔이 비틀거리는 모습을 보고 기회라 생각하고 달려들었던 용병들은 하나같이 비참한 모습으로 목숨을 잃어야 했다. 하지만 상황은 그리 좋지 못했다.

일부 용병들은 그 모습에 겁을 먹었지만 대다수의 용병들은 오히려 분노를 터뜨리며 달려들었던 것이다.

"으악!"

잔 일행 가운데 첫 번째 희생자가 나왔다.

자신의 심장으로 파고든 상대의 롱 소드를 움켜쥔 중년 용병은 상대를 무섭게 노려보고는 맥없이 그 자리에 주저앉았다. 잠시 숨을 돌린 잔은 재빨리 중년 용병의 자리로 들어서며 그의 목숨을 빼앗은 상대의 목을 향해 검을 휘둘렀다.

"큭!"

분수처럼 쏟아지는 선혈을 막기 위해 양손으로 상처를 막았지만, 그의 얼굴에는 이미 사신의 그림자가 드리워져 있었다.

날아오는 상대의 공격을 막으며 주위를 둘러본 잔의 표정은 무섭게 굳어졌다.

이미 목숨을 잃은 사람도 셋이나 되었고, 나머지 일행도 전부 하나나 둘 이상의 상처를 입은 상태였다. 지금 상태라면 얼마가지 못해 전원 목숨을 잃거나 저들의 포로가 될 수밖에 없는 상황이었다.

적의 수가 정확히 얼마나 되는지 모르는 상황에서 탈출은 보통 어려운 일이 아니었다. 쟌이 그런 고심을 하면서 상대의 공격을 막아내고 있을 때 희미하게 지면이 울리는 것이 느껴졌다. 동시에 셀의 얼굴이 창백하게 변했다.

"골렘이에요. 모두 조심……."

"모두 뒤로 물러서 포진해라!"

누군가의 명령에 쟌 일행을 공격하던 용병들은 일제히 뒤로 물러섰다.

잠시 쉴 시간을 얻은 쟌 일행은 우선 급한 환자부터 치료했다. 올리비에가 비교적 가벼운 상처를 입은 반면 조나단은 허벅지에, 엘튼은 옆구리에 꽤 심한 상처를 입었다. 치료라 해봐야 상처에 힐링 포션을 뿌리는 것이 다였지만 고통이 가시니 그래도 견딜 만했다.

쿵~ 쿵~ 쿵~ 쿵~

희미하게 지면을 울리던 것이 점점 강해지며 가까워지는 것을 느끼는 순간 일행의 눈에 어둠 속에서 거대한 검은 그림자가 다가오는 것이 보였다.

셀은 이미 그들의 존재를 보았지만 쟌 일행은 이제 처음 골렘을 대하는 것이기에 그 놀라움은 클 수밖에 없었다.

"헤리토스, 저것들을 죽여라!"

살기에 가득 찬 케산의 명령에 거대한 스톤 골렘들은 쟌 일행을 향해 주먹을 휘둘렀다.

거의 10미터 상공에서 떨어져 내리는 거대한 돌주먹은 재앙에 가까웠다.

쾅~ 쾅~

그 위력이 얼마나 대단한지 일행이 서 있던 자리엔 당장 2미터에 가까운 구덩이가 패였다. 게다가 일행에게는 스톤 골렘들을 피해 도망칠 공간마저 없었다.

일행 가운데 젊은 용병 하나가 스톤 골렘의 공격을 피해 달아나려 했는데, 그 방향이 재수없게도 포진한 채 일행을 노리고 있던 용병들 앞이었다. 그의 몸은 10여 개의 무기에 순식간에 난자되어 그는 비명조차 남기지 못한 채 목숨을 잃었다.

그 모습에 일행은 이를 악물었지만 분노를 느낄 사이도 없이 스톤 골렘의 공격을 피해야만 했다.

두 스톤 골렘의 불규칙한 공격을 피하던 쟌은 더 이상 피할 수만은 없다는 판단에 재빨리 셀 근처로 이동했다. 포진하고 있던 용병들과의 거리를 유지하고 있던 셀은 쟌이 자신에게 다가오자 그에게 뭔가 방법이 있을 거란 생각이 들었다.

"셀, 아까 그 공격을 최대한 넓게 할 수 있겠어?"

"물론 가능해요. 하지만 지금은 실레스틴에게 명령을 내릴 시간도 없으니……."

"내가 시간을 끌어볼게. 준비가 되면 서쪽을 공격해 줘."

"알았어요."

정령 마법의 장점이 스펠을 캐스팅하는 시간이 짧다는 것 아니겠는 가? 셀의 대답을 들은 쟌은 두 스톤 골렘 사이로 뛰어들었다.

극도로 신경을 곤두세운 채 스톤 골렘의 공격을 피하던 쟌은 과연 자신이 생각한 방법이 성공할 것인지 쉽게 판단을 내릴 수 없었다.

끈질기게 쟌이 스톤 골렘의 공격을 피하는 동안 일행은 겨우 한숨을 돌릴 수 있었다. 하지만 그새 정신없이 움직이던 일행의 몸에는 예외 없이 상처가 늘어 있었다.

제론마저 왼팔에 상처를 입고 있었다.

"셀 지금이야!"

드디어 두 스톤 골렘이 겹쳐지는 순간을 포착한 쟌은 몸속의 마나를 모조리 오른손에 집중시켜 앞쪽에 있던 스톤 골렘의 아랫배를 힘껏 공 격했다.

펑~

폭음 소리와 함께 스톤 골렘의 몸이 잠시 기우뚱하는 것처럼 보였 다. 이를 악문 쟌은 그대로 지면을 박차며 다시 발을 뻗었다.

"차앗! 산화!"

파파파~팡~

쿵~ 쾅~

재차 이어진 쟌의 공격으로 기울어졌던 스톤 골렘이 결국 넘어졌고, 그 뒤쪽에 있던 나머지 스톤 골렘마저 중심을 잃고 쓰러졌다. 그 순간 을 놓치지 않고 셀은 이미 소환한 실레스틴에게 명령을 내렸다.

"실레스틴, 블러드 스피어!"

셀에게서 마나를 공급받은 실레스틴은 조금 전과는 비교도 할 수 없을 정도로 강한 공격을 퍼부었다. 하지만 그것으로 끝이 아니었다.

기우뚱한 모습으로 지면을 박찬 쟌은 양손 가득 유엽비도를 뽑아 들고는 실레스틴의 공격에 경악하고 있던 용병들에게 힘껏 뿌렸다.

"큭!"

"켁!"

"으악!"

두 사람의 연이은 공격에 서쪽에서 포진하고 있던 용병들의 포위망이 순간적으로 흔들렸다.

"달려!"

쟌의 고함 소리에 일행은 일제히 허물어진 포위망을 향해 달려갔다.

"어서 포위망을 좁혀라. 반드시 잡아야 한다."

"파이어 스피어!"

"매직 미사일!"

"라이트닝 볼트!"

곳곳에 잠복하고 있던 카멜 부하들은 쟌 일행이 포위망을 벗어나자마자 그들을 향해 미리 캐스팅해 놓은 마법 공격을 퍼부었다.

"실드!"

셸이 재빨리 실드를 치기는 했지만 실드 위로 떨어진 적의 집약된 마법 공격은 너무도 간단히 실드를 파괴해 버렸다.

"큭!"

"악!"

다친 옆구리 때문에 제대로 속도를 내지 못하던 엘튼과 또 한 명의 용병에게 공격이 쏟아졌다. 집중된 공격에 용병은 이미 목숨을 잃었고,

엘튼은 옆구리뿐만 아니라 양쪽 다리가 모두 날아가 버렸다.

주저앉은 엘튼의 얼굴은 이미 핏기가 사라져 있었다.

"뭐 하고 있어? 당장 일어나지 못해?"

"마스터, 전 틀렸습니다. 그러니 마스터나 어서 빠져나가십시오."

"닥치고 빨리 일어나란 말이야!"

악을 쓰는 쟌의 외침에 엘튼은 오히려 희미한 미소를 짓고 있었다.

"마스터를 만나… 정말 기뻤고, 또… 정말 감사했습니다. 마스터의… 은혜는 죽어서도…… 잊지 않겠습니다."

"이, 이 자식……!"

쟌은 입술을 깨물었지만 다른 방법이 없었다.

냉정하게 말해 이미 엘튼을 회생할 수 있는 방법이 없으니 자신만이라도 속히 이 자리를 떠나는 것이 옳은 행동이었다. 하지만 그간 쌓았던 정이 그의 발목을 붙잡고 있는 것이다. 천려일실이었던 것이다.

그가 막 떨어지지 않는 발걸음을 떼어놓으려는 순간 그의 전신으로 수십 줄기의 마법 공격이 쏟아졌다. 쟌은 그대로 지면을 박차 몸을 피하려 했다. 하지만 그가 느낀 것은 오른손과 오른발에서 느껴지는 지독한 고통뿐이었다.

조금 전 스톤 골렘을 공격했을 때의 충격으로 손목뼈와 정강이뼈가 잘못된 것 같았다.

퍼퍼퍼~펑~

수십 줄기의 마법 공격에 적중된 쟌은 비명도 남기지 못한 채 10여 미터 밖으로 날아가 버렸고, 그 모습에 셀은 비명을 지르지 않을 수 없었다.

"아악! 쟌!"

황급히 달려와 쟌을 안고 보니 온통 피범벅이라 어디에 상처를 입었는지 도무지 알 도리가 없었다. 게다가 숨소리마저 희미한 것이 보통 중상이 아닌 것 같았다.

이를 간 셀은 지체없이 쟌을 업고 인간으로서는 도저히 쫓아올 수 없는 엄청난 속도로 그 자리에서 벗어났다. 그리고 숲으로 사라지는 셀의 뒷모습을 유심히 지켜보고 있던 인물이 하나 있었다.

"하프 엘프? 게다가 아까 셀이라 불렸던 것 같은데……."

극한의 고통을 참는 신음 소리가 사방에서 들려왔다.

〈7권에서 계속…〉

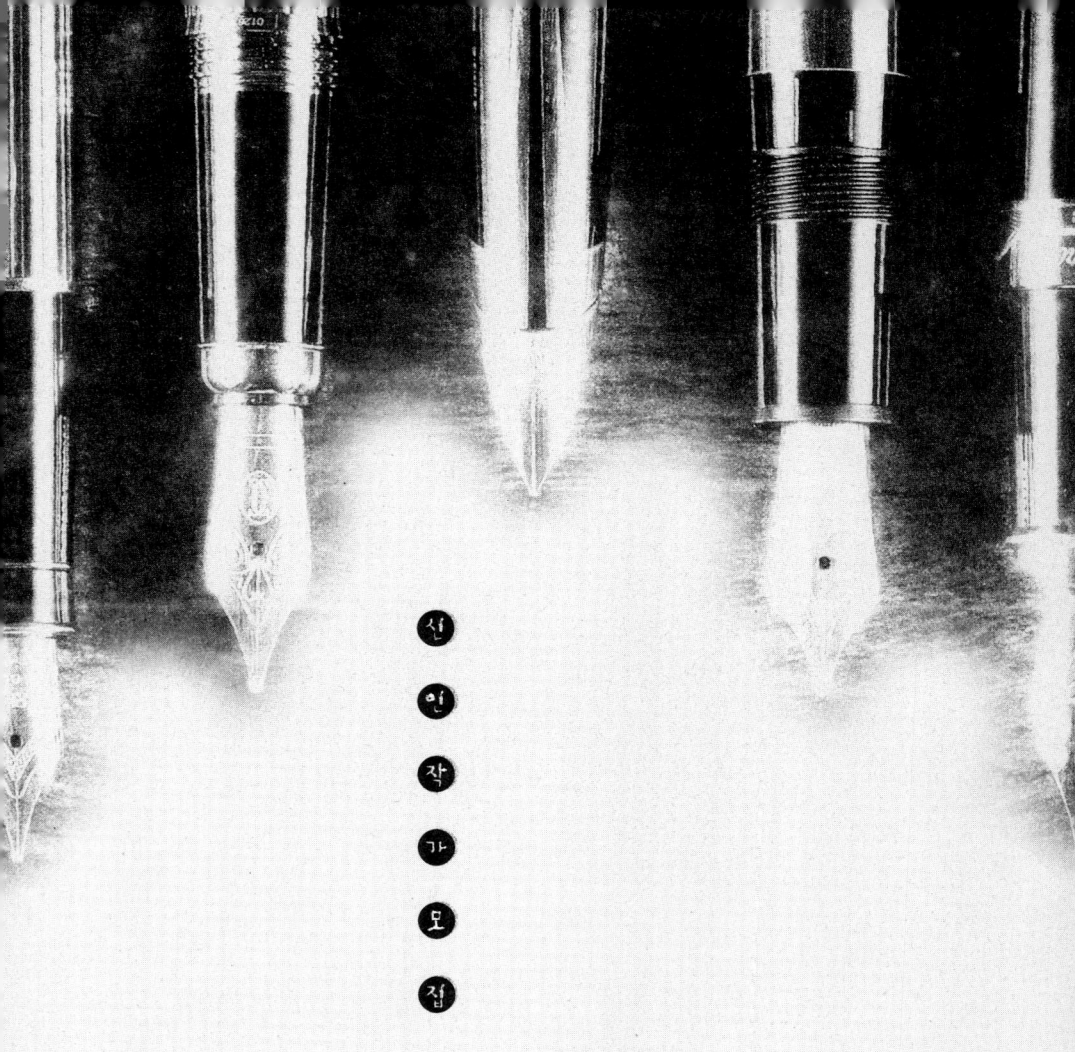

신
인
작
가
모
집

시작이 반이라고 했습니다.
작가의 길에 대한 보이지 않는 벽을 과감히 깨뜨리십시오!
청어람은 작가 지망생 여러분들의
멋진 방향타가 되어드리겠습니다.

저희 도서출판 청어람에서는
소설 신인 작가분들을 모집합니다.
판타지와 무협을 사랑하시는 분들의 많은 참여를 바랍니다.
소정의 원고(A4용지 150매)를 메일이나 우편으로 보내주시면
검토 후 출판 여부를 알려드리겠습니다.

주소:경기도 부천시 원미구 심곡1동 350-1 남성3/D 3F 우편번호420-011
TEL:032-656-4452 · **FAX:**032-656-4453
http://**www.chungeoram.com**
e-mail:chungeoram@chungeoram.com